Le Maître du Péché

LES DIEUX DE VEGAS
TOME UN

SIENNA SNOW

Conception de la couverture : Steamy Designs
Éditrice : Jennifer Haymore
Traduction française : Sophie Salaün

www.siennasnow.com

ISBN –eBook – 978-1-948756-61-7
ISBN –Imprimé – 978-1-948756-63-1

CHAPITRE
Un

Penny

— Penny, il faut que tu trouves quelqu'un qui fasse ressortir ce côté sauvage que tu essaies de réprimer à tout prix.

Je dévisageai mon jeune frère, Adrian, comme s'il avait perdu l'esprit.

— Ne me regarde pas comme ça. Je suis sérieux. Tu as vingt-sept ans et tu vis comme une vieille fille de quatre-vingts balais.

— Oui, tu as raison. Je vais me mettre à danser sur les tables entre mes semaines de travail de soixante heures et le temps que je passe à tenir notre chère mère à distance.

J'avais beau en avoir envie, je ne pouvais pas me permettre de me lâcher. Surtout si je voulais continuer à faire en sorte que l'avenir d'Adrian soit assuré. Mes passions, mes désirs et ma vraie nature resteraient enfermés derrière les remparts de Persephone Kipos, bourreau de travail. Le moindre écart par rapport à l'image de fille coincée que je renvoyais pouvait conduire ma belle-mère à m'évincer de cette entreprise que j'essayais à tout prix de sauver.

— Penny, je me fous de l'entreprise et de ce que pense Maman. En plus, dans moins de deux mois, je serai propriétaire de mes actions. À ce moment, on sera majeurs toi et moi, et cette femme qui m'a donné la vie pourra retourner se taper le garçon de piscine.

Je me mordis l'intérieur de la bouche pour ne pas dire le fond de ma pensée au sujet de l'héritage. Si Dara Trevor Kipos avait son mot à dire, jamais elle ne céderait le contrôle des actions ou de la société. Si mes soupçons s'avéraient justes, elle avait acquis son pourcentage actuel dans des circonstances tout à fait infâmes.

Depuis l'âge de sept ans, je savais que ma belle-mère n'en avait qu'après l'argent et le statut de Papa. Elle s'était attaquée à mon père, Jacob Kipos, un veuf solitaire, et l'avait convaincu que j'avais besoin d'une mère. Alors qu'en réalité, la dernière chose qu'elle voulait, c'était être une mère pour moi, ou pour le bébé qu'elle avait conçu pour obliger Papa à l'épouser.

Papa avait mis cinq ans de plus avant de voir clair dans le jeu de Dara et de demander le divorce. Moins de trois jours plus tard, il avait fait une sortie de route à cause d'un conducteur ivre et était mort sur le coup lorsque sa voiture avait heurté un arbre.

Dara s'était ainsi retrouvée avec deux enfants mineurs à

charge, et une entreprise d'import-export en horticulture d'une valeur d'un milliard de dollars.

Amusant de voir comment les choses avaient tourné en sa faveur.

Je n'avais aucun doute sur le fait qu'elle était impliquée dans la mort de Papa, mais je n'avais aucune preuve. Et jusqu'à ce qu'Adrian entre en possession de toutes ses parts, je laisserais mes soupçons de côté et jouerais le rôle de l'héritière Kipos, dévouée mais faible.

— On va passer un marché toi et moi. À la seconde où tu auras vingt et un ans, j'enfilerai mes talons et je ferai la fête comme en 1999.

Il leva les yeux au ciel.

— J'en aurai déjà cinquante avant que tu fasses quoi que ce soit qui aille à l'encontre des règles de Maman. Est-ce que tu as oublié que je connais en détail ta manière d'occuper ton temps libre ? Au fait, tu as décidé si tu vas opter pour une version large ou limitée ?

Mes yeux faillirent sortir de leurs orbites tandis que je balayais la pièce du regard pour m'assurer que l'un des espions de Dara n'était pas dans les parages, déguisé en agent d'entretien. Hormis Adrian et quelques personnes de confiance, personne ne savait ce que je faisais en dehors de Kipos International.

La maison que Papa avait achetée pour ma mère n'était plus le havre de paix qu'elle avait été avant que Dara n'arrive. Certes, j'en possédais la moitié, mais comme Adrian avait hérité de la seconde, Dara y avait accès.

Et elle avait disposé de nombreux espions dans la

maison en les faisant passer pour des employés. Adrian et moi avions appris très jeunes à discuter de nos affaires personnelles en dehors de tout endroit auquel Dara avait librement accès.

C'était grâce à un dispositif d'écoute qu'elle avait découvert le nom du garçon sur lequel je craquais à l'adolescence. Elle s'était servie de cette information pour m'humilier devant sa famille, puis elle m'avait dit que jamais je ne pourrais attirer un garçon comme lui. C'était seulement quelques semaines plus tard que j'avais découvert le micro en rangeant ma chambre. Après ce jour-là, j'avais décidé de ne plus jamais avoir de conversations que je ne voulais pas que Dara entende dans cette maison.

Même l'appartement fourni par Kipos avec mon poste de cadre ne me servait qu'à dormir. Tous mes dossiers et biens personnels et professionnels étaient en sécurité dans un entrepôt que je louais près de chez ma cousine Henna.

— Fais attention à ce que tu racontes ici. Je ne veux pas que ça te retombe dessus. Dara a sûrement encore mis cet endroit sur écoute.

— Oh, oui, je confirme.

— Quoi ? m'écriai-je.

Merde. Si jamais Dara apprenait que j'avais des intérêts en dehors de Kipos International, elle ferait tout son possible pour les détruire.

— Ne t'en fais pas. Je m'en suis occupé. Les quelques objets que j'ai découverts sont à présent installés dans le pool house, en train d'enregistrer toutes les activités de son dernier gigolo en date.

— J'ai failli faire une crise cardiaque à cause de toi.

Je laissai retomber ma tête sur le dossier du canapé et poussai un soupir de soulagement.

— Tes activités personnelles sont préservées, dit-il avec un léger sourire, avant de prendre le soda posé sur la table basse à côté de son plateau de nuggets de poulet. Personne ne saura jamais que tu es un monstre refoulé qui préfère faire l'amour avec ses concoctions de fleurs de sureau plutôt qu'avec un vrai homme.

— Super, maintenant tu es un comique !

— Penny. Je ne suis pas idiot, me lança-t-il d'une voix irritée. Je suis plus malin que tu le crois. Tout est sous contrôle. Personne ne peut entrer dans cette pièce, ni même cette propriété, sans que je le sache ou que les dispositifs d'écoute soient brouillés.

— Bon sang, mais comment tu saurais… ? commençai-je avant de demander : Merde, mais dans quoi tu t'es fourré ?

— Tu sais que tu ne jures que quand tu t'inquiètes ?

— Adrian, l'avertis-je.

— C'est toi qui m'as poussé à suivre ces cours de codage quand j'étais gamin.

— Ne m'oblige pas à te tuer.

Je contractai la mâchoire.

C'est à ce moment que cela me frappa. Comment aurait-il pu me procurer les données financières de diverses entreprises pour certaines de mes propositions sans ça ? Je ne lui avais pas posé de questions au début, mais ces derniers temps, je m'étais demandé comment un type de presque vingt et un ans était capable de récupérer des informations confidentielles sur des entreprises alors qu'elles n'étaient connues que d'un cercle limité de personnes.

— Tu es un hacker. Oh bon sang, je savais que c'était trop beau pour être vrai d'avoir le fils du magnat de la technologie Cristo David comme colocataire. Je croisai les bras et jetai un regard noir à mon petit frère trop malin pour son propre bien.

— Oh, merde, ton pied refait ce *tap, tap, tap.* Ce n'est pas aussi grave que tu le penses, ajouta-t-il en levant les mains en signe de reddition. Je te jure qu'il n'y a pas de quoi s'inquiéter. J'ai presque tout fait en respectant les règles.

— Adrian, ne t'embarque pas dans quelque chose qui pourrait t'attirer des ennuis. J'ai déjà assez de merdes à gérer sans rajouter l'éventualité que tu te fasses arrêter.

— Trop tard, annonça-t-il en fourrant un nugget dans sa bouche. L'université, c'est un endroit où nouer de nouvelles amitiés et faire de nouvelles rencontres. Certains m'aideront à réussir en m'ouvrant les bonnes portes, et d'autres me procureront les outils nécessaires pour diriger Kipos International jusqu'à ce que je trouve quelqu'un pour assurer le boulot à ma place.

— Et le piratage en fait partie ? Je ne te laisserai pas détruire ton avenir. Tu m'entends ?

— Ce n'est pas du domaine du privé si l'information est stockée sur un serveur non sécurisé.

— Je le jure devant Dieu, tu serais capable de rendre quelqu'un alcoolique.

J'inspirai profondément plusieurs fois de suite. J'avais l'espoir que ça me calmerait suffisamment pour ne pas étrangler mon petit frère.

— Avec qui tu trafiques ?

Il répondit en prenant un autre nugget sur la table devant nous et mordit dans la viande blanche panée.

Je lui jetai ce fameux regard qui le poussait à aller se coucher quand nous étions plus jeunes.

Par défi, il le soutint. Puis, au bout de quelques secondes, il soupira et détourna les yeux.

— Tu maîtrises le regard de la mort.

Je gardai la même posture courroucée. Dara se fichait peut-être de ce qui pouvait arriver à Adrian, mais de mon côté, j'étais prête à faire tout ce qui était en mon pouvoir pour m'assurer de son succès. Il était tout ce qui me restait. S'il le fallait, j'irais jusqu'à traverser les flammes de l'enfer pour le protéger.

— Si tu veux tout savoir, c'est avec les frères Lykaios.

Mon cœur manqua un battement, et une sensation de malaise m'assaillit.

— Tu te moques de moi. Est-ce que tu as la moindre idée de ce qui va arriver si Dara l'apprend ? lui demandai-je en commençant à faire les cent pas. Il doit bien y avoir un moyen de te défaire de l'accord que tu as passé avec eux.

— Ce n'est pas comme s'ils étaient de la mafia. Hagen, Pierce et Zack en savent probablement plus que quiconque sur la gestion d'une entreprise cotée à un milliard de dollars. Bon sang, chacun d'entre eux est un maître dans son domaine. Tu serais étonnée de voir tout ce que j'ai appris au cours de l'année écoulée. Ils n'y vont pas de main morte quand il s'agit de me dire où j'ai merdé, mais ils m'accordent du crédit quand j'apporte quelque chose de nouveau sur la table.

— L'année écoulée ? répétai-je d'une voix aiguë avant de me pincer l'arête du nez. Pourquoi est-ce que je découvre ça seulement maintenant ?

— Parce que je savais que tu réagirais de cette façon. Quoi que Maman en pense, ce sont des hommes d'affaires légitimes, et ils ont réussi leur vie. C'est toi qui m'as appris à ne pas me fier aux apparences.

J'étais la mieux placée pour savoir que les frères Lykaios étaient différents de l'image qu'ils renvoyaient au monde. Bon sang, j'avais grandi avec eux.

Rhea Lykaios avait été la meilleure amie de ma mère, Karina. Elles étaient toutes deux des héritières originaires de Patras, une grande ville grecque construite au pied du mont Panachaikon, surplombant le golfe de Patras. Ma mère était la fille d'un magnat indien de la navigation qui avait quitté l'Inde pour s'installer en Grèce. Et Rhea était la fille d'un distributeur international d'épices. Les deux femmes s'étaient rencontrées lors d'une excursion scolaire et avaient rapidement noué des liens. C'était l'une de ces amitiés « à la vie, à la mort », comme disait ma mère.

Elles avaient toutes deux fini par épouser des hommes d'affaires grecs qui avaient déménagé à Vegas. La plupart des fêtes dont je me souviens avant la mort de Maman étaient données avec les Lykaios. Pendant un moment, j'avais même cru que c'étaient mes frères.

Non, ce n'était pas vrai.

Pierce et Zack étaient comme mes frères, parce qu'ils n'avaient que quelques années de plus que moi, et dans un sens, c'était toujours le cas. Mais Hagen. C'était une autre histoire. Le frère aîné était le genre de garçon dont toutes les mères savent qu'il sera mauvais pour leur fille. C'était le rebelle, toujours dans le pétrin, qui ne s'excusait jamais. Il m'avait fascinée, surtout ses yeux intenses et hypnotiques. C'était comme s'il était capable de voir dans les profondeurs de mon âme.

C'était le seul homme à m'avoir fait désirer des choses que la très respectable Persephone Kipos ne pourrait jamais connaître. C'était une bonne chose que ça m'ait passé.

Menteuse.

Aujourd'hui, il me fascinait encore plus. Il était l'incarnation de l'homme sombre et dangereux dont toute femme saine d'esprit était censée se tenir éloignée, mais auquel elle était incapable de résister. Il était à la tête de la plus grande partie des lieux de vie nocturne de Vegas, des meilleurs restaurants aux clubs en passant par les spectacles. Mais des rumeurs couraient selon lesquelles il était aussi impliqué dans le monde souterrain de Vegas. Mais au fond de moi, je savais qu'il n'était pas tel que les gens le voyaient.

Les expériences de mon enfance avaient pris fin avec l'arrivée de Dara. Alors qu'avant nous courions partout dans la maison, que nous jouions et faisions quelques bêtises, nos visites se transformèrent en événements formels, sages et disciplinés. Dara avait maintenu les « vieilles traditions », comme elle aimait à les appeler, durant quelques années, mais un événement s'était produit lorsque j'avais onze ans, provoquant une grosse dispute entre Rhea et Dara. La seule chose dont je me souvenais, c'était du visage de Dara, marqué par la colère, et de sa consigne selon laquelle nous ne devions plus nous associer à aucun Lykaios.

— Penny, tu m'écoutes ? Ces types sont plutôt sympas, malgré les rumeurs.

— Je le sais bien. J'ai grandi avec eux. C'est juste que je crains la réaction de Dara si elle apprend que tu travailles pour eux. Je n'ai pas besoin de mon héritage côté Kipos. Ma mère m'a laissé suffisamment d'argent pour une vie entière passée en frivolités. C'est pour toi que je m'inquiète.

— Eh bien arrête. Je m'en sortirai sans.

Son ton féroce me poussa à refermer la bouche.

Adrian s'interrompit un moment, comme s'il essayait de mettre de l'ordre dans ses pensées, puis dit ensuite :

— Cette entreprise, ce n'est pas mon rêve. Ça ne l'a jamais été. Et je sais que ce n'est pas le tien non plus.

J'eus envie de protester, mais je me refusais à lui mentir. J'avais d'autres projets dans la vie, je *faisais* d'autres choses de ma vie, et elles n'avaient rien à voir avec l'héritage de Kipos International. Un sentiment de culpabilité s'empara de moi pour ces simples pensées. Cette entreprise, c'était tout ce qu'il nous restait de Papa.

— Je sais ce que tu penses, et tu dois laisser tomber. Papa ne voudrait pas qu'on s'accroche à quelque chose qui nous rendrait malheureux.

— Alors, qu'es-tu en train de me dire ? Je ne laisserai pas Dara gagner. Elle a déjà pris tant de choses à notre famille !

— J'ai un plan pour nous, une fois que nous aurons récupéré ces actions, commença-t-il avec un sourire diabolique. Et travailler pour les frères Lykaios est un moyen de le réaliser. Tout ce que je te demande, c'est de me faire confiance.

Je fixai mon magnifique frère, avec ses yeux bleu azur perçants, ses allures de top model, et une âme bien plus vieille que ses vingt ans. Il ne collaborerait pas avec Pierce, Zack, et surtout Hagen, sans en mesurer les conséquences, ou analyser la situation sous tous les angles. Je n'aurais pas été surprise qu'il se serve des compétences qu'il avait acquises pour créer un empire plus important que celui de ses mentors.

Adrian se leva et vint s'asseoir près de moi sur le canapé, repoussa mes pieds et posa sa tête sur mes genoux, comme il le faisait enfant. Sans réfléchir, je commençai à jouer avec ses cheveux.

— Tu vas me faire confiance, Penny ? Pour une fois, laisse-moi assumer une partie du fardeau.

J'aimais tellement ce garçon… cet *homme.* Il ressemblait tellement à Papa.

Des larmes me brûlèrent les yeux.

J'avais beau le vouloir de toutes mes forces, je ne pouvais pas l'enfermer dans un cocon protecteur.

Avec un soupir, je lui confirmai :

— Je te fais confiance. Tu es le seul en qui j'ai toujours eu confiance.

Il se redressa, fouilla dans sa poche arrière et en sortit une carte de visite qu'il me tendit.

— Bien. Je savais que tu serais raisonnable. Sois là-bas à onze heures trente demain.

Je jetai un coup d'œil à la carte, et mon cœur manqua un battement. C'était l'adresse du nouveau restaurant de Hagen. Celui qui devait être inauguré la semaine prochaine, et présenté comme le plus luxueux et le plus opulent de tous les restaurants-lounges de Vegas.

— Pourquoi ai-je rendez-vous avec Hagen ?

— Parce qu'il a accepté de t'aider à obtenir les réponses aux questions que tu as trop peur de creuser. Pendant que je travaille de mon côté, tu découvres la vérité sur Papa.

CHAPITRE
Deux

Hagen

— Est-ce que c'est naturel chez toi d'être calme et impitoyable à la fois, ou est-ce un trait de caractère que tu as
appris sur le tas ?

— C'est toi qui parles ! répondis-je à mon jeune frère
Zacharias en portant un verre de whisky à mes lèvres, tout
en observant les danseurs qui se préparaient pour l'ouverture de mon nouveau restaurant et de ma nouvelle boîte de
nuit, juste à côté. Nous sommes tous les trois issus du
même moule, qui n'est autre que Collin Dimitri Lykaios.

— Parle pour toi. Pour ma part, j'ai un cœur qui bat
dans ma poitrine, ajouta Pierce, mon autre frère, avant de
faire un clin d'œil à une serveuse qui passait par là et qui
avait attiré son attention lorsqu'il était arrivé pour ce que
j'aimais à nommer le rassemblement hebdomadaire des
frères Lykaios.

Je ricanai.

— Dit l'homme qui a échafaudé une vengeance contre la fille qui l'avait largué alors qu'il était à peine assez vieux pour avoir des poils pubiens.

— Sympa l'image, abruti.

Zack prit son téléphone, le consulta, répondit à un message, et le reposa sur la table sans sourciller.

— Alors comment est-on censés gérer les retombées ?

Zack, Pierce et moi dirigions Vegas. Cela pouvait paraître prétentieux, mais c'était vrai. D'autres avaient peut-être de grands projets et des casinos, mais ils savaient tous qu'un simple mot de l'un d'entre nous pouvait mettre un terme définitif à tous leurs efforts.

La situation à propos de laquelle Zack me faisait des reproches en était un exemple.

— Puisqu'il l'a cassé, il doit le réparer, intervint Pierce.

Je haussai les épaules et soupirai.

— Vous n'êtes que deux mauviettes qui ne voulez pas vous salir les mains. J'ai juste fait comprendre au contremaître que s'il se mêlait des affaires d'un des frères Lykaios, il s'en prenait à nous tous.

— Oui, mais ce connard est parti la queue entre les jambes. Résultat, il me manque un chef de chantier, plus de cent mille dollars, et j'ai du retard sur la construction de l'hôtel.

Zack prit quelques noix dans un bol au centre de la table et les jeta dans sa bouche.

— Arrête de te lamenter. C'est de la menue monnaie. Tu te fais plus que ça en moins d'une minute.

La seule chose dont Zacharias Lykaios ne manquait pas, c'était d'argent. Il jouait et gagnait, à la fois littéralement et en matière d'immobilier. Il était prêt à prendre presque tous les risques.

Zack haussa les épaules.

— L'argent, c'est l'argent.

— Je ne sais pas pourquoi tu râles contre moi. Ce n'est pas comme si je lui avais botté le cul ou je ne sais quoi. C'était une conversation très civilisée.

— Mais bien sûr, je vais te croire.

Pierce secoua la tête.

— Il s'est sûrement pissé dessus rien qu'en te voyant arriver.

Je me livrai à une petite introspection. J'étais sûrement le frère le plus décontracté de nous trois. Pierce était le plus inconstant. Ses émotions le poussaient à faire des choses qui ne pouvaient que lui faire du mal. Et puis il y avait Zack. Il était à la fois très sensible, et parfaitement impitoyable. Tout son monde tournait autour de son objectif final : détruire notre père. Mais ça n'avait rien à voir avec moi. J'avais tiré un trait sur Collin il y a des années.

Il me fallait plus qu'un contremaître minable pour me contrarier. J'avais appris il y a bien longtemps que la colère et un trop fort tempérament ne menaient pas loin. Une effi-cience froide et posée déclenchait des réactions plus impor-tantes et plus efficaces.

— Juste pour info, dis-je en levant mon verre pour boire une gorgée, je n'ai jamais élevé la voix, et je ne l'ai pas menacé physiquement. Je lui ai simplement fait comprendre que notre équipe juridique lui rendrait très difficile l'obtention de futurs contrats avec n'importe quelle organisation s'il ne se mettait pas en règle. Rien d'illégal.

— Tu t'es montré froid. Tu aimes jouer avec ta réputation.

— Ça a marché. N'est-ce pas ? demandai-je en haussant un sourcil.

Je ne pouvais nier que mon passé ajoutait à ma réputation de « ne joue pas avec moi ». Mais d'un autre côté, quand on se retrouvait jeté à la rue adolescent, on faisait ce qu'on avait à faire. Soit on survivait en rejoignant le monde souterrain, soit on se laissait dévorer par lui.

Mais j'étais impliqué dans moitié moins d'affaires que les gens ne le pensaient.

— Tu es un vrai con, balança Zack. La prochaine fois, je m'en occuperai moi-même.

— Tu aurais préféré que je lui mette mon poing dans la figure, comme tu le suggérais, beau gosse ? Ma façon de procéder est plus clean.

— Au moins avec la méthode de Z, il ne va pas s'imaginer avoir la mafia à ses trousses.

— Parfois, j'aimerais vraiment vous avoir noyés tous les deux à la naissance.

— Ça n'aurait pas marché. J'ai six médailles d'or en natation. Et Zack, c'était le bébé, et le préféré de tous. Alors Maman t'aurait botté le cul.

— Bande de cons, marmonnai-je.

— J'ai hâte de voir la femme qui fera fondre la glace dans tes veines, me lança Zack avec un sourire à l'attention de Pierce, tout en me désignant du pouce. Je parie que cette toundra glaciale qu'il qualifie de tempérament explosera à tout bout de champ et qu'alors, il éprouvera peut-être quelque chose comme nous, simples mortels.

— Tu vas devoir patienter une vie ou deux. Elle n'existe pas. Les femmes ont bien une place dans ma vie, mais certainement pas à long terme.

Avec le style de vie que je menais, jamais je n'avais manqué de compagnes pour se tenir à mes côtés, ou me tenir chaud au lit. Mais ça ne durait jamais plus de quelques semaines.

C'était mon choix, pas le leur.

Certes, c'était froid, mais je n'avais aucune raison de faire languir quelqu'un et de lui donner de faux espoirs. Toutes celles avec qui je sortais étaient au courant dès le départ qu'il n'y aurait pas d'attaches, et que nous avions déjà une date d'expiration.

— C'est bien la preuve que tu as autre chose que du sang chaud dans les veines, s'exclama Zack. Au moins, je peux dire que j'ai vécu une ou deux mauvaises relations qui m'ont poussé à ne plus rien vouloir de sérieux. Tu agis comme si les relations étaient une plaie.

— Peu importe. J'aime ma vie comme elle est. Ni complications, ni regrets. C'est simple et facile.

Je me calai en arrière sur ma chaise et levai mon verre en direction de mes frères avant de boire une longue gorgée.

— Ce sont des conneries, dit Pierce en souriant, une lueur au fond du regard.

— Ce qui veut dire ?

— Il n'y a qu'une seule femme qui t'a toujours tapé sur les nerfs.

— Et de qui s'agirait-il selon toi ?

Zack et Pierce échangèrent un regard, et j'eus envie de les frapper tous les deux.

À l'unisson, ils répondirent :

— Persephone Kipos.

Immédiatement, une image de la belle déesse à la peau dorée, héritée de sa mère indienne, et aux yeux émeraude perçants, qu'elle devait à son père, apparut dans mon esprit. Elle était l'incarnation du fantasme masculin, avec des courbes auxquelles s'accrocher en s'enfonçant profondément en elle, et des lèvres faites pour se refermer autour d'un énorme membre.

Merde, mais je faisais quoi, là ? *Concentre-toi, abruti.*

— Bien essayé, mais je suis trop vieux pour elle.

— Continue à te raconter ce mensonge si tu veux, mais nous, on connaît la vérité. Cette fille te fait bander depuis qu'elle a atteint la puberté.

Il était absolument hors de question que je confirme ou infirme ce que prétendait Pierce. Persephone était une femme qu'un homme comme moi ne pouvait que désirer de loin. Elle avait la beauté, l'intelligence, les courbes, et l'innocence. Me côtoyer la corromprait et l'entraînerait dans un monde qui pourrait tout lui prendre. Jamais je n'avais agi par rapport à cette attirance mutuelle que nous avions éludée au cours de la dernière décennie, et c'était pour le mieux. Notre relation en resterait au stade de l'amitié distante.

— Je prends ton silence pour une confirmation. Dommage qu'elle vive dans une cage dorée, et que sa belle-mère l'empêche de nous fréquenter. Enfin, surtout toi... ajouta Pierce après une pause.

— C'est parce que notre frère ici présent est le seul

homme que Dara Kipos n'ait jamais pu séduire. Il n'y a pas pire colère que celle d'une femme rejetée, ajouta Zack.

— C'est de l'histoire ancienne. Elle est passée aux garçons de piscine à peine majeurs.

— C'est grâce à toi que son précieux rejeton travaille pour nous sous le manteau. Imagine l'enfer que Dara déchaînerait sur nous si elle découvrait qu'on est en train de préparer Adrian à reprendre son poste.

Zack reprit son téléphone, vérifia quelque chose sur l'écran, répondit, puis le reposa sur la table. C'était sûrement les dernières mises à jour des stocks, et les commandes commerciales.

Cet homme ne cessait jamais de travailler. Je n'étais pas fainéant, loin de là, mais j'étais capable de débrancher de temps à autre.

— En parlant d'Adrian, dit Pierce. Ce gamin est brillant. Les endroits qu'il réussit à pirater et les informations qu'il arrive à glaner sont absolument remarquables.

— En plus, il en a une sacrée paire, ajoutai-je.

Adrian Kipos avait réussi à contourner mon système de sécurité pour entrer dans l'une de mes fêtes les plus exclusives et les plus restreintes d'accès. Il s'était approché de moi et m'avait dit sans sourciller :

— Si vous voulez éviter que vos données soient piratées, vous devez m'engager.

Au départ, j'avais cru que le petit garçon auquel j'avais payé des glaces autrefois avait perdu l'esprit. Puis il avait sorti son téléphone et m'avait montré comment il s'était infiltré chez HPZ Holdings, le conglomérat que mes frères et moi avions créé pour nos différentes entreprises. Nous en étions restés bouche bée. Nous avions mis en place une cybersécurité de haut niveau et voilà qu'un étudiant de dix-neuf ans était parvenu à pirater notre système. Inutile de préciser que nous l'avons engagé. Tout ce qu'Adrian demandait, c'était d'apprendre à diriger une organisation internationale, comme celle dont il hériterait à ses vingt et un ans, sans jamais que sa mère ait vent de ce qu'il était en train de faire.

Depuis un an et demi, il acceptait n'importe quel travail qu'on lui donnait et, à notre grand étonnement, continuait à contourner notre sécurité. Zack plaisantait en appelant Adrian notre Hermès personnel, en référence au dieu grec des escrocs qui pouvait obtenir et envoyer des informations ainsi qu'infiltrer n'importe quel endroit connu.

— Ça, c'est clair ! acquiesça Zack. Dommage que sa mère ne sache pas qu'il prévoie de la renverser dans un futur très proche.

— Il va falloir qu'on s'assure qu'il ne lui arrive rien. Je ne doute pas que sa mère essaiera de l'empêcher de prendre le contrôle de Kipos International.

Pierce fronça les sourcils, et Zack hocha la tête.

— La seule grâce salvatrice de ce garçon, c'est Penny. Elle a abandonné sa propre vie pour lui. Elle est plus une mère pour lui que la femme qui lui a donné naissance.

— Adrian est trop intelligent pour ne pas se rendre compte qu'il doit couvrir ses arrières. C'est Penny qui m'inquiète.

Pierce me regarda, et je sus qu'il essayait de jauger ma réaction.

— Dara va la détruire pour garder la mainmise sur l'entreprise.

S'il y avait bien une chose que je savais, c'était que Persephone Kipos n'était pas la petite fleur docile qu'elle laissait entrevoir au monde. Cette fille avait des secrets, que j'avais découverts récemment, et qui feraient tomber la sournoise belle-mère sur le cul.

— Elle a un côté rusé qu'il ne faut pas négliger. Elle est tellement plus que ce qu'elle veut bien laisser croire aux autres, dis-je en faisant tourner le liquide dans mon verre. Maintenant, si vous avez fini d'analyser ma vie sexuelle et de boire mon whisky en édition limitée, je dois aller déjeuner.

— Avec qui et à propos de quoi ? s'enquit Zack.

Je ne pus réfréner un sourire. Ils allaient sûrement faire dans leur froc quand je le leur dirais.

— C'est une proposition d'affaires avec quelqu'un que j'aime appeler Starlight.

———

Penny

— J'ai besoin de toutes les dernières analyses des lots récents, dis-je à mon assistante et cousine, Anaya, en faisant le tour des cuves de distillation. Il me faudra également les mises à jour sur les négociations immobilières pour les sites de production européens.

— Tu les auras d'ici la fin de la journée, répondit Anaya avant de faire une pause. Au fait, nous avons reçu une autre proposition de Lykaios Holdings pour une rencontre en face à face. Ils ont envoyé une proposition extrêmement lucrative pour l'utilisation exclusive de Firewater dans leurs hôtels, casinos et salles de spectacles.

Je soupirai et secouai la tête.

— La réponse reste inchangée, Ana. Non. Je ne prévois pas de travailler avec Collin, ni maintenant, ni jamais.

— Tu n'envisagerais même pas de le rencontrer, ne serait-ce que pour voir ce qu'il a à dire ?

— Attends une seconde, dis-je en dévisageant Anaya. Est-ce que Collin est au courant de mon implication dans Firewater ?

— Non. Je le jure. En dehors de notre cercle restreint, personne ne sait qui est derrière PSK Distilleries. D'après Henna, il adore notre whisky, et il aimerait avoir les droits de distribution du produit.

— Même si j'envisageais son offre, je ne pourrais pas l'accepter. J'ai un accord établi avec Hagen, Pierce, et Zack. Je ne reviendrai pas sur notre contrat.

— Tu envisagerais un accord de distribution limitée ? Collin et Henna ont travaillé d'arrache-pied pour restaurer la notoriété de Lykaios Holdings. Il n'est plus le même homme qu'il y a dix ans. Il a plus fait pour Henna et moi que personne ne pourrait jamais l'imaginer. Il a beaucoup de regrets, dont la plupart concernent ses fils.

Mes cousines Henna et Anaya Anthony étaient les filles

de la sœur de ma mère, Lena, que j'appelais Lena Masi, et de feu mon oncle Victor Anthony. Elles éprouvaient pour Collin Lykaios une adoration que je n'avais jamais réussi à comprendre.

Non, ce n'était pas vrai. Je pouvais la comprendre, même si je ne comprenais pas pourquoi Collin avait changé ses habitudes.

Une quinzaine d'années plus tôt, l'oncle Victor avait été mis en examen pour détournement de fonds et fraude fiscale. Il avait escroqué près d'un milliard de dollars à ses partenaires d'affaires, ses amis et sa famille. Parmi eux, Collin Lykaios. Il avait perdu près de cinquante millions de dollars en investissements. Le scandale avait eu une portée nationale, et plus encore après que l'oncle Victor se fut suicidé pour échapper aux poursuites.

Pour ne pas en subir les conséquences, et éviter le retour de bâton de tous les investisseurs en colère, Lena Masi avait quitté l'État et vivait à présent sous une autre identité. Ce qui était le plus surprenant dans tout ça, c'était que Collin avait contribué à assurer la sécurité de ma tante et de mes cousines. Il était allé jusqu'à faire établir de nouveaux actes de naissance, ouvrir des comptes bancaires et créer des dossiers scolaires. Puis, une fois mes cousines plus âgées, il avait financé leurs études et leur avait offert des emplois au sein de son organisation. Henna avait accepté et dirigeait à présent Lykaios Holdings, mais Anaya était une passionnée de sciences et d'informatique qui, comme moi, aimait bricoler dans les coulisses.

Je comprenais la loyauté de mes cousines envers Collin, surtout après tout ce qu'il avait fait pour elles. De mon côté cependant, j'avais ma propre loyauté, et elle allait aux trois jeunes garçons que Collin avait reniés alors qu'ils étaient à peine adultes. Je n'étais pas sûre de pouvoir un jour passer outre le fait que Hagen avait vécu dans la rue pendant un certain temps parce qu'il n'avait nulle part où aller. Aujourd'hui, je savais qu'il avait dû se forger cette sinistre réputation pour éviter de devenir une statistique de Vegas.

Je me souviens encore de la colère de Papa contre Collin quand il avait appris ce qu'il avait fait à Hagen. Il avait parcouru les rues de Vegas à la recherche d'un adolescent maigrichon qui était bien trop séduisant pour s'en sortir indemne.

M'extirpant de mes pensées, je regardai Anaya.

— Je t'aime, mais il faut que tu arrêtes de t'acharner. Vanter les actes de Collin ne changera rien au fait qu'il a fait du mal à trois personnes qui me sont chères.

— Je sais, dit-elle avant de soupirer, résignée. J'ai du mal à faire le lien entre l'homme qu'il est maintenant et celui qu'il était avant. Juste pour que tu le saches, il s'inquiète pour toi aussi. Il a vu comment Dara te traite.

Une vague de tristesse me submergea. Quand j'étais jeune, Collin était l'une de mes personnes préférées au monde. Il m'avait raconté les histoires les plus extraordinaires et m'avait toujours encouragée à poursuivre des études scientifiques, alors même que les « bonnes filles grecques et indiennes » étaient censées se consacrer à leur famille et à leur culture plutôt qu'à leur éducation. Pour être honnête avec moi-même, c'était Collin qui avait planté la graine qui m'avait donné l'envie de faire des recherches sur le vieillissement du whisky. Et grâce à ce que j'avais appris, j'avais pu créer Firewater, un whisky qui avait le même goût que s'il avait vieilli pendant vingt ans, mais sans devoir attendre. La science et la technologie avaient la capacité de défier le temps.

— Toi, plus que quiconque, tu devrais savoir que la petite chose fragile que les gens voient, ce n'est pas moi… Laisse tomber. Je n'ai pas le temps de penser à ça maintenant, ni à Collin. Mon objectif, c'est d'analyser la prochaine cuvée et de préparer Adrian à réussir quand il prendra la relève et que Dara ne sera plus que de l'histoire ancienne.

CHAPITRE
Trois

Penny

Un peu après onze heures trente, j'arrivai à l'Ida Astro pour mon déjeuner avec Hagen. J'inspirai profondément et attendis que le valet ouvre ma portière.

— Wouah, c'est une sacrée voiture !

L'admiration sur le visage de l'employé me fit sourire.

Je faisais peut-être croire au monde que je n'étais qu'une faible créature, mais j'étais connue pour une chose. Mon amour pour les voitures de sport, surtout les classiques remises à neuf. J'avais hérité mon obsession pour les véhicules rapides de mes parents, qui s'étaient rencontrés sur un circuit de course en Grèce, lorsque Maman avait illégalement piloté l'Aston Martin de mon grand-père et avait gagné. Elle avait à peine seize ans et s'était échappée de sa cage dorée surplombant la Méditerranée. Le fait qu'elle ait gagné la course n'avait aucune importance aux yeux de mon grand-père. Il l'avait considérée comme corrompue par les mauvaises mœurs européennes et l'avait envoyée vivre deux ans en Inde chez un oncle éloigné. Mais quand elle était revenue, Papa l'avait presque enlevée à ma grand-mère, et moins d'un mois plus tard, ils s'étaient mariés.

C'était cette voiture que je conduisais aujourd'hui, une Aston Martin DB5 de 1965. Chaque fois que je me retrouvais derrière le volant, je me sentais proche de mes deux extraordinaires parents.

— Merci ! lui dis-je en me glissant hors de la voiture, avant d'ajuster ma jupe et de placer mon sac à main sur mon bras.

— Je vais la garer à côté de la Spider de M. Lykaios.

Je jetai un œil à l'Alfa Romeo de 1966 garée sur le parking proche.

Évidemment, Hagen avait le même vice que moi. Cet homme était tout ce qu'il y avait de plus dangereux, raison pour laquelle il m'attirait.

Une bouffée d'angoisse naquit dans mon estomac quand je pensai à lui. Merde. J'avais espéré que le trajet me calmerait les nerfs.

Au cours des quinze dernières années, je n'avais quasiment pas eu de contacts avec lui, et aujourd'hui, j'étais sur le point de solliciter son aide pour découvrir la vérité sur la mort de Papa.

Après qu'Adrian m'avait parlé de cette réunion qu'il avait organisée, je l'avais cuisiné pour savoir exactement quels détails il avait donnés à Hagen. Il s'était montré formel : il lui avait simplement dit que j'avais besoin d'aide pour une affaire personnelle. Mon frère étant un homme peu bavard, je me suis dit que c'était sûrement tout ce qu'il avait dit. Le fait que Hagen ait accepté sans poser de questions ajoutait à mon sentiment d'incertitude.

Je fermai les yeux un moment pour rassembler mon courage. Je pouvais le faire. Je pouvais rencontrer cet homme, qui tenait la vedette dans la plupart de mes fantasmes, et lui demander de m'aider à découvrir si Dara avait orchestré la mort de Papa.

Je m'attendais à ce qu'il y ait un prix à payer pour ce service. Hagen avait la réputation d'exiger un paiement en nature pour son aide, quelle qu'elle soit. Le problème, c'était que j'accepterais sûrement n'importe quoi si cela signifiait que Dara allait sortir de nos vies pour de bon.

Peut-être serais-je capable de convaincre Hagen de m'accorder une chose en plus de son aide. Une chose que je n'avais jamais envisagée avant, mais bon sang, je mettais déjà les pieds dans son monde. Ou peut-être ferais-je simplement une offre sans contrepartie. Je ne pouvais imaginer meilleure façon de perdre ma virginité qu'avec un bad boy tel que Hagen.

Mon pouls s'accéléra rien qu'à songer à cette éventualité.

Secoue-toi, Penny. Tu es sur le point de déjeuner avec l'homme connu comme le Maître du péché. Tu dois faire passer ta libido après ta logique.

— Mlle Kipos ?

Une femme s'approcha de moi, et je supposai qu'il s'agissait de l'hôtesse. Elle avait de longs cheveux blonds et des kilomètres de jambes. La couleur de ses lèvres était assortie à celle de sa robe moulante. Elle était belle à couper le souffle, très « Vegas ».

Je lui souris, et elle m'adressa un sourire sincère en retour.

— Oui, c'est moi.

— Je m'appelle Camille, annonça-t-elle en me serrant la main. Je suis la manager de l'Ida Astro. Si vous voulez bien me suivre. M. Lykaios vous attend dans la véranda.

OK, c'est parti. Je redressai les épaules et suivis Camille à l'intérieur.

L'intérieur du restaurant était lumineux, avec des lignes épurées et des sculptures en verre partout. Cela n'avait rien à voir avec l'atmosphère sombre et luxueuse caractéristique des autres établissements de Hagen. Cet endroit reflétait une élégance raffinée. En fait, la palette de couleurs était assez similaire à celle que j'aurais moi-même choisie si j'avais eu une maison en dehors de celle que l'entreprise mettait à ma disposition.

Ce n'était pas comme si je n'avais pas les moyens de m'en acheter une. J'avais même fait une offre sur une demeure de rêve à Summerlin, dans le Nevada, une petite banlieue de Vegas qui m'aurait permis de m'éloigner de tout ce qui faisait la réputation de la ville du péché. Mais presque aussitôt, j'avais changé d'avis. Mieux valait laisser croire à Dara qu'elle avait la mainmise sur ma vie. Jusqu'à ce qu'Adrian prenne la tête de l'entreprise, je laisserais ma belle-mère penser que l'héritage de ma mère était bloqué jusqu'à mes trente ans. Et je jouerais le rôle de la belle-fille obéissante et anodine qu'elle tolérait.

En pénétrant plus avant dans la salle, je repérai des

chandeliers de différentes teintes disposés stratégiquement dans l'immense espace, conférant à l'endroit une atmosphère élégante sans qu'il paraisse trop encombré.

Un barman leva les yeux à notre approche et nous sourit. Il était en train d'ouvrir une caisse de Firewater, d'un embouteillage exclusif dont je n'autorisais la distribution qu'en quantité limitée, et seulement à une clientèle particulière.

J'étais encore sous le choc de l'ampleur de la demande pour mon whisky infusé à la fleur de sureau. Je l'avais mis sur le marché un peu moins de huit ans plus tôt, et j'avais gagné une clientèle fidèle. Ce n'était que trois ans plus tôt, lorsqu'une star de cinéma oscarisée avait organisé une fête où l'ingrédient principal de toutes les boissons était mon whisky, que la demande de Firewater avait atteint un niveau astronomique. Quelques heures après la fin de la fête, toutes les célébrités, les hôtels haut de gamme et les lieux de divertissement voulaient ce whisky.

Je souris intérieurement. C'était impressionnant de voir à quel point un bon marketing pouvait lancer un produit.

— Souhaitez-vous y goûter ? s'enquit Camille en croisant mon regard.

— Ça ira, merci.

— C'est une réserve spéciale. M. Lykaios a dû amadouer le distributeur pour en obtenir six bouteilles. Nous avons eu la chance d'en avoir une gorgée aujourd'hui. Il est plutôt gourmand.

Je secouai la tête.

— Ça ira.

Devant mon refus, Camille m'adressa un regard choqué, puis poursuivit son chemin dans le restaurant.

Quand nous franchîmes les portes menant à la véranda, j'eus le souffle coupé. Hagen parlait au téléphone, la main appuyée sur la rambarde qui surplombait le Strip, l'avenue principale de Vegas. Cet homme était l'incarnation du dieu grec sexy comme le péché auquel le comparaient les tabloïds. Le costume sur mesure qu'il portait épousait parfaitement son corps tonique. Son visage fait de lignes et d'angles durs possédait une symétrie que l'on n'obtenait qu'entre les mains expertes d'un chirurgien. Les seuls aspects trahissant son côté bad boy étaient les tatouages sur sa main et ceux que j'apercevais sur la peau de son cou visible grâce au col ouvert de sa chemise.

Aussitôt, une sourde palpitation se mit à battre entre mes jambes. Il n'avait même pas encore regardé dans ma direction, et je ressentais déjà l'envie pressante de lui sauter dessus.

À cet instant, Hagen leva les yeux vers moi, et une lueur diabolique scintilla dans son regard.

Pourquoi me fixait-il toujours de cette manière ? Et pourquoi mon corps réagissait-il à ce regard ?

C'était pour cette raison que je l'évitais à tout prix. Personne ne devait savoir à quel point il m'affectait, surtout pas Dara, faute de quoi elle trouverait un moyen de s'en servir contre moi.

Hagen mit fin à son appel et marcha dans ma direction. Arrivé à une trentaine de centimètres de moi, il m'attrapa la main pour la porter à ses lèvres. Un frisson me traversa à la seconde où ses lèvres frôlèrent ma peau. Puis il m'embrassa sur la joue, et son odeur enivrante d'eau de Cologne épicée et de savon submergea mes sens.

— Persephone Starlight Kipos. C'est bon de te revoir. Tu es magnifique, comme toujours.

Pourquoi le fait qu'il annonce mon nom complet me faisait-il frissonner à ce point ? On m'avait attribué les deux prénoms les plus idiots de la planète. Aucune fille grecque ne devrait s'appeler Persephone et Starlight. Je ne savais toujours pas ce que mes parents avaient fumé le jour où ils avaient décidé de ça.

Après quelques secondes passées à le fixer, mon cerveau se remit en marche et je dis :

— C'est bon de te revoir aussi.

Il y avait quelque chose en lui qui me faisait perdre tous mes moyens ; ça n'avait jamais été le cas avec Pierce et Zack. L'idée de les toucher, ou de faire des choses délicieusement perverses avec eux, me donnait envie de vomir, pas de serrer mes cuisses l'une contre l'autre.

Il allait me falloir une longue douche froide et un rencard avec mon vibromasseur en rentrant à la maison.

Hagen me lâcha la main et fit un signe vers la table dressée avec de la porcelaine de Chine et un assortiment d'amuse-bouche.

— Je n'étais pas sûr de ce que tu aimais, alors j'ai demandé au chef de faire tout un tas de choses.

— Je suis sûre que tout sera parfait. Le chef Gustav n'a jamais fait un plat que je n'aimais pas.

— Comment ai-je pu oublier ? Tu avais l'habitude de dire que tu étais cette petite pétasse ennuyeuse qui faisait les trucs que les chefs cuisinaient à la télé.

La chaleur me monta aux joues tandis que je me glissais sur mon siège.

J'avais prononcé ces mots à une fête organisée par Dara, où la nourriture avait un goût de terre étalée sur des toasts. J'avais seize ans, et Hagen vingt-trois. J'avais passé la soirée affamée et irritable. Vers minuit, quand j'avais finalement décidé d'aller me coucher, j'avais retrouvé dans ma chambre un sac de nourriture à emporter venant de l'un de mes restaurants préférés de Vegas. Je savais que c'était Hagen le responsable, mais je n'avais jamais compris comment il était parvenu à se glisser dans ma chambre avec tout le dispositif de sécurité mis en place par Dara autour de la maison familiale.

— Un gentleman n'est pas censé rappeler à une dame un moment où elle a fait des commentaires indignes de son rang.

Hagen s'assit et haussa un sourcil.

— Je n'ai jamais prétendu être un gentleman, Starlight. En plus, je suis presque certain que tu as adoré le burger au bœuf de Kobe qui t'attendait dans ta chambre ce soir-là.

J'eus l'eau à la bouche rien qu'à repenser à ce hamburger juteux.

— Si tu veux tout savoir, je l'ai englouti en quelques minutes. J'avais passé la plus grande partie de la semaine précédente à mourir de faim, puisque Dara avait décidé de me mettre au régime pour la fête en espérant que je perdrais quelques kilos.

Il fronça les sourcils, mais avant qu'il ne dise quoi que ce soit, j'enchaînai.

— Tu veux bien me dire comment tu as fait pour passer la sécurité et m'apporter un burger ?

Je le vis plisser les yeux.

— Certains secrets ne doivent jamais être dévoilés. Qui sait, je pourrais avoir besoin de revenir pour sauver la princesse dans sa tour, au lieu de lui commander un repas.

Si seulement il savait à quel point ses paroles tombaient juste.

Un serveur vint à notre table et nous servit des doses de Firewater.

— Tu te rends compte qu'il est presque à mille dollars les trente millilitres ?

Je scrutai le liquide rougeâtre et doré posé devant Hagen et moi.

— Je suis certain de parvenir à faire un marché avec le producteur pour en obtenir quelques bouteilles de plus.

Il prit son verre et le descendit d'un trait.

Je me léchai les lèvres et sentis la panique monter à la place de l'excitation ressentie quelques minutes plus tôt. Il ne pouvait pas savoir. Personne dans mon monde ne le savait. Bon, peut-être bien quelques personnes quand même, mais elles m'étaient loyales.

Son regard m'indiqua qu'il savait plus de choses que je ne l'aurais espéré.

— Je suppose que tout dépend de ce que tu as à lui offrir.

— Il ne s'agit pas tant de ce que je veux donner, mais de ce qu'on me demande.

— Hagen, à quoi tu joues ? l'interrogeai-je en tentant de garder un ton calme.

— Ce n'est pas un jeu, Starlight, répondit-il, prononçant mon nom d'une manière un peu possessive. Tu es ici pour quelque chose qui pourrait te mettre en danger.

— Comment saurais-tu pour quelle raison je suis là ?

Je savais qu'Adrian ne me mentirait jamais.

— Ton frère est un garçon brillant, mais il te livrerait seulement au diable si le fait de passer un marché avec lui vous garantissait des réponses au sujet du meurtre de votre père.

— Es-tu en train de me dire que tu es le diable ?

Il soutint mon regard, et mon désir se réveilla. Et sauf erreur de ma part, je vis aussi s'enflammer quelque chose au fond de ses yeux saphir.

— J'ai hérité de pires surnoms. Alors, dis-moi. Es-tu ici pour passer un marché avec un homme qui pourrait ruiner ton impeccable réputation ?

Et si j'ai envie de la ruiner ?

— Combien ça va me coûter ?

Il caressa la barbe naissante sur sa mâchoire d'une main couverte de tatouages.

— Laisse-moi réfléchir. Je pourrais avoir envie de toute la production à venir de Firewater.

J'ouvris la bouche pour nier que j'avais le moindre rapport avec cette entreprise, mais il continua.

— Ou des droits exclusifs sur la fleur de sureau que tu développes en secret pour tes distilleries…

Je cramponnai le bord de la table. Je savais qu'il ne voudrait pas quelque chose de simple.

— Ou ? insistai-je.

Il posa la main sur la mienne.

— Ou de toi dans mon lit. Pour faire ce que je veux, quand je veux, comme je veux.

Bon sang. Il n'avait pas dit ça ! Je serrai les cuisses l'une contre l'autre, essayant de dissiper les visions obscènes qui me venaient à l'esprit.

— Je t'ai choquée, Starlight ?

Ma colère grimpa à travers la brume du désir. Il se foutait de moi. C'était ce qu'on allait voir.

OK, Penny, tu n'es pas une mauviette. Il est temps d'arrêter les faux-semblants.

Je me penchai vers lui jusqu'à ce que nous soyons presque face à face et lui lançai :

— Et si je te disais que tu n'as pas besoin d'un marché pour m'avoir dans ton lit ? Que je te laisserais volontiers faire ce que tu veux de moi, quand tu veux et comme tu veux ?

Je vis le choc et la surprise sur son visage, et il se cala dans son siège en lâchant ma main. Puis il éclata d'un rire profond, et quelques membres du personnel autour de nous s'interrompirent pour nous regarder.

— Là voilà. La fille qui se cachait sous la façade conservatrice et guindée.

Au moment où je m'apprêtais à lui répondre, un homme s'approcha de nous. Il portait une veste en cuir, et il était impossible de passer à côté de l'arme dans le holster à sa taille.

— M. Lykaios, nous avons un problème qui requiert votre attention.

Hagen poussa un soupir agacé.

— Si tu veux bien m'excuser un instant.

J'acquiesçai d'un signe de tête.

Hagen se leva et suivit l'homme, qui travaillait manifestement pour lui. Je le vis se diriger vers un endroit dans le restaurant où se tenait un groupe d'hommes. Quelques mots furent échangés, et la seconde d'après, Hagen esquivait un coup de poing et en balançait un à son tour, envoyant l'homme au sol.

Mon cœur battait dans mes oreilles.

Bon sang, mais c'était quoi, ça ? L'homme qui l'avait attaqué faisait deux fois sa taille et il était à présent étendu au sol, maintenu par trois des agents de sécurité de Hagen.

Ils lui passèrent les menottes dans le dos, puis le soulevèrent. Quand il se releva, il me regarda à travers la fenêtre. Sa tête me disait quelque chose, mais je n'arrivais pas à le situer. Hagen suivit la direction de son regard, et il se renfrogna.

Il se plaça devant l'homme pour lui bloquer la vue. Après quelques mots supplémentaires, Hagen ressortit.

Il avait le visage un peu rouge, et un pli lui barrait le front.

— Désolé pour ça. Mike travaillait pour un de mes associés, et il n'était pas prêt à accepter qu'il avait perdu son travail. Malheureusement pour moi, il a fallu que je lui explique moi-même.

À mon avis, il n'y avait vraiment pas de quoi être désolé. J'étais la chanceuse qui avait le privilège péché voir le bad boy de Vegas en action. Le fait que je sois très excitée à cette idée me disait que j'avais vraiment envie de coucher avec lui.

Je gardai mes pensées inappropriées pour moi.

Hagen posa une main sur le dossier de ma chaise.

— Je déteste devoir interrompre notre déjeuner, mais il faut que je règle ce problème avec Mike.

Je ressentis une petite pointe de déception, que je dissimulai rapidement avant de dire :

— Ce n'est pas grave. De toute manière, j'ai des choses à gérer avant de retourner au bureau.

— Je veux qu'on remette ça à plus tard. Et la prochaine fois, je te promets qu'on ne sera pas dérangés.

L'idée d'être à nouveau seule avec Hagen fit déferler une vague de désir au creux de mon ventre. J'aurais dû dire non, mais je ne pouvais pas résister à un nouveau déjeuner avec Hagen.

— Je ne manquerai pas de te le rappeler.

Je souris et, pendant une fraction de seconde, je vis un éclat dans ses yeux bleus, comme s'il lisait dans mes pensées.

Il m'offrit sa main, dans laquelle je glissai la mienne. Le contact me fit l'effet d'une décharge électrique, et à en juger par le désir dans les yeux de Hagen, il devait ressentir la même chose.

Je me levai et manquai de gémir quand sa paume effleura ma taille. Il me guida à travers le restaurant, vers la sortie. Mon estomac se noua, et je me rendis compte que je n'avais aucune envie de m'en aller, même avec la perspective d'un nouveau déjeuner. J'avais envie d'explorer cette promesse que j'avais lue dans le regard de Hagen.

À l'instant où nous franchîmes le seuil, il me demanda :

— Est-ce que tu voudrais voir l'intérieur du nouveau club ?

Le Nyx, baptisé d'après le dieu grec de la nuit, était censé être le joyau de tous les clubs de Hagen, et je n'allais pas laisser passer l'occasion d'en voir l'intérieur.

— Oui, répondis-je d'une voix un peu trop essoufflée, avant d'ajouter : Tu ne devais pas t'occuper du problème avec Mike ?

— Il peut attendre. Ton temps est plus précieux.

C'était comme s'il savait que j'avais envie de rester un peu plus.

Il me fit emprunter un escalier qui menait au sous-sol de l'Ida, le complexe dirigé par Hagen et ses frères.

— C'est plus facile d'accéder au club par les tunnels.

Je hochai la tête et le suivis à travers le dédale de couloirs jusqu'à un hall donnant sur la salle de danse principale du club. On y retrouvait la même atmosphère qu'au restaurant, mais avec une touche de décadence supplémentaire. On voyait des touches d'or rougeâtre un peu partout, dans les accessoires et les petites finitions des murs. Des cages étaient suspendues au plafond, semblables à des lustres de bon goût, mais je savais qu'elles renfermeraient des danseuses plus ou moins vêtues.

Hagen suivit mon regard.

— Il n'y a rien de mal à donner l'illusion d'un lieu classe tout en se livrant au côté plus sombre et plus libertin de la vie.

— C'est vrai. Cet endroit est magnifique. Il est différent de tes autres clubs.

— Je l'ai conçu autour du spiritueux qui composera toutes les boissons signature que nous servirons.

Je me tournai vers lui.

— C'est vrai ? J'espère que tu es prêt à débourser une fortune.

— Starlight, l'investissement en vaut largement la peine.

Ses mots me nouèrent les tripes. Il était évident qu'il savait qui se cachait derrière ce whisky tant convoité. Mais ce que j'aurais aimé savoir, c'était pourquoi lui et ses frères avaient choisi de décorer un hôtel, un casino, un club et un restaurant autour de cette boisson.

— Viens par ici. Ils sont encore en train d'installer les derniers éclairages, et je ne veux pas qu'on gêne.

Il s'approcha d'un mur et passa son œil devant le scanner rétinien. Une porte s'ouvrit, et il me fit entrer.

— Laisse-moi deviner. C'est encore une invention d'Adrian.

Un sourire passa sur ses lèvres, et je m'imaginai les choses qu'il pourrait faire avec cette bouche.

— Ton frère prend son métier très au sérieux.

La porte se referma derrière nous, et presque aussitôt, je sentis un changement d'atmosphère dans le bureau où nous nous trouvions. Il y avait une tension sous-jacente mêlée d'excitation et de désir, et à l'évidence, ce n'était pas à sens unique.

J'appuyai mon dos contre la porte et scrutai le prédateur devant moi, vêtu d'un costume impeccable. Qu'y avait-il chez lui qui me donnait envie de jeter toute prudence par la fenêtre ?

— Alors, et maintenant ? lui demandai-je tandis qu'il me prenait ma pochette des mains pour la jeter sur une table voisine.

— À toi de me le dire.

Je posai la paume sur sa poitrine, savourant la chaleur qui irradiait à travers le tissu de sa chemise.

— Dis-moi que tu le ressens.

— Oui.

— Mon excuse, c'est l'adrénaline à cause de l'autre abruti de tout à l'heure. Quelle est la tienne ?

Je me léchai les lèvres et regardai ses yeux se dilater.

— J'ai besoin d'en avoir une ?

Il fit un pas en avant.

— Non, absolument pas.

Sa bouche fondit sur la mienne.

Bon sang, il avait un goût incroyable, un mélange de whisky et de sa propre essence naturelle. Il avait les lèvres douces, plus que je ne l'aurais imaginé. Sa langue trouva la mienne, et notre baiser s'approfondit. Il la fit rouler et glisser, et mon esprit s'embruma d'un besoin réprimé depuis bien trop longtemps.

Il renversa ma tête en empoignant mes cheveux, nos bouches continuant leur duel. Nous nous dévorions comme si nous étions affamés.

Je l'attirai plus près de moi, je ne désirais rien de plus que le sentir tout entier contre moi. Son érection se pressa contre mon ventre, m'inondant de désir.

Je savais que ce serait comme ça le jour où j'aurais la chance de l'embrasser. Il était dévorant et exigeant, tout ce que j'avais espéré. Mon esprit logique aurait dû me commander d'arrêter, de reculer d'un pas, et de réfléchir à ce que cela impliquerait d'aller plus loin. Mais tout ce que je pouvais faire, c'était me noyer dans une cascade de désir.

Hagen relâcha mes cheveux, et ses mains glissèrent le

long de mes cuisses, les écartant pour les enrouler autour de sa taille. Il frotta son sexe dur comme la pierre contre mon intimité et mon clitoris lancinant.

— Hagen, gémis-je, en demande. J'en ai besoin.

— Je sais ce dont tu as besoin. Mais je ne suis pas sûr que tu pourras le supporter.

Il me lécha la gorge puis mordilla la jonction entre mon cou et mon épaule.

Je fus prise d'un violent frisson, et mon ventre se contracta. Je me cambrai sous le coup de ce mélange de plaisir et de douleur.

— Encore. S'il te plaît. Encore.

Je n'arrivais pas à croire que je le suppliais. Sans même savoir exactement ce que je mendiais.

Hagen commença à se frotter d'avant en arrière sur mon bourgeon sensible, imprimant un rythme qui faisait hurler toutes les cellules de mon corps.

— Jouis pour moi, Starlight.

Sa main se glissa plus loin sous ma jupe, et son pouce se mit à caresser mon clitoris.

J'explosai, rejetant la tête en arrière, tandis que des étoiles clignotaient derrière mes paupières. Mon intimité fut prise de spasmes. Je perdis toute notion d'espace et de temps.

Ma mouille inonda mon intimité, trempant son pouce et tirant un gémissement de sa bouche qui m'explorait.

— J'ai hâte de goûter ta jolie petite chatte. Un jour, tu jouiras pendant que je te sauterai avec ma bouche.

Mon ventre se contracta de nouveau à ses mots.

Et merde. Les conversations cochonnes me faisaient décoller.

Lentement, je redescendis du meilleur orgasme de ma vie et me rendis compte que j'étais maintenant assise sur les genoux de Hagen. Je sentais son érection massive sous mes fesses, et il avait la respiration irrégulière. Je plongeai dans les profondeurs bleues de son regard, presque noires à présent que ses pupilles dévoraient ses iris.

Je tendis la main vers son pantalon, mais il m'immobilisa.

— Je ne te prendrai pas. Peu importe à quel point j'en ai envie. Te voir jouir comme ça doit me suffire.

Il rejeta la tête en arrière contre le canapé et ferma les yeux, laissant échapper un soupir affligé.

— Je ne comprends pas. Tu sais aussi bien que moi qu'il y a plus que nous ne sommes prêts à l'admettre dans notre attirance mutuelle. C'est là depuis aussi longtemps que je m'en souvienne.

Il releva la tête.

— Starlight, si je te prends, le monde que tu connais changera. Tu ne seras plus l'innocente et naïve héritière des Kipos. Ma réputation entachera la tienne. Si tu étais avec moi, Dara pourrait te bannir de l'entreprise de ton père, et je ne crois pas que tu sois prête pour ça.

Entendre le nom de ma belle-mère me fit l'effet d'un seau d'eau glacée.

Je glissai au bas des genoux de Hagen et sa chaleur me manqua aussitôt. Je posai mon visage dans mes paumes.

— Ça n'aurait aucune importance que l'on couche ensemble ou non. À la seconde où elle en aura l'occasion,

Dara prendra tout à Adrian. Si je ne l'arrête pas, elle pourrait organiser quelque chose comme ce qui est arrivé à Papa pour se débarrasser d'Adrian.

Il fallait que je l'arrête, et tout tournait autour de la mort de Papa.

— Quel que soit le prix à payer, je veux que tu utilises tes relations pour découvrir la vérité sur Papa.

— Alors tu connais mes conditions.

Je me tournai vers lui.

— Il y avait trois options. Laquelle ?

— Tu admets donc que Firewater et le brevet pour le sureau utilisé t'appartiennent ?

— Je n'ai rien dit de tel.

— Alors tu es prête à coucher avec moi en dépit du fait que ça pourrait te coûter ton boulot, et la possibilité de garder un œil sur l'entreprise de ton père ?

J'ouvris la bouche pour répondre, mais il m'interrompit, prenant mon visage entre ses mains, un pouce sur mes lèvres.

— Non. Réfléchis-y d'abord. Ce que je désire, ce ne sera pas à tes conditions, mais aux miennes. Ce n'est ni doux, ni tendre. Il faudra te donner entièrement à moi. Je te corromprai, et tu n'auras pas envie que ça cesse. Au bout du compte, je te ruinerai.

CHAPITRE
Quatre

Hagen

J'entrai dans mon appartement au trente-sixième étage de l'Ida. Zack, Pierce et moi vivions chacun dans un penthouse séparé dans l'un des principaux hôtels-casinos de HPZ. C'était notre façon de maintenir une présence et d'empêcher quiconque de penser que les frères n'étaient pas unis. Même si Zack était le cerveau derrière les propriétés, aucune d'entre elles ne pourrait tourner correctement sans l'investissement de chaque frère.

Je jetai ma veste de costume sur un canapé voisin et me dirigeai vers le bar bien rempli. Je pris une bouteille de Macallen 25 et me versai trois doigts de ce scotch classique. Quand je reposai la carafe, mon regard tomba sur la bouteille de réserve de Firewater, et je secouai la tête.

Cette femme était terriblement têtue. Starlight préférait accepter de coucher avec moi plutôt que d'admettre qu'elle avait créé l'un des whiskys les plus recherchés au monde.

Sous ces allures de petite souris se cachait une brillante chimiste qui avait analysé les propriétés des meilleurs spiritueux de l'histoire et créé sa propre concoction, unique et onctueuse, en laboratoire.

C'était un pur hasard si j'avais découvert le lieu de création de Firewater et, par la suite, l'identité du cerveau derrière ce whisky. L'un de mes employés, chargé des recherches pour mes restaurants, était en vacances en Inde, et un habitant avait mentionné une distillerie d'alcool à la fleur de sureau. Il était allé enquêter et avait reconnu Persephone alors qu'elle était assise dans un bar près du bâtiment. Après avoir appris cela, j'avais mené quelques recherches et découvert qu'elle, ou plutôt sa société, PSK, détenait le brevet sur quatre variétés de fleurs de sureau. Il m'était immédiatement apparu qu'elle était à l'origine du whisky de luxe qui avait pris le monde d'assaut.

Je savais que si j'avais été capable de découvrir l'identité cachée du propriétaire de la distillerie, d'autres finiraient par le faire aussi. Persephone était un génie en soi, mais elle n'était pas assez discrète. Par moments, j'avais eu peur que quelqu'un l'enlève ou la tue quand elle s'aventurait dans des endroits du monde où l'on trouvait certes des fleurs de sureau uniques, mais considérés comme dangereux même par les locaux. Elle semblait s'épanouir dans la recherche et négocier son ingrédient le plus important pour ses expériences sans se soucier de sa sécurité.

Elle était trop confiante.

Je ne comptais plus le nombre de fois où elle m'avait fait frôler la crise cardiaque avec ses aventures. Cela faisait donc deux ans que je passais mon temps à m'assurer discrètement qu'elle soit toujours protégée, et je me servais de mes contacts pour étouffer toutes les rumeurs au sujet du propriétaire de PSK.

Le fait que j'aie créé des entreprises autour de Firewater témoignait peut-être de mon obsession pour Starlight, mais d'un autre côté, jusqu'à aujourd'hui, jamais je n'aurais imaginé pouvoir la toucher, et encore moins la faire jouir, en dehors de mes rêves.

Bon sang, j'entendais encore ses cris de soulagement et de plaisir. Je n'avais jamais rien vu de tel. C'était une sirène avec une aura d'innocence et un corps fait pour le péché.

Pourquoi avais-je patienté aussi longtemps ? Elle me désirait depuis aussi longtemps que moi j'avais eu envie d'elle. Pendant plus de dix ans, je l'avais lu sur son visage chaque fois que nous nous étions retrouvés dans la même pièce.

De qui me moquais-je ? Les mots de Collin Lykaios restaient gravés dans mon esprit, et pour je ne sais quelle raison, je l'avais cru.

— Tu crois que je n'ai pas vu comment tu la regardes ? Cette fille est trop bien pour les gens comme toi. Tu es un déchet comparé à elle. Si tu poses tes sales pattes sur elle, je te détruirai, mon garçon. Tu ferais mieux d'aller réchauffer le lit de Dara. Elle a un faible pour la racaille.

Je sentis la rage monter en moi tandis que les paroles de Collin résonnaient dans ma tête. Il savait que c'était ainsi que je me voyais, et il s'en était servi.

Ce n'était qu'une manière de plus pour lui de me contrôler.

Je n'étais pas fier de m'être impliqué dans la pègre de Las Vegas, mais la faute en incombait à mon père.

Quel genre d'homme jetait à la rue son fils de dix-sept ans parce qu'il s'était saoulé une fois avec des amis ?

Collin Lykaios l'avait fait.

Il m'avait accordé moins de vingt minutes pour rassembler mes affaires et m'en aller, ignorant les suppliques de ma mère en larmes et les regards terrifiés de mes jeunes frères.

Collin était allé jusqu'à menacer quiconque m'offrirait un abri de ruiner ses moyens de subsistance. J'avais passé les trois mois suivants à passer de refuge en refuge. Jusqu'à ce qu'une bande de gamins des rues me tabassent parce que j'étais trop beau et qu'ils essaient de me violer. Je m'étais battu pour me libérer et j'étais parti. Après ce jour, jamais je n'avais remis les pieds dans un refuge.

Si Draco Jackson ne m'avait pas retrouvé, complètement terrorisé, en train de marcher sur le Strip avec tous mes biens dans un sac à dos et affamé, je serais probablement mort dans la rue. Il avait entendu parler de ce que Collin m'avait fait et avait ordonné à son réseau d'espions de me chercher.

Le gangster m'avait remis sur pied et m'avait donné un endroit où loger, ainsi qu'un travail.

Je tirais ma réputation actuelle des choses que j'avais dû faire au début de ma vie en travaillant pour Jackson. Mais j'aurais toujours une dette envers l'homme qui m'avait sauvé la vie. En tant que père de substitution, Jackson n'était pas idéal, mais il valait mieux que celui qui m'avait fourni mon ADN.

J'avalai d'un trait le liquide ambré au fond de mon verre, le laissant brûler ma gorge et émousser mes sens.

Je m'avançai vers les fenêtres à trois-cent-soixante degrés et regardai le Strip jusqu'aux tours Lykaios. Ce casino et cet hôtel formaient le pinacle de l'empire de Collin. La dernière fois que j'y avais mis les pieds, c'était le jour de la mort de ma mère. Elle voulait me dire au revoir, et pour une raison que j'ignorais, Collin avait autorisé la visite.

J'avais supposé que mon cher Papa voulait avoir la conscience tranquille au moment où sa femme rendrait son dernier souffle après s'être battue presque un an contre un cancer du sein.

Aujourd'hui j'étais là, à vivre une vie au-delà de tout ce que j'aurais pu imaginer. J'avais presque totalement abandonné la crasse du monde souterrain de Vegas derrière moi. La seule chose qui me manquait, c'était… Je refusais de penser à ça.

Je n'avais pas besoin des paroles de Collin pour me rappeler qu'elle ne jouait pas dans ma catégorie. Elle méritait quelqu'un qui n'était pas corrompu. Quelqu'un qui n'attendrait pas d'elle qu'elle fasse des choses en dehors de son monde protégé. Quelqu'un qui n'avait pas les mains souillées par un passé rempli de drogues, de meurtres et de prostitution.

Demain, je l'appellerai et lui dirai que j'allais l'aider sans rien lui demander en retour. Ça me tuerait, mais je le ferai.

Elle était la seule chose décente que j'avais connue dans ma vie.

Bon sang, j'avais encore son goût sur mes lèvres. Je

sentais encore ses mamelons durcir sous son chemisier. J'entendais encore le faible gémissement de désir qu'elle avait poussé lorsque nos langues s'étaient entremêlées et que la passion l'avait submergée. Il m'avait fallu rassembler toute ma volonté pour ne pas l'allonger sur mon bureau et m'enfoncer jusqu'à la garde dans son intimité lisse et humide.

Et merde.

Maintenant, j'allais passer la soirée avec une trique d'enfer.

L'ascenseur tinta, et je gémis. Je sortis rapidement ma chemise de mon pantalon pour dissimuler mon érection et me tournai pour voir qui était arrivé.

— Tu as l'air d'un homme qui a besoin de s'envoyer en l'air ou de frapper quelqu'un, lança Zack en entrant dans mon penthouse, jetant sa veste de costume sur la mienne avant de se diriger vers mon bar.

Il se versa une grande rasade de la cuvée spéciale de Firewater et sourit.

Au moment où il allait boire une gorgée, il s'interrompit, m'observa avec attention, et dit :

— Je dirais les deux.

J'ignorai sa remarque et lui balançai :

— Tu te rends compte que le verre de whisky que tu es sur le point de boire te coûterait près de quatre mille dollars ailleurs ?

Zack haussa les épaules.

— Et où veux-tu en venir ?

— Tu n'es qu'un con. Tout le monde ne gagne pas autant d'argent que toi en une heure.

— Si tu ne veux pas que les gens en boivent, tu n'as qu'à pas en avoir dans ton bar.

Il inclina le verre contre ses lèvres et ferma les yeux, savourant le whisky infusé.

— Cette mauvaise humeur aurait-elle un rapport avec la sirène aux yeux verts avec laquelle tu as déjeuné aujourd'hui ?

— Nous n'avons pas déjeuné, annonçai-je en contemplant les lumières de Vegas. Mike Popov nous a interrompus.

— Je n'arrive pas à croire que ce sale con soit toujours là. Il devrait s'estimer heureux que tu aies convaincu Draco de ne pas s'occuper de lui comme tu l'aurais fait à une époque.

Quand j'avais commencé à travailler pour Draco, je jouais les gros bras pour lui. Même à dix-sept ans, j'étais déjà massif. En plus, des années de pratique des arts martiaux m'avaient permis de conserver un corps mince et musclé. Quand Draco avait un problème, on me chargeait de m'assurer que son point de vue était exprimé de la bonne manière. Habituellement, c'était avec le poing, et à l'occasion, avec un revolver sur la tempe pour bien me faire comprendre.

En dehors de quelques services occasionnels rendus à Draco, l'époque où je travaillais pour lui comme homme de main était révolue. La réputation que j'avais acquise en travaillant pour lui avait ses avantages : il était plus que rare que quelqu'un s'en prenne à moi ou à mes frères. Personne ne croyait vraiment que j'avais quitté le milieu, et je laissais circuler la rumeur.

— Tu aurais peut-être dû laisser les hommes de Draco se

charger du problème au lieu d'essayer d'être sympa parce que tu voulais aider une ex. Kim aurait été bien mieux sans son minable de père.

— Là n'est pas la question. Kim m'a demandé un service, que je lui ai rendu. Cette fille est mariée, et elle a trois enfants maintenant. Elle n'a pas besoin de se stresser à cause des conneries de Mike.

— Tu es le seul homme que je connaisse qui reste ami avec toutes les femmes qui ont partagé son lit, dit Zack en secouant la tête.

— Au moins, en faisant comme ça, je n'ai pas à m'inquiéter que quelqu'un mette un contrat sur ma tête parce que je suis un sale con.

Zack haussa les épaules.

— Chacun ses opinions au final, et aucune chance qu'on tombe d'accord.

— J'ai hâte de voir le jour où quelqu'un te rendra la monnaie de ta pièce.

— Ça n'arrivera jamais. Maintenant, dis-moi quel était le problème de Mike aujourd'hui.

— Apparemment, il n'était pas content de l'accord que tu as négocié avec Draco et a décidé de faire une scène devant Starlight. Maintenant, il va falloir que je m'en occupe façon Draco.

Pour quelle raison avais-je accepté de m'occuper de ce joueur à la place de Draco ?

Parce que tu aimes venir en aide aux femmes en détresse.

Merde. J'avais foiré dans les grandes largeurs. Il n'était pas question que je laisse les hommes de Draco nettoyer mon bordel.

— Tu as besoin de nous pour te filer un coup de main ? J'ai quelques types qui me doivent une faveur ou deux, dit Zack.

— Non. Mieux vaut qu'aucun d'entre vous ne soit impliqué, dis-je en me passant une main dans les cheveux. Je ne peux pas lui laisser la vie sauve, n'est-ce pas ?

— Tu pourrais peut-être lui proposer une autre porte de sortie.

Zack me regarda, sachant que je n'avais pas vraiment envie d'expédier cette ordure en enfer.

— C'est inutile. Draco ne laisse qu'une seule chance. Mike a eu droit à la sienne et il l'a gâchée. Ce sera fait demain matin.

C'était pour cette raison que je n'aurais jamais rien dû faire par rapport à l'attirance que je ressentais pour Starlight. Elle était pure, elle n'avait pas besoin que je la souille. J'avais beau essayer de me ranger, il y avait toujours des aspects de ma vie qui me ramenaient en arrière. Avec un peu de chance, sachant ce qui allait lui arriver, Mike aurait quitté la ville. Mais c'était un vœu pieux de ma part.

— Je m'estime heureux qu'il ne se soit pas trop donné en spectacle devant Starlight, et il n'a eu droit qu'à un coup de poing dans le ventre.

— Pourquoi tu appelles Penny par ce surnom stupide de Starlight ? Ça la fait passer pour une strip-teaseuse.

Je me retournai et lui jetai un regard noir.

— Ne t'avise plus jamais de lui manquer de respect comme ça. Je me fous que tu sois mon frère, je te referai le portrait.

— Wouah. Mec, calme-toi, merde ! lança Zack, mains

levées en signe de reddition. Tu sais bien que ce n'est pas mon intention. Bon sang, elle est comme ma sœur ! Sérieux, t'as vraiment besoin de t'envoyer en l'air.

— Va te faire voir. Et pour info, Starlight, c'est son deuxième prénom.

— Eh bien, merde. J'avais oublié. Jamais je n'aurais cru que Kipos donnerait à sa fille un nom de hippie.

— Je doute qu'il ait eu son mot à dire à ce sujet. Si tu te souviens bien, quand Mme Karina voulait quelque chose, elle l'obtenait.

Je me rappelai à quel point j'aurais voulu que Collin aime Maman de la même manière que Jacob avait aimé Karina. C'était comme si la course du soleil, de la lune et des étoiles dépendaient du bonheur de Karina.

Collin, quant à lui, semblait perpétuellement irrité dès qu'il s'agissait de Maman. Il n'avait même pas sourcillé lorsqu'elle avait décidé, avec ses amis, de faire un tour du monde qui avait duré cinq mois. Même à treize ans, je me rendais compte que Collin n'était pas le genre de mari ou de père que les autres enfants avaient.

'Inutile de préciser que s'il n'avait pas été cet enfoiré insupportable, la vie aurait pris une tournure différente pour moi.

Mais il y avait de fortes chances que je sois devenu l'un de ces riches morveux que j'avais envie de frapper chaque fois qu'ils se comportaient comme si le monde leur devait quelque chose. À la place, j'étais aujourd'hui le croque-mitaine qui nettoyait leurs dégâts et les gardait dans le droit chemin.

Bon sang, secoue-toi, abruti.

— Alors je suppose que Penny n'a pas été tellement impressionnée par ce côté sombre de ta vie ?

— Elle ne m'a pas paru perturbée.

Si je ne me trompais pas, l'éclat dans ses yeux était de la pure lubricité. Mon côté voyou l'avait excitée.

— Alors quel est le problème ?

— Elle veut que je l'aide à trouver qui a tué son père. Elle pense que Dara est impliquée.

— Eh bien, merde. Ça pourrait s'avérer dangereux pour elle, surtout si elle se met à fouiner dans des endroits où elle ne devrait pas. Je ne serais pas étonné que Dara riposte. J'espère que tu fais suivre Penny comme je te l'ai suggéré.

S'il savait depuis combien de temps je surveillais les arrières de Starlight. Il penserait probablement que je devrais être interné. Oui, je savais que ça me donnait l'air d'un harceleur flippant, mais je voulais qu'elle soit en sécurité. Surtout après avoir découvert qu'elle était impliquée dans le marché compétitif et impitoyable de l'alcool.

— C'est fait. J'ai quelqu'un sur elle depuis un moment.

Zack haussa un sourcil et secoua la tête.

— Moi je dis, séduis-la et évacue-la de ton organisme.

— Tu sais que c'est une mauvaise idée. La dernière chose dont elle a besoin, c'est d'une relation avec moi qui donnerait à Dara des arguments pour la dégager de Kipos.

— Si ce n'est pas toi, elle trouvera un autre moyen.

— Je refuse qu'elle perde son emploi à cause de moi.

— Il est peut-être déjà trop tard.

Zack posa son whisky sur la table basse en verre et entreprit de retrousser les manches de sa chemise boutonnée.

— Tu veux bien m'expliquer ?

À cet instant, l'ascenseur s'ouvrit de nouveau. Pierce entra, un carton de dossiers sous le bras.

Il jeta un œil à Zack avant de lui demander :

— Tu l'as mis au courant ?

— On y arrivait. Puisque tu es là, et que tu connais tous les détails, pourquoi ne pas lui en parler toi-même ?

Pierce déposa son carton au sol, ouvrit le couvercle, et sortit des dossiers. Il m'en tendit un, et donna l'autre à Zack.

Il s'assit ensuite dans le fauteuil en face de moi.

— Je suis sur le point de te donner les clés pour libérer Persephone Kipos des griffes de Dara Kipos pour de bon. Et si tu as de la chance, ta Starlight te sera très reconnaissante.

CHAPITRE
Cinq

Penny

Vers sept heures trente le lendemain matin, j'arrivai dans les bureaux de Kipos International à Las Vegas. Je bâillai et pris une grande gorgée de mon café fait maison. J'étais épuisée, et c'était uniquement ma faute. J'avais passé une nuit agitée à penser à Hagen et à tout ce qui s'était passé entre nous. J'étais surtout concentrée sur le fait qu'il avait réveillé quelque chose dans mon corps, que je ne voulais plus jamais laisser se rendormir.

La dernière chose à laquelle je m'étais attendue en allant voir Hagen, c'était de finir clouée au mur en plein orgasme. Loin de moi l'idée de mentir en disant que je n'avais jamais été fascinée par l'idée que Hagen me fasse des choses délicieusement coquines. Mais je n'imaginais pas un instant que cela pouvait réellement arriver.

Mon plus gros problème, c'était qu'avoir goûté une fois

à Hagen me donnait envie de plus, ce qui signifiait que j'étais dans la merde.

Je ne pouvais pas prendre le risque que les espions de Dara me suivent, surtout après avoir trouvé un autre mouchard dans ma cuisine. Heureusement, Adrian m'avait donné un scanner pour repérer ces appareils.

J'avais eu de la chance hier. Mais c'était trop risqué de le rencontrer à nouveau, même si mes hormones me poussaient à faire le contraire.

De qui me moquais-je ? L'alchimie était trop intense pour que je ne cherche pas à revoir cet homme.

Peut-être qu'une petite discussion avec Adrian s'imposait. Il pourrait me dire comment il s'était débrouillé pour travailler pour les frères pendant des années sans que personne ne le sache. Mon petit frère pourrait m'apprendre des choses en matière de discrétion.

Je sortis ma carte et la scannai devant l'entrée de la sécurité. Il y eut une lumière rouge, qui me refusait l'accès.

C'était quoi le problème ?

Je scannai à nouveau la carte, avec le même résultat.

Alors que je tentais un troisième essai, Jeffrey, l'un des chefs de la sécurité de Kipos, s'approcha de moi. Cela faisait plus de vingt ans qu'il était dans l'entreprise, et je savais qu'il était loyal envers Adrian et moi, pas Dara. Une fois, il m'avait dit que la seule raison pour laquelle il n'avait pas encore pris sa retraite, c'était parce qu'il voulait que j'aie un allié à Kipos. Il était mes yeux et mes oreilles pour les choses qui se passaient au sein de l'entreprise.

— Mlle Kipos, suivez-moi. Mme Kipos a demandé votre

présence. Il jeta un regard en direction des caméras de surveillance, pour m'indiquer que nous étions surveillés.

Je hochai la tête et demandai :

— Que se passe-t-il, Jeff ?

Il haussa les épaules.

— Je ne saurais dire.

Une fois l'entrée principale franchie, il continua :

— Les employés personnels de Mme Kipos sont ici depuis deux heures. La seule chose que je sais, c'est qu'on m'a chargé de les informer de votre arrivée.

Mon estomac se retourna. Se pouvait-il qu'elle soit au courant pour ma rencontre avec Hagen ? Évidemment. Si mon appartement était sur écoute, pourquoi n'aurait-elle pas mis des traceurs sur toutes mes voitures... une fois de plus ?

J'aurais dû savoir qu'il valait mieux vérifier ma voiture avant de partir rejoindre Hagen hier.

J'avais passé des années à faire des pieds et des mains pour dissimuler le travail que je faisais pour PSK, et j'avais négligé ce simple principe de précaution. Mon équipe de sécurité allait me botter le cul quand elle en aurait vent.

Je ne pouvais pas penser à ça pour le moment. Ma priorité, c'était de traiter avec Dara.

— Je sais que vous venez de vérifier, mais est-ce que vous pourriez à nouveau fouiller ma voiture au cas où il y aurait des mouchards ?

— Je vais demander qu'on s'en occupe dès que je vous aurai laissée avec Mme Kipos.

Nous franchîmes une porte latérale et arrivâmes devant des ascenseurs. Une minute plus tard, nous étions au vingt-sixième étage. Les portes s'ouvrirent, et je vis les trois hommes que je me plaisais à surnommer « les Trois Corniauds super musclés » qui nous attendaient. Ils mesuraient bien plus d'un mètre quatre-vingt et étaient bâtis comme des armoires à glace. Ils quittaient rarement Dara, voire jamais. J'étais même presque sûre qu'ils partageaient aussi son lit à l'occasion.

— Mlle Kipos, il nous faut votre ordinateur et votre téléphone professionnels.

Je reculai lorsque Shane, l'un des corniauds, tenta de prendre mon sac en bandoulière.

— Ne me touchez pas. Je veux savoir ce qui se passe.

Personne ne dit mot.

Je me dirigeai vers le bureau de Dara et y trouvait Adrian.

— Toujours aussi ponctuelle.

Dara s'approcha de moi.

— Est-ce que tu as apprécié ta rencontre avec Hagen Lykaios hier ?

Je lançai un regard à Adrian, qui secoua la tête, m'indiquant que la situation était plutôt mauvaise.

— Je ne vois pas de quoi tu parles.

— Oh, arrête, Penny. Je suis au courant que tu craques pour lui depuis que tu n'étais qu'une ado morveuse. Jamais je n'aurais pensé que tu te vendrais à lui.

Je fronçai les sourcils et scrutai la pièce, cherchant à comprendre.

Puis mes yeux se posèrent sur l'homme costaud assis dans le coin. Il semblait absorbé par la lecture de son journal, mais je savais que toute son attention était concentrée sur moi. Au fil des années, je l'avais déjà vu, mais j'étais incapable de le situer. Sûrement l'un des hommes qui avaient rempli un créneau dans le lit de Dara entre les garçons de piscine de dix-neuf ans et les agents de son service de sécurité personnel dont elle se lassait vite.

— Qui est-ce ?

— Ça ne te regarde pas. Nous sommes ici pour discuter de toi.

— Dara, je n'ai pas le temps pour ça. J'ai une réunion avec un de nos distributeurs pour le projet Holland dans vingt minutes.

Je me tournai pour partir, mais Dara m'attrapa le bras.

— Pas si vite.

Je me dégageai et lui jetai un regard noir.

— Il a été porté à ma connaissance que tu faisais affaire avec un criminel reconnu.

— Que je faisais affaire ? Tu es dingue.

— S'il ne s'agissait pas d'un rendez-vous d'affaires, alors quoi d'autre ? D'après les preuves que j'ai, soit tu travailles avec Hagen Lykaios, soit c'est personnel. Ça t'ennuierait de m'éclairer ?

Je jetai un nouveau regard à Adrian.

— Ne le regarde pas. Aujourd'hui, il a appris quel genre de sœur tu es vraiment.

Elle jeta un jeu de photos sur son bureau, et certaines tombèrent au sol devant moi.

C'étaient des photos de moi assise sur la véranda du nouveau restaurant de Hagen. Il y en avait une en particulier où Hagen avait la main posée sur la mienne et où nous nous regardions dans les yeux. Et il y en avait une autre de moi quittant le club. J'avais le visage rougi, mais le reste semblait normal.

— Je ne vois pas comment ces photos pourraient indiquer que je suis une traîtresse, ou une prostituée, ou quoi que ce soit que tu veuilles leur faire dire. Je déjeunais avec un ami d'enfance.

— C'est là que tu fais erreur.

Dara me sourit et fit signe à Adam, l'un de ses gros bras, de me donner un dossier.

Je l'ouvris et y trouvai un document récapitulatif des statuts et clauses de la société.

Quand j'arrivai à la section surlignée, je blêmis subitement. Puis je levai les yeux vers Dara.

— Tu n'es pas sérieuse.

— Selon nos statuts, afin de conserver une habilitation de sécurité dans l'entreprise, tous les cadres doivent adhérer à une clause de moralité. Et toi, ma chère, tu en as brisé plus d'une.

Elle s'avança vers moi.

— Tu t'es associée à quelqu'un de connu pour ses turpitudes.

Dara adressa un sourire à l'homme dans le coin, et je fus prise d'une telle colère que j'avais envie de hurler. Cet enfoiré devait faire partie de tout ça.

— Ça n'a aucun sens. Ni Hagen ni aucun de ses frères n'ont été accusés d'un quelconque crime. Je n'ai enfreint aucune règle en déjeunant avec lui.

— Ton association avec Hagen Lykaios projette une ombre autour de toutes les affaires menées par la société. Il est réputé pour son association avec les gens peu recommandables de Las Vegas. Il a beau essayer de se racheter une conduite, il est toujours souillé. Et ces photos prouvent que vous êtes plus que de simples amis comme vous le prétendez.

Son ton était presque dur, comme si elle était jalouse. Je chassai cette pensée de mon esprit et me concentrai sur sa folie.

— Et j'ai également appris que nous sommes en négociation avec un grand distributeur d'alcool pour la prochaine cargaison de nos exportations européennes de fleurs de sureau.

Ouais, ma foutue société, pétasse.

— Je ne laisserai pas tes idioties mettre le contrat en péril, lança-t-elle avec un regard furieux en s'appuyant sur le devant de son bureau. D'après mes recherches, la présidente de l'entreprise est très sélective et ne choisira que des entreprises répondant à ses critères d'excellence.

Il me fallut rassembler toute ma volonté pour ne pas griller ma couverture et lui dire qu'à compter de maintenant les négociations pour le contrat étaient terminées. Lorsque j'avais établi les contrats pour que Kipos soit le fournisseur de fleurs de sureau de PSK Distilleries, j'espérais lui donner un complément de revenus pour l'année à venir, de sorte que quand Adrian prendrait la relève, les actionnaires verraient qu'il était capable de mener l'entreprise avec succès.

Mais il pourrait neiger en enfer avant que je donne le contrat à Dara.

— C'est moi qui mène les discussions pour le contrat. Ils

ne travailleront qu'avec moi. Sans moi, Kipos n'aurait même pas postulé à cet appel d'offres.

Elle agita la main.

— Tu te donnes un peu trop d'importance. Je suis sûre que la patronne de PSK préférera travailler avec la PDG de Kipos.

— Je ne parierais pas là-dessus, marmonnai-je.

Dara m'entendit, et son expression passa de renfrognée à furieuse.

— En tant que chef d'entreprise, c'est à moi de prendre des décisions sur la manière dont nous gérons nos affaires.

— Ce qui veut dire ?

— Qu'il est temps que tu te mettes à l'écart. Je ne veux pas que tu mettes en péril l'avenir d'Adrian.

— Tu te moques de moi. J'ai apporté plus d'affaires que n'importe quel autre cadre de cette entreprise. Sérieusement, tu entends ce qu'elle dit ? demandai-je à Adrian en me tournant vers lui.

Une lueur passa dans son regard, que je ne sus interpréter ; je ne pouvais qu'espérer qu'il avait pour objectif de piéger Dara.

— Je n'ai pas grand-chose à dire à ce sujet, Penny. Maman fait des remarques pertinentes. Tu devrais savoir qu'il ne faut pas t'impliquer avec Hagen. Le fait de fréquenter implicitement la pègre est tout aussi dangereux pour les opportunités futures que de travailler directement avec des criminels condamnés.

— Quoi ? Mais tu… commençai-je sans terminer ma phrase ; je reculai d'un pas et tentai de dissiper le brouillard dans mon esprit. Adrian, tu crois à ces conneries ?

— Oui. À ce stade, Maman devrait gérer toutes les nouvelles affaires.

Il était vraiment du côté de Dara ?

Des larmes me brûlèrent la gorge alors que je repoussai une mèche de cheveux derrière mon oreille et tentai de lutter contre l'immense vague de tristesse qui menaçait de me submerger.

C'est alors que je vis Adrian faire tourner le stylo qu'il aimait toujours avoir sur lui. Je le regardai droit dans les yeux et le vis légèrement hausser les sourcils. J'en fus immédiatement soulagée. Il jouait un rôle. Il ne m'avait pas tourné le dos.

Puis il fronça les sourcils, et je vis passer une expression irritée sur son visage. D'accord, il était énervé que j'aie pu penser qu'il m'avait trahie. Il me le ferait payer plus tard. C'était mérité, j'avais douté de lui, même si ce n'était que durant une demi-seconde.

— N'essaie pas de mêler Adrian à ça. Il n'a pas son mot à dire là-dessus. J'ai déjà parlé au conseil d'administration. Ils sont d'accord avec ma décision.

— Donc, en d'autres termes, tu me vires.

— Elle a enfin compris. Pour une diplômée de Stanford, je m'attendais à ce que tu aies une illumination plus tôt. Tu n'es plus employée de Kipos International. Tu dois remettre à l'entreprise tous tes équipements électroniques, y compris ton téléphone et ton ordinateur portable.

— Attends une seconde. Il me faut du temps pour récupérer mes informations personnelles et mes fichiers des ordinateurs.

— Les équipements de l'entreprise ne sont pas destinés

à un usage personnel. Tu renonces à toute vie privée à la seconde où tu enfreins le règlement de l'entreprise.

Eh bien, merde. Pourquoi n'avais-je pas de brouilleur sous la main quand j'en avais besoin ?

— Penny, dit Adrian à voix basse en s'approchant de moi, avant de me prendre la main.

Il me glissa un petit objet métallique dans la paume. Je savais ce que c'était sans le regarder. Le soulagement m'envahit en prenant le dispositif destiné à effacer le contenu de mon disque dur dès que je le poserais contre mon portable.

— Bien, dis-je en expirant. Je vais m'en aller. Tu viendras plus tard pour qu'on puisse parler ?

— Au lieu de perdre du temps à bavarder, je te suggère de faire tes bagages. Tu as trois jours pour déménager de l'appartement mis à ta disposition en tant qu'employée de Kipos.

— Hé, attends une minute ! s'exclama Adrian en se tournant vers Dara. Où veux-tu qu'elle aille vivre ?

— Ce n'est pas notre problème.

Adrian ouvrit la bouche pour protester, mais la referma en me voyant secouer la tête.

Dès que j'avais emménagé dans la maison de ville de l'entreprise, j'avais su qu'il me serait risqué de m'attacher. C'était pour cette raison que j'avais passé tant de temps dans la maison que mes parents avaient construite. Papa nous en avait légué la propriété, à Adrian et moi, dans son testament. Dara pouvait s'en servir, mais elle ne la posséderait jamais. Le seul problème avec le fait d'emménager dans la maison, c'était que je ne saurais jamais quand Dara y viendrait, ni si elle allait faire placer des mouchards quand je n'y serais pas. Et je ne pouvais pas demander à Adrian de venir en permanence passer l'endroit au crible alors qu'il avait une charge de cours et un boulot à plein temps.

— Adrian, ça va aller. Je vais aller chez des amis en attendant de trouver un endroit.

J'ouvris mon sac à bandoulière et fouillai dedans, appuyant le dispositif contre le disque dur de mon portable avant de le sortir.

— Voilà. Je n'en aurai plus besoin.

Adam s'approcha de moi, mais au lieu de le lui tendre, je le laissai tomber au sol, et quelques pièces se détachèrent de l'ordinateur.

— Vous l'avez fait exprès ! aboya-t-il. Vous avez endommagé un bien appartenant à l'entreprise.

Je haussai les épaules.

— Alors faites-moi virer. Oh, attendez. C'est déjà fait.

— Sous ce comportement de mauviette, vous avez toujours été une pétasse, marmonna-t-il.

— Ouaip. Et ça va se voir de plus en plus.

Je jetai un regard à Dara en sortant de la pièce pour me diriger vers les ascenseurs.

Je n'avais même pas l'intention d'essayer de regagner mon bureau. Jeffrey savait où je cachais les dossiers sensibles de l'entreprise dans mes armoires, et il me les ferait parvenir.

Il me fallut quelques minutes après avoir quitté les locaux de Kipos pour que la brume s'installe.

Qu'est-ce qui vient de se passer ? Est-ce qu'Adrian avait orchestré tout ça ?

Ses paroles résonnèrent dans mon esprit.

— Tout ce que je te demande, c'est de me faire confiance.

Bon sang, Adrian, qu'est-ce que tu fabriques ?

Avait-il la moindre idée des ravages que Dara pouvait causer à l'entreprise si je n'étais plus là ? J'allais lui tordre le cou une fois seule avec lui.

Mais cela devrait attendre : pour l'instant il fallait que je trouve un endroit où vivre. Ma meilleure amie, Amelia, ancienne combattante de MMA, les arts martiaux mélangés, et à présent promotrice sportive à l'international, vivait en Grèce, et je n'envisageais pas de déménager à l'étranger. Ma seule autre véritable option était ma cousine Henna, mais elle travaillait pour Collin Lykaios et vivait dans son méga hôtel jusqu'à ce que la construction de sa nouvelle maison soit achevée. Je savais qu'elle me trouverait un endroit où vivre sans poser de questions, mais je ne me voyais pas séjourner dans un hôtel dirigé par le type qui avait rejeté ses fils sans regarder en arrière.

Alors que j'atteignais ma voiture, mon téléphone personnel sonna. C'était un message d'Adrian.

Adrian : Va voir Hagen, il te trouvera un endroit où vivre.

Penny : Je ne crois pas que ce soit une bonne idée.

Adrian : Ce n'est pas comme si tu pouvais perdre ton boulot parce qu'on te surprendra avec lui. Tu as déjà été virée.

Penny : Tu te crois drôle en plus ?

Je ris et secouai la tête en ouvrant ma portière avant de me glisser derrière le volant.

Adrian : Je parie que tu souris.

Penny : Oui, effectivement. J'ai une question pour toi.

Adrian : Vas-y. J'ai comme l'impression que je sais ce que tu vas me demander.

Penny : Pourquoi m'avoir fait virer ?

Adrian : Laisse-moi m'isoler et je t'appelle. Ce sera mieux de se parler que de s'envoyer des SMS.

En attendant, je sortis du parking et pris la direction de mon logement qui ne tarderait pas à être vidé. Je n'avais pas l'intention d'y rester. Je préférais prendre une chambre d'hôtel. Au moins là, j'aurais la certitude que ma vie privée était respectée.

Dès que mon téléphone sonna, j'appuyai sur le haut-parleur Bluetooth pour répondre à l'appel et saluai Adrian d'un :

— Commence à t'expliquer !

Il gémit.

— Eh bah, merde. Je ne m'attendais pas à te voir aussi énervée.

— J'attends.

J'eus envie de taper du pied, mais je résistai, parce que ça me ferait accélérer et je risquerais de me faire arrêter.

— Penny, réfléchis. Si tu donnes assez de longueur de corde à quelqu'un, il se pendra. Maman croit qu'elle me tient par le bout du nez. Elle ne se rend pas compte que je travaille sur son besoin de contrôler l'entreprise et notre héritage. Elle a toujours été motivée par l'argent. Depuis que je suis en première année, je sais qu'elle est tombée enceinte de moi pour mettre le grappin sur Papa.

— Et quel est le rapport avec le fait que je sois au chômage ?

— Tu n'es pas au chômage, répondit-il. (Je visualisai

parfaitement ses sourcils froncés.) Le but, c'est qu'elle aille à l'encontre de ce que voulait Papa, pour ensuite la faire tomber. Je suis le seul à être en mesure de le faire. J'ai aussi accès à des zones auxquelles toi tu n'avais pas accès. Comme son bureau et sa salle de réunion privée.

— Et comment ferait-elle pour aller à l'encontre du testament de Papa ?

— Il prévoit qu'à tout moment, un héritier Kipos doit tenir un rôle exécutif. Elle l'a déjà violé en te virant. C'est la première étape. Pour la prochaine, ce sera à moi de l'attraper en flagrant délit quand elle transférera de l'argent sur son compte offshore que j'ai récemment découvert.

— Tu es en train de me dire qu'elle vole ?

— C'est vraiment une surprise ?

— Je suppose que non. Adrian, je sais que tu es un enquêteur hors pair quand il s'agit de trouver des informations, mais il faut que ça reste totalement légal si on veut pouvoir déposer une plainte contre elle. Si Dara se fait prendre, elle se servira de la moindre faille pour s'en sortir.

— Je suis déjà sur le coup. C'est pour ça que si tu m'écoutes, mon plan fonctionnera.

Je laissai échapper un soupir. Il avait raison.

— Alors, je suis censée faire quoi en attendant ?

— Tu plaisantes, non ? Que dirais-tu de développer ton empire de l'alcool ? J'ai entendu dire qu'un certain frère Lykaios était très intéressé par ton succès. Tellement qu'il a conçu plusieurs entreprises autour de ton produit.

Penser à Hagen me noua le ventre. Pourquoi s'était-il donné tant de mal pour créer un club autour de Firewater ?

— Tu as quelque chose à voir avec le fait que Hagen se

serve de Firewater comme alcool signature pour ses clubs et restaurants ?

— J'ai été aussi surpris que toi. Je n'ai rien su avant d'assister à une visite guidée où j'ai pu voir la salle de dégustation privée de différentes variétés de whisky. C'est là que j'ai constaté que les six variantes de Firewater étaient au menu.

Depuis combien de temps Hagen était-il au courant de mes affaires ? Pour le reste du monde, Firewater était la propriété d'une milliardaire recluse qui vivait aux Maldives.

— En parlant de Hagen, continua Adrian, me tirant de mes pensées.

— Quoi ?

— Tu ne crois pas qu'il serait temps de faire quelque chose pour ce coup de cœur que tu as pour lui depuis que tu es gamine ? Il te veut. Tu le veux. En plus, maintenant, Maman chérie n'a plus son mot à dire.

— Sois sérieux un peu. Il n'est pas le genre de type à s'engager. Hors de question que je ne sois qu'une encoche de plus sur sa tête de lit.

— Vois les choses autrement. Il pourrait être une encoche sur *ta* tête de lit. Si tu y vas en sachant qu'il y a une date limite, alors personne ne souffrira.

Je n'avais pas envie de dire à mon petit frère que j'avais pensé exactement à la même chose en boucle la nuit dernière.

— Ma vie sexuelle n'est pas un sujet de discussion. Pour l'instant, je dois emballer mes affaires et trouver un hôtel digne de ce nom pour les nuits à venir. Je me suis fait expulser, tu te souviens ? Et avec les six salons pros qui ont lieu en ville en ce moment, j'aurai de la chance si je trouve un motel à l'heure.

— C'est réglé.

— Ce qui veut dire ?

— Ce qui veut dire que je viens d'envoyer un message à Hagen. Il dit que tu peux avoir un appartement à l'Ida. La carte d'accès t'attendra à son bureau sur place.

Avant que je puisse lui répondre, Adrian me dit d'une voix frustrée :

— Ne t'avise pas de protester. Pour une fois, tu veux bien me laisser prendre soin de toi ? Tu n'as pas à tout gérer. Je t'ai trouvé un endroit où dormir. Je n'ai pas planifié ton mariage avec lui.

Je pouvais presque voir l'expression irritée d'Adrian.

— Bien. Alors je vais à l'Ida pour le moment. Mais ce n'est que temporaire.

CHAPITRE
Six

Penny

Un peu avant midi, je me garai dans l'allée de l'Ida. Il m'avait fallu plus de temps que prévu pour trouver des déménageurs et emballer suffisamment de vêtements et d'affaires pour tenir jusqu'à ce que le reste de mes effets personnels puissent être transportés à l'appartement que Hagen allait me prêter.

D'après mes estimations, il me faudrait environ deux semaines pour trouver un appartement digne de ce nom. De préférence près de l'entrepôt où se trouvait mon laboratoire.

Je me demandai combien coûtait un appartement dans une des tours de l'Ida. Probablement des millions.

Est-ce que Hagen se formaliserait si je lui proposais de payer un loyer pendant les prochaines semaines ?

C'était plus que probable. En dépit de toutes leurs méthodes et pratiques commerciales modernes, les frères

Lykaios étaient grecs, et les hommes grecs avaient une vision très traditionnelle dès lors qu'il s'agissait des gens auxquels ils s'intéressaient.

Un employé s'approcha en scrutant la voiture. En souriant, je lui remis mes clés et franchis les portes de l'Ida. Une fois passé le seuil, je fus frappée par la beauté de l'intérieur.

Une sculpture géante en verre accueillait les visiteurs avec un éventail de couleurs hypnotique. Les lignes épurées et les tons sourds du reste du décor du hall d'entrée conféraient à l'hôtel une ambiance moderne et avant-gardiste. Je n'avais pas le moindre doute sur le fait que Zack avait construit cette propriété en pensant à Hagen. C'était raffiné, mais il y avait une sorte d'aura diabolique sous-jacente. Quelque chose qui incitait le visiteur à se méfier du danger.

La réception était vide, à l'exception de quelques employés qui s'affairaient sur des tablettes. L'hôtel devait ouvrir au public d'ici quelques semaines, et la rumeur voulait qu'il soit déjà complet pour quasiment un an.

Les seules parties actuellement en fonctionnement étaient les casinos et les lieux accueillant les spectacles, qui avaient débuté le mois dernier. J'avais manqué l'inauguration du casino, accessible seulement sur invitation, à cause d'un déplacement de dernière minute en Inde. Avec un peu de chance, il ne se passerait rien de plus, et je pourrais assister à celle de l'hôtel dans quelques semaines.

Il y avait une légère odeur de sucre et de pâtisserie dans l'air, et mon insatiable envie de sucreries refit surface. S'il y avait bien une chose à laquelle j'étais incapable de résister, c'étaient les pâtisseries. Je suivis mon nez jusqu'à une boutique. Il y avait des caisses entières de desserts, de toutes les sortes possibles et imaginables. Et à ma grande surprise, il y avait mon préféré, le *kataifi*. Il était fait à partir d'une pâte spéciale semblable à des cheveux d'ange. Il y avait un cœur aux noix caché au milieu des brins, et un sirop sucré collant. Ce à quoi je ne m'attendais pas, c'était la couche de crème pâtissière sur le dessus, comme le faisait ma grand-mère, *Yia Yia* Ana.

Alors que j'étais sur le point de craquer et d'acheter un morceau de ce dessert paradisiaque, un homme s'approcha de moi.

— Mlle Kipos, je suis Damian Riker, le directeur général de l'Ida. M. Lykaios a dit qu'il vous attendait dans le salon Diávolos.

Je haussai un sourcil.

— Il y a un salon dans l'hôtel de Hagen qui s'appelle le *salon du Diable* ?

Un sourire apparut sur les lèvres de Damian.

— C'était en fait l'idée de M. Pierce Lykaios. Disons que seuls deux des trois frères ont pensé que ce choix de nom convenait à l'homme qui régnerait sur les lieux.

Je pouvais presque imaginer le regard noir de Hagen. Il avait beau assumer le fait que les gens le surnommaient le Diable des frères Lykaios ou le Maître du péché ou toute une ribambelle d'autres noms, il était évident qu'il détestait qu'on lui colle une étiquette en rapport avec son passé. En tout cas, ça l'était à mes yeux.

— Si vous voulez bien me suivre, je peux vous conduire au salon.

Je hochai la tête et suivis Damian le long d'une allée

couverte de marbre. Tous les casinos de Vegas étaient bâtis comme des labyrinthes avec des choses placées sur votre chemin pour vous distraire.

Alors que nous passions devant une section de magasins très haut de gamme, je remarquai un panneau indiquant la direction des jardins botaniques.

J'hésitai un instant. J'étais obsédée par la nature, en particulier les jardins, et j'avais envie d'y jeter un œil, mais je ne voulais pas paraître impolie et faire attendre Hagen.

Damian dut remarquer mon indécision, car il me dit :

— Voulez-vous passer quelques minutes à regarder les jardins ? M. Lykaios m'a chargé de vous y conduire si vous le souhaitiez.

— Je peux me débrouiller seule. Donnez-moi simplement les indications pour me rendre au salon. Je retrouverai mon chemin quand j'aurai terminé.

Il hésita une seconde avant de hocher la tête et de me donner les instructions.

— Au cas où vous vous perdriez, voici ma carte. Ma ligne directe y est indiquée.

Je souris et pris la direction des jardins.

La première chose que je remarquai en y entrant, ce fut la douce chaleur de l'espace et l'odeur enivrante de la terre fertile et des plantes. C'était mon genre de paradis, la nature dans toute sa splendeur. Il y avait des zones cloisonnées pour empêcher la pollinisation croisée de différentes espèces de fleurs et d'organismes provenant de régions très différentes du monde.

Durant les vingt minutes suivantes, je me perdis dans ce monde de beauté botanique.

Quand je me rendis ensuite au salon, ce n'était pas du tout ce à quoi je m'attendais. En dehors d'un grand type trop costaud qui faisait la sécurité, rien n'indiquait qu'il se trouvait quoi que ce soit dans cette zone. L'homme portait un costume sur mesure et avait les bras croisés, faisant étalage de ses muscles épais comme des troncs d'arbre. C'était exactement le genre de type que Dara aimait avoir à sa disposition à tout moment.

Je m'approchai de lui avec un sourire, mais il se renfrogna.

— Êtes-vous perdue ? s'enquit-il d'une voix qui signifiait clairement « pour quelle raison me faites-vous perdre mon temps ? ».

— Je suis Penny Kipos. Hagen m'attend. On m'a dit que je le trouverais ici.

— Si c'était vrai, M. Lykaios m'en aurait informé. Allez prendre rendez-vous avec sa secrétaire comme tout le monde.

— Si vous contactez Hagen, il vous confirmera ce que je dis.

— Ça n'arrivera pas, madame. M. Lykaios n'aime pas être dérangé. À présent, je vous suggère de vous en aller.

C'était quoi ce boxon ? Je n'étais pas une groupie qui voulait atteindre Hagen.

Bon, je l'étais peut-être, mais c'était lui qui m'avait invitée à le rejoindre.

— Vous vous moquez de moi.

— Est-ce que je me suis mal fait comprendre ? me demanda-t-il, avançant pour me surplomber de son mètre quatre-vingt-dix-huit. Allez vous faire voir, ma belle. M. Lykaios est occupé.

Ma colère était à son comble. J'étais habituée à ce que Dara me traite comme de la merde, et je l'avais accepté pour le bien d'Adrian, mais il était hors de question que j'accepte à nouveau ça de qui que ce soit d'autre. Le temps était révolu de laisser des gros cons me donner l'impression d'être inutile.

— Vous savez quoi ? Je vais régler ça d'un simple coup de fil.

— Allez-y.

— J'espère que vous avez un nouveau travail en vue.

Je sortis mon téléphone et composai le numéro de Hagen. Il aurait peut-être mieux valu appeler Damian, mais mon instinct me disait que mon choix était le meilleur.

— Starlight. Je t'attendais. La douceur de sa voix me donna des frissons et apaisa l'irritation que je ressentais quelques secondes plus tôt.

— Je me suis laissée absorber par les jardins. C'est un véritable Eden.

— Ils ont été conçus pour faire plaisir à quelqu'un qui saurait les apprécier à leur juste valeur. Est-ce que tu as fini de sentir les fleurs ?

— Oui, mais j'ai un problème.

— Je t'écoute.

— Le gorille qui garde l'accès au salon m'a dit d'aller me faire voir.

— Ah oui ? s'enquit-il d'un ton soudain froid. Je vais m'en occuper.

— Merci.

— Autre chose avant que je raccroche.

— Oui ?

— Entre avec l'esprit ouvert. On ne sait jamais, tu pourrais aimer ce que tu vois.

C'était une demande étrange.

— Je vais faire de mon mieux, lui répondis-je avant de glisser mon téléphone dans mon sac.

Dans la seconde qui suivit, l'abruti portait la main à son oreillette et écoutait quelque chose. Son visage prit une teinte grisâtre, et il m'adressa un regard inquiet.

Oui, abruti, tu es dans de sales draps.

Une fois que le videur eut écarté la main de son oreillette, il m'observa avec peur tandis qu'un peu de sueur perlait à son front.

Que lui avait dit Hagen ?

— Je vous présente mes excuses, Sta… Mlle Kipos. Je suis sûr que vous comprendrez mon besoin de protéger le patron.

Je haussai un sourcil.

— Mais bien sûr. Parce que j'ai l'air du genre de femme qui se glisse dans un bar pour pouvoir séduire le propriétaire.

Il ne fit aucun commentaire et se toucha de nouveau l'oreille. Mais il s'écarta et ouvrit une lourde fausse cloison pour me laisser passer.

Je pénétrai dans un couloir faiblement éclairé. Le son distant de la musique qui résonnait m'indiqua que le salon était stratégiquement conçu pour ne recevoir que sur invitation.

Je passai le tournant et haletai. Cela ne ressemblait à

aucun autre salon que j'avais fréquenté. La salle était remplie de couples et de groupes savourant cocktails et nourriture, mais ce qui me surprit, c'étaient leurs tenues. Les femmes portaient de tout, allant de la robe à une lingerie à peine visible. Pour les hommes, ça allait du costume trois-pièces au slip de bain.

J'avais lu des choses sur des endroits tels que celui-ci dans des romans, ou sur Internet, mais jamais je n'aurais imaginé me retrouver au milieu de l'un d'eux un jour.

Était-ce la manière qu'avait Hagen de me faire comprendre que c'était ce que j'obtiendrais en acceptant ses conditions ?

Mon cœur se mit à battre plus vite, et je sentis la moiteur envahir mon intimité à cette seule pensée.

Je n'avais pas encore vu la principale attraction de l'endroit, et j'étais déjà excitée. J'empruntai les escaliers jusqu'à un niveau supérieur.

Les salles étaient discrètement aménagées de façon à donner une illusion d'intimité, à l'exception des tables et des chaises qui offraient une vision optimale de l'action en cours à l'intérieur.

Ma peau me picota. L'air était chargé d'hédonisme, et je ne pus me retenir : je me dirigeai vers la pièce la plus éloignée pour commencer à regarder.

Je passai les quelques minutes suivantes à parcourir les salles, perdue dans les fantasmes créés pour le plaisir du public.

La musique était assourdissante, et les couples tout autour de moi me poussèrent à imaginer ce que ce serait d'adopter ces positions avec Hagen. Son corps dur et tatoué contrôlant mon plaisir, mon désir, me contrôlant.

La pièce qui retint le plus longtemps mon attention présentait une soumise à genoux devant son Dom qui lui caressait les cheveux. Quand il lui souleva le menton, il n'y avait que de l'adoration sur le visage de la femme. Ils portaient tous deux des alliances, ce qui m'indiquait qu'ils étaient plus l'un pour l'autre que simplement dominateur et soumise.

Il lui tendit la main et elle se leva. Il la conduisit au centre de la pièce où une longue corde pendait du plafond, avec deux menottes. Le dominateur prit les mains de la soumise et les attacha aux entraves. Sa peau rougit comme si elle savait que seul le plaisir l'attendait.

Une goutte de sueur glissa le long de ma colonne, et le bourdonnement du désir qui palpitait entre mes cuisses se transforma en une intense douleur.

Le couple était tellement synchronisé qu'on aurait dit qu'il connaissait ses envies avant elle. Il prit une longueur de corde dans un sac près de lui et entreprit de la nouer autour du corps de la femme. Il l'enroula à plusieurs reprises autour de chaque sein, de sorte que ses mamelons restèrent seuls exposés. Puis il continua sur le reste du corps. Il créa un motif complexe qui donnait à la femme l'allure d'une fleur en train d'éclore, bras et jambes écartés. Puis, à l'aide de quelques nœuds et tirages précis, il la pendit au plafond. Elle avait les genoux relevés et écartés dans la direction du Dom. Elle était totalement exposée, mais rien qu'à ses yeux.

Le regard de l'homme comme l'érection qui appuyait

sur son jean serré m'indiquait qu'il était plus qu'excité par sa soumise.

Un gémissement de désir faillit m'échapper quand il commença à la caresser de ses doigts, et elle jouit.

L'instant d'après, le Dom s'approcha de la vitre, et il opacifia le verre séparant les clients du club de lui et sa soumise.

Je laissai échapper un profond soupir et me tournai. Hagen était appuyé contre un mur proche, m'adressant le même regard de convoitise que le Dom avait pour sa compagne.

— Je vois que tu as trouvé une scène qui te plaît.

Il avait une voix basse et rauque, qui me donnait envie de serrer les cuisses.

— Y a-t-il un endroit où nous pourrions discuter seuls ?

J'étais à bout de souffle, laissant transparaître ce que je ressentais après avoir vu la scène.

Il me scruta. Son regard saphir brillant brûla son chemin dans le mien comme des flammes. Il me fallut rassembler toute ma volonté pour ne pas détourner le regard.

— Suis-moi.

Il me tendit une main, dans laquelle je glissai la mienne. J'aurais pu jurer avoir ressenti une décharge d'énergie qui me traversa de part en part.

Il me guida dans un couloir vide et présenta son œil devant un scanner rétinien, ce qui déclencha l'ouverture de la porte.

Nous entrâmes dans ce que je ne pourrais décrire autrement que comme une salle de contrôle. Des écrans montrant tout ce qui se passait dans le club couvraient deux pans de mur, et il y avait un bureau géant avec des piles de documents et une autre table avec trois ordinateurs.

— C'est ici que tu travailles ?

Il sourit.

— Ceci appartient à un de mes partenaires. Techniquement, je ne fais plus partie de l'infrastructure du club libertin.

— Techniquement ?

— Oui. Aujourd'hui je suis un citoyen honnête. Mes vices sont les boîtes de nuit, les restaurants et les spectacles de Vegas.

— Est-ce que tu participes à ce club ?

Il haussa un sourcil.

— À l'occasion. Pourquoi ? Est-ce que tu me proposes d'être ma soumise ?

La chaleur me monta aux joues à l'idée de me mettre à genoux pour Hagen et de le laisser diriger mon corps.

— Peut-être.

Je tentai de la jouer décontractée, mais j'étais incapable de cacher à quel point je le désirais.

— Adrian m'a dit que tu avais besoin d'un logement.

Il se déplaça vers le bureau où il s'appuya tout en croisant ses bras sculptés et tatoués.

Merde, pourquoi fallait-il qu'il soit aussi appétissant ?

Je me secouai mentalement et me concentrai sur ce qui m'amenait ici.

— Oui. Dara a découvert qu'on s'était retrouvés pour le déjeuner, et elle m'a virée.

Je marquai une pause.

— Elle m'a dit que j'étais impliquée dans des activités qui allaient à l'encontre du code moral de l'entreprise.

— En quoi un déjeuner est-il immoral ? En plus, les seules personnes à savoir ce qui s'est passé dans le bureau, c'est toi et moi.

Je sentis le rouge de mes joues s'intensifier, tout comme le désir que je ressentais pour l'homme qui m'avait offert le premier orgasme dont je ne m'étais pas moi-même gratifiée.

Heureusement, je conservai un ton calme en disant :

— Apparemment, elle a fait ajouter une clause dans le règlement intérieur à l'époque de la mort de mon père, qui précise que les cadres ne sont pas autorisés à s'engager dans des activités ou à s'associer avec quelque chose ou quelqu'un ayant des activités ou des pratiques douteuses.

— Et pourtant, tu es quand même venue me chercher. Les réponses valent-elles le risque ?

— Oui. La société appartient à Adrian, et il est hors de question que je laisse Dara lui prendre son héritage ou le blesser dans le processus.

Il se leva et avança vers moi jusqu'à ce qu'il soit à peine à quelques centimètres. Il glissa ses doigts le long de mes bras, me donnant la chair de poule.

— Tu es donc prête à accepter mes conditions en échange de mon aide ?

Je sentis mon souffle de plus en plus court, et mon cœur battait la chamade dans mes oreilles.

Voilà, Penny. Il est temps de faire quelque chose d'imprudent.

Je posai la main sur sa poitrine, réfrénant un gémissement de désir.

— Je t'ai dit que j'étais d'accord même si tu ne me proposais pas ton aide.

Il s'empara de ma main et la posa sur le devant de son pantalon, sur son érection dure et épaisse.

— Sois sûre de toi, Starlight. Une fois que je t'aurai prise, il n'y aura pas de retour en arrière possible. Tu m'appartiendras jusqu'à ce que ce feu entre nous cesse de brûler.

Ma bouche s'assécha, mais je ne pus m'empêcher de serrer son membre.

— J'en suis certaine.

— Je te sauterai quand et où je voudrai. Tu feras tout ce que je te dirai de faire. Ce qui inclut beaucoup de choses que tu as vues dans ce club.

Je frottai de haut en bas l'érection qui se pressait contre son jean.

— Est-ce que tu essaies de me convaincre de changer d'avis ? Tu crois que l'idée du libertinage me fait peur ?

Un gémissement lui échappa, et sa respiration se fit saccadée.

— Merde. Je devrais faire la seule chose à faire, t'envoyer faire tes valises, mais je suis un homme égoïste et je te désire depuis aussi longtemps que je m'en souvienne.

Je fixai son regard hypnotique, déglutissant avec peine, et lui demandai :

— Est-ce que j'ai l'air de me plaindre ?

— Starlight, tu n'as aucune idée de ce dans quoi tu t'embarques. Je ne vais pas te donner de faux espoirs sur ce qui se passera entre nous.

— Alors, énonce-le clairement, et vois ce qu'il advient, le défiai-je avec une caresse féroce sur son membre.

— Tu n'auras jamais rien de doux ni de gentil de ma part.

Il posa la main sur ma gorge, la serra, puis fit descendre sa main contre mon cou, jusqu'à mon col ouvert.

— Ce sera brut, indompté, et sale. Je suis aussi dépravé et sombre que le monde le croit. Surtout quand il s'agit de sexe.

Mon ventre se contracta.

— J'ai envie que ce soit sale, lui répondis-je, sentant mes mamelons se dresser à mesure que ses pupilles se dilataient.

J'avais passé ma vie à vivre pour les autres : à présent je prenais ce que je voulais, même si c'était pour une durée limitée. Quoi qu'il arrive, jamais je ne regretterais d'avoir choisi de franchir le pas.

Je caressai de haut en bas la longueur de son membre engorgé. Hagen ferma les yeux une seconde, savourant le contact de mes doigts.

— Je veux que ce soit sauvage.

Du bout du doigt, je suivis le contour de son extrémité.

— Je veux que ce soit brut.

Je collai mon corps contre le sien, coinçant ma main entre lui et moi.

— Tu pourrais finir par le regretter.

Il s'interrompit, empoigna mes cheveux et inclina ma tête en arrière.

— C'est un risque que je suis prête à prendre.

— Marché conclu.

Ses lèvres heurtèrent les miennes.

Immédiatement, le désir que j'avais ressenti pour cet

homme se libéra. Ma bouche répondit aux demandes de la sienne. Le baiser que nous avions échangé dans son bureau n'était rien à côté de ça. Son goût explosa dans ma bouche, du bourbon avec une pointe d'orange. Son baiser était dévorant et primitif. C'était comme s'il avait toujours voulu me goûter, et qu'à présent que c'était fait, il allait me consumer tout entière. Sa langue roula contre la mienne, et un gémissement rauque m'échappa.

Je savais que ce serait comme ça. Mon corps brûlait pour lui, et jusqu'à présent, nous n'avions fait que nous embrasser. Mes seins enflèrent contre mon soutien-gorge, et mon clitoris palpita.

Je passai les bras autour de son cou, le laissant me guider en arrière jusqu'à ce que mes fesses heurtent le bord de son grand bureau.

— Bon sang, tu es parfaite.

Il leva la main jusqu'à ma taille, faisant passer mon haut par-dessus ma tête, me retirant mon soutien-gorge, puis fit glisser un doigt sous le renflement de mon sein qu'il pressa tout en pinçant le mamelon entre le pouce et l'index.

— Encore, haletai-je en commençant à déboutonner sa chemise.

Sa main calleuse enflammait littéralement ma peau. Mon corps en redemandait. Mes mamelons en redemandaient. Bon sang, mon intimité en redemandait.

Il libéra ma bouche le temps de se débarrasser de sa chemise, puis revint me dévorer.

Si ses baisers addictifs me rendaient vraiment accro, alors qu'adviendrait-il une fois qu'il m'aurait sautée ?

Je découvrirais ma réponse bien assez tôt.

Il remonta ma jupe sur mes hanches et m'installa contre le bord du bureau avant de se caler entre mes jambes. Son membre épais et dur frotta contre ma vulve trempée, et je ne pus m'empêcher de rejeter la tête en arrière pendant que mes parois internes étaient secouées de spasmes ; je ne voulais qu'une chose : qu'il me comble.

Il respirait difficilement, comme s'il courait un marathon, et ses yeux brillaient d'un désir sauvage.

Il passa le pouce sous les côtés de ma culotte, et d'un geste souple, elle ne fut plus que de l'histoire ancienne.

— Je te promets que la prochaine fois on ira plus lentement, mais j'ai besoin d'être en toi. Ça fait trop longtemps, j'ai trop souvent fantasmé sur moi en toi.

Il sortit son portefeuille de sa poche arrière et récupéra un préservatif. Je le regardai libérer son énorme membre de son pantalon. Soudain, je me sentis inquiète. Ça allait vraiment faire mal.

Il dut voir ma réaction, car il s'interrompit, fermant les yeux un bref instant.

— On peut s'arrêter n'importe quand, Starlight, lança-t-il entre ses dents serrées.

Mon cœur cessa de battre un instant, sachant qu'il s'arrêterait pour moi si je le lui demandais. Il pouvait tromper le monde, mais pas moi.

Au lieu de répondre, j'enroulai les doigts autour de son membre d'acier que je caressai de haut en bas, tout en prenant sa main pour la plaquer contre mes replis gonflés.

— Je ne veux pas m'arrêter. Je veux que tu fasses disparaître cette douleur entre mes jambes.

Je vis passer un éclair de surprise dans son regard, rapidement remplacé par une flamme. Il caressa mon clitoris encore et encore jusqu'au bord de la folie, et juste au moment où j'allais basculer, il enfonça son membre gainé dans mon intimité moite.

Immédiatement, je me contractai contre l'invasion et la douleur.

— Bon sang, tu es tellement étroite, dit-il entre ses dents serrées. Ça fait combien de temps pour toi ?

Il se retira un peu et me pénétra totalement ; je me raidis et me mordis la lèvre.

— Merde, haletai-je. Ça fait plus mal que je l'aurais pensé.

J'aurais peut-être dû lui dire que j'étais vierge. Non, c'était mieux comme ça.

Hagen se figea et me regarda.

— Pourquoi tu ne m'as rien dit ?

— Parce que je savais que tu n'irais pas jusqu'au bout sinon.

Je tentai de remuer pour le prendre plus profondément, mais il m'agrippa les hanches.

— Starlight, murmura-t-il en posant son front sur le mien. Ce n'est pas ainsi que devrait se passer ta première fois. Et surtout pas avec moi.

Je pris son visage entre mes mains.

— J'ai envie de toi depuis que je suis ado. C'est normal que tu sois mon premier.

Je lus l'émotion brute dans son regard, et je levai la tête pour l'embrasser.

— Hagen ?

— Oui.

— Tu peux bouger maintenant.

Un sourire effleura ses lèvres.

— Oui, madame.

Il se retira, ne laissant que le bout de son membre dans mon intimité, puis revint brusquement.

Je criai quand la douleur fut remplacée par un désir profond.

CHAPITRE
Sept

Hagen

C'était certain, j'irais en enfer, et je m'en foutais.

Elle m'avait donné sa virginité et n'avait aucune idée de ce que cela signifiait. Elle était à moi. Je la désirais depuis trop longtemps pour faire marche arrière maintenant.

Son intimité se resserra autour de mon sexe, et il me fallut rassembler toute ma volonté pour ne pas jouir sur-le-champ.

Je la soulevai dans mes bras et l'amenai vers le grand canapé dans le coin de la pièce, m'assurant de rester profondément enfoui au creux de sa chaleur.

Sa première fois n'était absolument pas censée se dérouler de cette manière, mais j'allais faire tout mon possible pour que ce soit bon pour elle. Elle méritait d'être séduite, chérie, aimée par un homme digne d'elle.

Ça n'avait aucun sens qu'elle m'ait choisi. Mes mains

avaient fait des choses inqualifiables, et elle les voulait sur elle.

— Pourquoi moi ? lui demandai-je à nouveau en abaissant son dos pour me positionner lentement au-dessus d'elle.

Elle resserra les cuisses autour de ma taille, m'attirant plus profondément dans son corps.

— Parce que tu es le seul homme que j'ai jamais désiré aussi fort.

Bon sang, cette femme allait me détruire, et nous ne faisions que commencer ce « truc » qui se passait entre nous.

— Si tu continues à dire des choses comme ça, je vais te garder.

J'abaissai ma bouche sur l'un de ses seins pleins et gonflés, puis taquinai le bourgeon tendu avec ma langue et mes dents.

Les halètements et gémissements qu'elle poussait étaient sur le point de me faire basculer. On ne pouvait pas demander à un homme de se retenir quand il était enfoui jusqu'à la garde dans le corps de la fille de ses rêves.

Ça me faisait ressembler à une mauviette, mais je m'en foutais totalement.

Mon membre palpitait en telle, me hurlant de bouger, de pilonner son intimité étroite. Au lieu de ça, je lui donnai de légers coups de reins, juste assez pour lui accorder ce soulagement dont elle avait besoin avant de libérer l'animal enragé qui se déchaînait en moi.

Elle fit rouler ses hanches, et mes yeux manquèrent de se révulser. J'étais dans la merde.

— Où as-tu appris à faire ça, bordel ? lui demandai-je entre mes dents serrées.

Ses joues rougirent, et elle détourna le regard.

Je posai la main sur sa mâchoire, tournant son visage vers moi, et en même temps je me retirai jusqu'à la pointe avant de pousser à nouveau.

Son corps se cambra, ses jambes se resserrèrent.

— Quel genre de choses embarrassantes as-tu faites ?

Ses doigts s'agrippèrent à mes épaules, mais elle garda le silence.

Ma paume glissa vers sa gorge qu'elle serra. Ses yeux se dilatèrent aussitôt, et son intimité se contracta.

— Je lis beaucoup de livres, et je regarde… commença-t-elle avant de détourner les yeux. Oublie la dernière partie.

Oh non, elle n'allait pas s'en sortir en se cachant.

— Tu regardes quoi ? Du porno ?

Elle se mordit la lèvre et acquiesça d'un signe de tête.

— Tu n'es définitivement pas la fille naïve que tu aimes à montrer au monde. J'aime ça. Tu es une énigme. Mais sache que, maintenant que tu es à moi, je prévois de te corrompre d'une manière que tu n'as jamais imaginée, chuchotai-je contre ses lèvres avant de m'emparer de sa bouche.

Mes paroles ne firent que l'exciter davantage, et de petits spasmes contractèrent son intimité humide autour de moi.

— Tu aimes ça.

Elle planta ses ongles dans mes bras : j'allais avoir des marques.

— Oui. Je veux que tu m'apprennes tout.

Je fixai son regard vert, essayant de voir si elle pensait ce qu'elle disait. Ce que je vis, ce fut du désir et un besoin désespéré d'explorer.

Merde. Elle me donnait vraiment tout d'elle.

Ma place était définitivement en enfer. Aucun homme sain d'esprit ne pourrait lui dire non, surtout après avoir senti son intimité lisse et gonflée s'enrouler autour de son sexe.

— À partir de cet instant, tu es à moi. C'est clair ? Ça ne s'arrêtera pas tant que le feu ne se sera pas éteint entre nous.

Elle hocha la tête et fit de nouveau rouler ses hanches, ce qui me fit contracter la mâchoire.

— Bon sang, tu es bien trop douée pour ce mouvement.

— Hagen, j'ai besoin que tu cesses de parler et que tu me fasses l'amour. Et je ne veux pas que ce soit doux et tendre. Saute-moi pour de bon.

Je haussai un sourcil. Cette femme ne cessait de me surprendre.

— Si je te saute pour de bon, tu ne pourras plus marcher. Je te propose de me laisser décider de la suite.

Je me retirai et la pénétrai à nouveau. Elle haleta, resserrant sa prise sur mon corps.

— Hagen, je t'en prie.

— Je m'occupe de tout, bébé. La seule chose que tu as à faire, c'est profiter.

Je fis glisser ma main entre nos corps jusqu'à son cœur trempé et ce petit bourgeon de nerfs qui, je le savais, la ferait basculer. Ma première caresse la fit se tordre sous moi. À la seconde, elle me mordit l'épaule.

Ses cris firent monter mon désir à un tel point que je ne pensais qu'à une chose : nous faire jouir ensemble. Mes coups de reins se firent plus durs et désordonnés tandis que je caressais son clitoris.

— Oui, oh mon Dieu, oui.

Elle rejeta la tête en arrière tout en se contractant autour de moi, serrant fort pendant que ses ongles s'enfonçaient dans mon dos.

Son orgasme était le plus beau spectacle que j'avais jamais vu. Sa peau rougissante, son regard sauvage, et ses cris remplis d'extase.

Avant que je m'en rende compte, je perdis le contrôle et la suivis, jouissant si fort que je vis des étoiles.

#

Penny

Mon souffle s'était à peine apaisé quand le téléphone de Hagen se mit à sonner. La messagerie vocale se mit en route, mais il sonna de nouveau presque immédiatement.

— Merde. Il faut que je réponde. C'est sûrement l'un de mes managers.

Hagen leva la tête, sondant mon regard, mais ne dit rien de plus. Après quelques secondes, il remua, se libéra de mon corps et se leva du canapé.

Je haletai : le sentiment de plénitude que j'avais ressenti à peine quelques instants plus tôt me manquait déjà.

— Reste là. Je reviens tout de suite.

Hagen remonta son pantalon et passa dans la salle de

bains attenante. Quand il revint, il s'agenouilla devant moi et me nettoya avec un gant de toilette tiède.

— Tu ne dois pas rappeler ton manager ?

Je tentai de me redresser, fermai les yeux sous le coup de la douleur entre mes jambes, et la gêne que je ressentais à le voir nettoyer le sang entre mes replis.

— Détends-toi. C'est mon travail de prendre soin de toi. Mon manager peut attendre. En plus, je sais que tu aimes que je te touche, ajouta-t-il avec un sourire aux lèvres.

Mes joues se remirent à chauffer. Il avait raison. C'était un mélange unique de plaisir et de douleur, chose à laquelle je pourrais certainement m'habituer.

— Bon, je vais voir qui a essayé de m'appeler.

Hagen se releva, jeta le gant de toilette dans le panier à linge près de la porte de la salle de bains, puis passa à son bureau.

Je l'observai tandis qu'il composait un numéro sur son téléphone et commençait à parler à voix basse. Il fronça les sourcils, mais le pli qui barrait son front s'atténua quand il me regarda.

Je n'arrivais pas à croire que c'était vraiment arrivé. J'avais couché avec Hagen Lykaios. Pour la première fois de ma vie, mon rêve était devenu réalité.

Le vertige s'atténua quand je me rendis compte que je n'avais aucune idée de ce qui allait se passer ensuite. Je ne doutais pas qu'Hagen tiendrait sa promesse de m'aider à découvrir la vérité sur la mort de Papa. La question était de savoir comment j'allais gérer une relation sexuelle avec lui sans me perdre en passant.

Je pouvais gérer ça. Je pourrais ensuite regarder en

arrière sur ce temps passé avec Hagen et dire que je ne m'étais pas cachée comme tout le monde s'y attendait et que j'avais mis le pied dans un monde d'aventures.

Peut-être qu'Adrian avait raison. Il était temps que je fasse quelque chose pour moi, et ça incluait Hagen Lykaios. C'était l'occasion de rendre mes projets publics sans craindre de répercussions.

Un sentiment de culpabilité me fit soupirer. Dara était seule aux commandes de Kipos, et je n'avais aucun moyen de la surveiller. Je devais bien admettre que ce n'était pas l'endroit où je m'imaginais dans le futur. Et Adrian m'avait clairement signifié qu'il ne voulait pas de cette entreprise non plus. Mon seul espoir était un rachat, mais ça mettrait un terme à l'héritage de Papa.

Je repoussai ces pensées au sujet de Kipos et ouvris les paupières. Je croisai des yeux d'un bleu perçant de l'autre côté de la pièce, et le bourdonnement d'excitation que j'avais ressenti plus tôt se raviva.

Hagen me regardait avec prudence, comme s'il pensait que j'allais m'enfuir au moindre faux pas. Son corps torse nu était une œuvre d'art, des abdominaux musclés menant à un V sexy qui disparaissait dans la ceinture de son jean. Les tatouages sur ses bras ajoutaient à son image de bad boy.

C'était un dieu grec ambulant. Un dieu du péché, de la décadence, du plaisir, tout ce dont une fille de bonne famille devait se tenir à l'écart, tout ce que j'avais hâte d'expérimenter.

Il termina sa conversation, reposa son téléphone, et s'avança pour s'accroupir devant moi.

Il fit glisser ses paumes sur mes cuisses nues jusqu'à les poser sur mes hanches. J'agrippai ses épaules, j'avais besoin de le toucher. Il prit mon visage dans ses mains et m'embrassa sur le front.

— Starlight, tu vas bien ?

— Je ne sais pas ce qui va se passer ensuite.

Je me penchai vers lui.

— Moi non plus. C'est un nouveau territoire pour moi.

Je reculai et fronçai les sourcils.

— Hagen, tu as fréquenté bien plus d'une femme. Je doute que tu ne saches pas comment me gérer.

— C'est le truc. Tu n'es pas comme les autres femmes. Je ne veux pas te manipuler.

Il me regarda.

— Qu'est-ce que ça veut dire ?

— Le choix te revient. Je te donnerai un endroit où vivre et t'aiderai à découvrir la vérité derrière la mort de ton père, quelle que soit ta décision.

— Je ne comprends toujours pas. Tu ne veux pas de moi ?

— Bon sang, tu n'as pas idée à quel point je te veux. Je te veux plus que toute autre femme que j'ai rencontrée.

Ses doigts se resserrèrent sur ma taille.

— Ce que j'essaie de dire, c'est que tu n'es pas obligée de coucher avec moi comme on l'a négocié. Je t'aiderai gratuitement, sans contrepartie. Je ne te veux dans mon lit que si tu as envie d'y être.

Mon cœur se serra douloureusement devant ce désir qu'il n'arrivait pas à cacher. Hagen n'avait rien à voir avec sa réputation. Je savais que ce n'était qu'une façade.

J'avançai, repoussant Hagen sur le sol avant de le chevaucher, mon intimité exposée au ras de son aine. C'était un peu inconfortable, mais la chaleur de son corps valait la douleur.

— Est-ce que ça, ça te dit ce dont j'ai envie ?

— Starlight, commença-t-il d'une voix rauque. Je sais que je te l'ai déjà demandé, mais il faut que je sois sûr. Tu comprends ce qui t'attend avec moi ? Peu importe ce que tu crois, j'ai fait tout ce que les rumeurs disent et je vais peut-être devoir continuer à le faire. Être avec moi te vaudra une certaine réputation, et je ne suis pas sûr que tu pourras le supporter.

— Et si je te disais que je ne suis pas la pauvre innocente que tu crois ?

— Bébé, jusqu'à il y a vingt minutes, tu étais vierge. Difficile de faire plus innocente.

— En dehors de ma vie sexuelle, je suis impliquée dans beaucoup plus de choses que tu ne pourrais l'imaginer. Simplement je maîtrise l'art de faire profil bas. Je veux tout, Hagen, ajoutai-je avant qu'il ne puisse dire quoi que ce soit. Corromps-moi comme tu as dit que tu le ferais tout à l'heure. Si tu l'oses.

Il soupira et fit glisser ses doigts le long de ma colonne, puis empoigna mes cheveux.

— C'est toi qui l'auras voulu.

Sa bouche s'empara de la mienne, scellant notre accord. La chaleur remonta au creux de mon ventre, et le désir douloureux revint. Les mains de Hagen se posèrent sur mes seins, pressant les monticules, et un faible gémissement m'échappa.

À cet instant, son téléphone sonna de nouveau, et il gémit contre mes lèvres.

— Il faut qu'on y aille.

— D'accord, dis-je en me relevant avec son aide.

Mes joues rougirent quand je remarquai ma mouille sur son ventre. Il suivit mon regard, sourit, passa un doigt dessus et porta mes fluides à ses lèvres.

— Délicieux.

Je secouai la tête et m'habillai en silence.

Une fois tous les deux prêts, je récupérai mon sac à main et patientai.

Il me prit la main et me guida hors de la pièce vers une série de portes que je n'avais pas remarquées tout à l'heure. Nous récoltâmes des regards curieux en passant devant d'autres membres du club.

Je jetai un œil à ma tenue et me rendis compte que je ne semblais pas à ma place. Mes bottes à talons hauts et ma minirobe, même si elles étaient avant-gardistes et à la pointe de la mode dans le monde extérieur, contrastaient avec les femmes élégantes, quoique peu vêtues, qui m'entouraient. Je me retins de tirer sur ma robe, un peu gênée. Elles étaient toutes belles et semblaient à leur place, avec ou sans partenaire.

— Ne fais pas ça, me dit Hagen en passant une porte avant de parcourir un long couloir.

— Que je ne fasse pas quoi ?

— Ne te compare pas aux autres femmes.

— Comment saurais-tu à quoi je pense ?

— Je sens l'énergie qui t'entoure. Si tu veux savoir pourquoi elles te regardent, c'est parce que je ne participe jamais au club. Et te voir à mon bras les rend curieuses.

— Alors tu ne fais pas dans le libertinage comme tu voulais me le faire croire ?

Il me jeta un œil par-dessus son épaule et sourit.

— Je n'ai pas dit ça. J'aime dominer, mais je n'ai pas besoin de tous les extras. C'est le truc de Pierce, c'est pour ça qu'il a construit cet endroit. C'est un endroit sûr pour les personnes partageant les mêmes envies.

Eh bien, je ne m'attendais pas à ça. Jamais je n'aurais deviné que Pierce était porté sur le BDSM, mais encore une fois, je l'avais toujours vu comme le grand frère qui veillait sur moi. En plus, le fait qu'il ait eu une relation avec ma meilleure amie Amelia rendait bizarre l'idée qu'ils fassent ces trucs avec le fouet et des pinces à tétons. Quant à Zack, impossible de savoir ce qui le tentait. Il était le plus imprévisible de tous. Si quelqu'un avait des penchants libertins, c'était sûrement lui.

Il fallait que je pense à autre chose avant de vomir.

— La dernière chose que j'ai envie d'imaginer, ce sont les escapades sexuelles de Pierce ou Zack. C'est juste dégoûtant. C'est la famille.

Hagen s'arrêta, se retourna, et me plaqua contre un mur tout proche.

— Qu'est-ce que ça fait de moi ? Après tout, ce sont mes frères.

— Tu es mon amant, répondis-je d'une voix légèrement essoufflée et empreinte de désir. Tu n'es pas du tout dans la même catégorie.

Ma réponse dut lui plaire, car il embrassa cet endroit où

mon cou et mon épaule se rejoignaient, et il ronronna.

Nous nous frayâmes un chemin dans le club et franchîmes les portes arrière. Devant une rangée d'ascenseurs, Hagen me tendit deux cartes, une noire et une rouge.

— Une fois encore, le choix te revient. La carte noire est celle de mon penthouse, et la rouge est celle de ton propre appartement, à un étage différent, loin, très loin de moi.

Sans la moindre hésitation, je savais où j'avais envie d'aller. Hagen était mon aventure, un côté de la vie qui me faisait envie et que je n'avais jamais eu la chance d'explorer jusqu'à présent.

— Est-ce une décision qui change la vie, comme dans *Matrix* ? La pilule bleue ou la pilule rouge ?

Un sourire s'afficha sur ses lèvres.

— On peut dire ça. Là, il s'agit plus d'un choix entre corruption et innocence.

Je voulus prendre la noire, mais il l'écarta avant que je m'en empare.

— Si tu prends celle-ci, tu vivras avec moi à partir de maintenant. Tu seras ma femme, en public comme en privé. Je ne cacherai pas qui tu es, ni ce que tu es, pour moi. Ça te vaudra une réputation. Les gens vont penser que tu es sous ma coupe. Il n'y aura aucun retour en arrière en ce qui concerne notre relation. Je te sauterai, t'utiliserai, te rendrai mienne de toutes les manières possibles. Je ne suis pas l'homme gentil que tu mérites.

Je me hissai sur la pointe des pieds et tirai la carte d'accès noire d'entre ses doigts.

— Je sais dans quoi je m'engage, M. Lykaios.

CHAPITRE
Huit

Hagen

Je fixai la porte de l'ascenseur à présent refermée, essayant de comprendre la femme qui emménageait dans mon appartement.

Bon sang. C'était en train de se produire. Elle était à moi, et elle l'avait choisi.

Dans quel pétrin m'étais-je fourré ? Comment allais-je m'y prendre avec elle ? Elle n'avait rien de commun avec mes pratiques habituelles. Je ne pouvais pas la traiter comme les autres femmes.

— Est-ce que c'est Penny que j'ai vu la bouche collée à la tienne ? m'interrogea Pierce en arrivant derrière moi.

Ce n'était pas la peine de répondre à cette question qui n'était que rhétorique. De plus, Pierce était le plus curieux d'entre nous trois et me bombardait de questions dès que je répondais à l'une d'elles.

— Je comprends que tu sois un peu maso, mais merde,

mec. Elle te tient par les boules, et je ne sais même pas si l'un de vous deux s'en rend compte.

— Va te faire voir, lançai-je en passant près de mon monsieur je-sais-tout de frère pour me diriger vers le hall d'entrée. J'ai une réunion.

— Si tu parles de celle avec Draco, tu ferais bien de m'attendre. Apparemment, il considère que l'aide qu'il nous apporte dans l'enquête pour Penny est une sorte de service personnel rendu à chacun de nous.

C'était de mieux en mieux.

— Alors Zack se joint à nous ?

— Il est au bar avec Draco et quelques-uns de ses hommes en ce moment. Ils avaient d'autres affaires à discuter avant notre arrivée.

Encore une chose dont je devais me soucier.

Zack et Draco devenaient très proches. Je m'étais impliqué auprès de ce truand pour une question de survie. Zack, de son côté, n'avait pas ce genre de problème. Quoi qu'il prépare, ça nous causerait probablement du tort à tous à long terme.

Dernièrement, la vie entière de Zack tournait autour de sa vengeance contre Collin pour toute la merde qu'il nous avait fait vivre. En haut de sa liste de griefs envers notre père se trouvait le fait que nous n'avions appris la maladie de notre mère que quelques jours avant son décès. Elle avait lutté contre un cancer du sein pendant près d'un an sans que nous soyons là pour nous occuper d'elle. Je pleurais ma mère, mais j'avais accepté depuis longtemps qu'elle ait choisi de rester avec Collin même si je lui avais offert une porte de sortie. Pierce, tout comme moi, acceptait avec résignation, mais Zack était différent.

C'était lui le plus jeune et le plus proche de Maman au cours des dernières années de sa vie. Il était déterminé à faire souffrir Collin pour avoir déchiré notre famille, et la meilleure façon de le faire était de détruire l'empire de Lykaios Holdings, morceau par morceau.

— Honnêtement, il faut qu'il laisse tomber son désir de vengeance. Collin ne vaut pas tous ces efforts.

Je traversai le labyrinthe du casino afin de prendre le plus court chemin vers le bar à cigares.

— Tu prêches un convaincu. Mais d'un autre côté, tout le monde n'est pas né avec la capacité de tout compartimenter comme tu le fais. En dehors de Persephone, il n'y a pas âme qui vive capable de susciter des sentiments chez toi.

La mention du nom de Starlight me poussa à me demander ce qu'elle était en train de faire à l'étage. Est-ce qu'elle était en train de s'installer, ou de fouiller les pièces et les tiroirs ?

— On ne parle pas d'elle. Notre arrangement est privé et n'a rien à voir avec l'affaire en cours.

— Oui, c'est ça, dit Pierce avant de s'interrompre et de se tourner vers moi. C'est une fille sur le long terme. Je ne veux pas que tu joues avec ses émotions. Elle n'a pas l'habitude des hommes comme nous.

Je contractai la mâchoire.

— Tu es en train de me dire de m'éloigner d'elle ?

— Je sais que ça n'arrivera pas. Ce que je te dis, c'est que si tu lui brises le cœur, je te referai le portrait. Et je suis sûr que Zack se joindra à moi.

— Et si je te disais que j'ai l'intention de la garder ?

Pierce éclata de rire et se remit en route vers le bar.

— Ce n'est pas un chiot. C'est une femme en chair et en os, avec un esprit bien à elle. Elle ne t'appartient pas.

— Elle sait exactement à quoi s'attendre avec moi.

— Je te jure que te parler, c'est aussi efficace que s'adresser à un mur de briques. Tout ce que je te dis, c'est de faire attention à elle. Elle est douce et c'est quelqu'un qui a passé toute sa vie à se fondre dans un moule qui la rend invisible.

— Elle n'est pas aussi faible que tout le monde le croit, rétorquai-je à Pierce. Je suis l'exutoire parfait pour qu'elle se lâche.

J'adressai un signe de tête à l'hôtesse alors que nous franchissions l'arcade du bar Erebus. Elle sourit et nous scruta Pierce et moi avec plus d'intérêt que nécessaire.

Elle était nouvelle et ne savait pas qu'en règle générale, les frères Lykaios ne frayaient jamais avec le personnel. C'était un moyen infaillible de foutre en l'air son entreprise.

— Comme je te l'ai dit. Tu lui brises le cœur. Je te casse la gueule.

— Pourquoi ne pas cesser de t'inquiéter de ma vie amoureuse et te concentrer sur cette promotrice européenne que tu n'arrives pas à oublier ? La rumeur dit que son champion poids lourd européen pourrait battre ton gars, haut la main.

Il grimaça.

— Tu n'es qu'un sale con.

— Je n'ai jamais prétendu le contraire.

— Et pour info, mon gars est le meilleur du monde et pourrait se mesurer à n'importe quel playboy qu'Amelia Nephus a dans son arsenal.

J'avais touché un point sensible. Parfait. Il l'avait mérité en insinuant que je pourrais volontairement faire du mal à Starlight. Oui, j'allais la sauter, la corrompre, et la faire mienne aussi longtemps qu'elle le désirerait, mais jamais je ne lui ferais du mal à dessein.

— Ahh, voilà mon garçon, lança Draco Jackson avec un accent plus japonais qu'américain.

On le voyait rarement, voire jamais, en public. Il était virtuellement né dans la Ninkyō Dantai, plus connue sous le nom de Yakuza, la mafia qui régnait sur la pègre du Japon. Son père et la plus grande partie de sa famille étaient des membres de haut niveau de l'un des clans dirigeants de l'organisation.

À peine âgé de dix-huit ans, il avait été envoyé en Californie pour étendre le champ d'action de sa famille. Au lieu de s'installer à Los Angeles ou à San Francisco, il avait choisi de s'installer dans le Nevada et de s'établir à Las Vegas.

Il avait changé son nom en quelque chose de « plus américain » pour garder l'anonymat et régnait d'une main de fer dans les coulisses.

Plus d'un demi-siècle plus tard, il s'était étendu au-delà de Vegas et atteignait les principales villes des États-Unis. Il disposait d'un bastion capable de rivaliser avec l'organisation qu'il avait quittée dans sa jeunesse.

Cet homme de presque soixante-quinze ans me serra dans ses bras en me murmurant en japonais :

— *J'ai entendu dire que tu avais enfin capturé ta Starlight.*

— *Capturé n'est pas le mot que j'utiliserais, Oyabun. Je l'ai plutôt contrainte.*

Je lui avais répondu dans un japonais courant et m'étais adressé à lui avec son titre de « patron ».

Dans le cadre de ma formation au début de mes missions pour lui, Draco avait insisté pour que j'apprenne plusieurs langues. Aujourd'hui, en dehors du grec et de l'anglais que j'avais appris à parler bébé, je connaissais le chinois, le japonais, l'espagnol, l'italien et le français. Toutes les langues utilisées par les principales organisations mafieuses dans le monde.

Nous prîmes place, moi entre Draco et Zack, Pierce en face de nous.

Nous gardâmes le silence le temps que Draco se fasse servir une boisson. Il serait le premier à prendre la parole, selon le décorum auquel il s'attendait. Même s'il avait vécu aux États-Unis, il respectait une étiquette très traditionnelle en matière d'affaires. Le fait qu'il fasse preuve d'affection envers moi devant tout le monde était une anomalie que même sa famille était incapable de comprendre.

— *Avant de parler de votre problème concernant les Kipos, je veux savoir comment a tourné la situation avec Popov.*

Je retins un gémissement. La dernière chose dont j'avais envie de parler, c'était de Mike, mais je n'avais pas le choix.

— *C'est géré. Popov ne vous ennuiera plus.*

— *Excellent.*

Draco approuva d'un signe de tête sans demander plus d'explications, et je lui en fus reconnaissant.

Je m'étais occupé de Mike, mais pas de la manière dont Draco s'y attendait. À cet instant même, Popov était en route pour la Russie dans une soute et serait ensuite transféré dans un camp de travail dirigé par l'un des associés de Draco.

Il passerait sa vie séparé de sa fille, mais au moins il était encore en vie, et je n'aurais pas davantage de sang sur les mains.

— Maintenant, abordons la raison qui nous amène ici, lança Draco en anglais. Après notre conversation de l'autre jour, j'ai appris des choses intéressantes. Jacob Kipos était en train de modifier son testament quand sa voiture s'est encastrée dans un arbre.

— Logique, vu qu'il était en train de divorcer.

Zack joua avec l'olive dans son martini.

— Je suis certain que personne n'est au courant qu'il avait terminé de faire les modifications, compléta Draco avec un sourire.

— Le testament qui n'a jamais été rendu public stipulait que Dara recevrait une allocation pour le reste de sa vie, mais que la participation majoritaire de Kipos serait divisée entre Adrian et Persephone. Le seul moyen pour Dara de faire des bénéfices serait de vendre la société. Ensuite, elle recevrait un paiement forfaitaire.

— En d'autres termes, Dara avait les moyens de manipuler la situation au lendemain de la mort de Jacob, conclut Pierce. Ce qui explique sa détermination à contrôler Penny.

— Et son acharnement à vouloir vendre Kipos au plus offrant avant qu'Adrian n'ait vingt et un ans, ajoutai-je.

Hier soir, lorsque mes frères avaient décidé de me rendre visite, c'était pour m'annoncer que Kipos International était ouvert à un rachat. Les informations avaient été présentées à des entreprises sélectionnées, l'une d'entre elles étant une société acquise il y a quelques semaines par HPZ.

— Oui. Maintenant tu comprends. J'ai trouvé…

— Qu'est-ce que ça a à voir avec les informations relatives à l'accident de Jacob Kipos ? interrogea Zack, coupant la parole à Draco et récoltant un regard furieux au passage.

Aux yeux de Draco, le respect était une chose primordiale. Personne n'osait l'interrompre. Il tolérait mon imbécile de frère parce qu'il était encore jeune. Mais même cette tolérance avait ses limites, et la dernière chose dont j'avais besoin, c'était que Zack offense Draco.

Il pouvait nous attirer des ennuis s'il se mettait en colère.

— Zacharias, tu es le moins patient de vous trois. Exactement comme ton père. Ne commets pas les mêmes erreurs que lui. L'argent n'est pas la seule manière d'avoir du pouvoir en ce monde.

Draco secoua la tête vers ses hommes qui s'étaient rapprochés de nous, voyant son irritation.

— Je m'excuse, monsieur.

Celui-ci inclina la tête pour indiquer qu'il acceptait les excuses de mon frère.

— Maintenant, revenons à ce que je disais. Mon second et mon troisième lieutenant s'occupent personnellement de remonter toutes les informations jusqu'à l'accident, et ce qui s'est passé ensuite.

À cet instant, l'un des hommes de Draco déposa des dossiers devant nous.

— Voici une copie du testament exécuté. Je suppose que vous prévoyez d'acheter l'entreprise.

Aucun d'entre nous ne confirma ni n'infirma.

Draco sourit.

— Bien, restez discret. Dara Kipos est un serpent qui attend de frapper, mais votre travail à vous, c'est d'être la mangouste grise. Elle est immunisée contre le venin du cobra et prête à le déchiqueter à la seconde où il lui tournera le dos.

Je laissai échapper un soupir. J'étais toujours étonné de voir comment cet homme était capable de faire des déclarations sages mais pertinentes, tout en se servant des animaux comme exemples.

— *Oyabun*, puis-je vous demander ce que vous exigerez comme paiement en échange de votre aide ?

Je soutins le regard de Draco et y vit une lueur amusée.

— De la part de Pierce, dit-il en reportant son attention sur mon frère, je veux des places au premier rang pour le combat poids lourds qu'il est en train de négocier entre son poulain et celui d'Amelia Nephus. La rumeur dit que vous êtes toujours en pourparlers.

Puis il tourna la tête vers Zack.

— En dehors de ce dont nous avons discuté plus tôt, je souhaiterais avoir accès à ta propriété de Bora Bora pour le mariage de ma petite-fille. Elle m'a expliqué que c'était complet pour l'année prochaine, mais je suis sûr que tu peux déplacer deux ou trois choses pour elle.

— Quant à toi, dit-il en rivant ses yeux d'onyx sur moi, je veux trois caisses de la réserve non étiquetée que ta Starlight cache au monde. Selon mes sources, elle est un véritable génie et a créé la meilleure cuvée de son whisky à ce jour.

Tous les poils de mes bras se hérissèrent. Comment avait-il découvert le secret de Starlight ? Je n'allais pas le questionner. Pas maintenant, en présence de mes frères. J'avais une relation forte avec Draco, mais il y avait un temps et un lieu pour le défier, et ce n'était pas là.

— Comme vous voudrez, *Oyabun*. Mais je vous préviens. Il va falloir faire preuve de persuasion pour la convaincre de se séparer d'une partie de ces bouteilles. Surtout que personne n'est censé être au courant.

Il était clair à mon ton que je faisais référence à mes frères.

Draco sourit et enchaîna.

— Tant que tu me les donnes avant l'arrivée de ton premier-né, ça ira.

Premier-né ?

Aussitôt, une image de Starlight portant notre enfant au creux de son ventre apparut dans mon esprit.

— Attends une seconde ! s'exclama Zack, me tirant de mes pensées. Tu te fous de moi ? Penny est la propriétaire recluse de Firewater ? Ce n'est pas une héritière en surpoids, trop gâtée, planquée sur une île de l'océan Indien ?

Je gardai le silence.

— Maintenant, tout me paraît plus logique au sujet des restaurants et des clubs. Bon sang, abruti, tu es obsédé ! Quand elle va s'en rendre compte, elle te fera mettre en taule, espèce de harceleur ! Tu es vraiment un pauvre taré.

Draco s'éclaircit la gorge, surtout pour faire cesser les insultes de Zack.

— Avons-nous un accord, messieurs ?

Pierce, Zack et moi acquiesçâmes, et pendant les trente minutes suivantes, nous discutâmes des plans pour l'ouverture de l'hôtel et de la fête qui aurait lieu dans quelques semaines.

Une fois Draco parti par une zone d'accès privé, je me préparai à l'inquisition. Mais à ma grande surprise, ni Pierce ni Zack ne dirent quoi que ce soit. Ils se contentèrent de me scruter avec leurs regards carnassiers.

— Ça vous ennuierait de me mettre au parfum ? les interrogeai-je, ce qui les fit rire aux éclats.

— Je n'aurais jamais cru voir le jour où le cœur de Hagen Christopher Lykaios chavirerait. Et pour une naïve petite nymphe de la nature, ajouta Pierce en levant son verre. Ça va être amusant à regarder.

— Laisse tomber. Va plutôt passer un accord avec ton ex, ou je ne sais quoi.

— Depuis quand tu es au courant que Penny est le cerveau de Firewater ?

Zack prit un cigare, l'alluma, et inspira quelques profondes bouffées.

— Quelques années maintenant.

— Et tu ne t'es jamais dit que ce serait important de nous le dire ? demanda Zack en se calant sur sa chaise. On aurait pu l'aider. Bon sang, on aurait pu négocier de meilleurs accords pour le whisky.

— Ou elle aurait pu saigner encore plus ton petit cul de radin avec une partie de cartes, ajouta Pierce, avant que Zack lui renvoie la balle.

— L'intérêt de ne rien dire, c'était qu'elle puisse se débrouiller par elle-même. Elle est phénoménale dans son travail, tant chez Kipos que chez PSK Distilleries.

— Merde, s'exclama Pierce. J'aurais dû me rendre compte que PSK signifiait Persephone Starlight Kipos. Bon sang, elle est douée. Je n'arrive pas à croire qu'elle n'ait jamais rien laissé échapper pendant une de nos parties de poker mensuelles.

Parties de poker. Pourquoi ma femme jouait-elle au poker avec mes frères ?

Ma femme. J'aimais comme ça sonnait.

— Quelles parties de poker ?

— Celles auxquelles tu ne viens jamais. Elle t'a remplacé une ou deux fois, et ensuite elle est devenue une habituée. Elle est redoutable aux cartes, d'ailleurs. Elle nous a dépouillés tellement de fois qu'on a perdu le compte, ajouta Zack.

— Je pensais que j'étais bon, mais cette fille a un ordinateur à la place du cerveau. C'est comme regarder un processeur analyser les visages, les réactions et les indices non verbaux tout en gardant une façade sereine.

Zack était de loin le meilleur joueur de poker que j'avais jamais rencontré. Une partie de cartes et un gain de vingt millions de dollars étaient à l'origine des débuts de son empire immobilier.

— Au fait, elle sait que sa couverture est grillée ?

— Elle a découvert que je savais seulement hier. Mais il va falloir que je lui dise que Draco et vous autres idiots êtes au courant.

— Comme si on allait la dénoncer, dit Zack d'un air offensé.

Je m'écartai de la table et me levai.

— Où vas-tu ? demanda Pierce en haussant un sourcil.

— Voir où ma nouvelle colocataire en est dans son installation.

Penny

Alors c'était ainsi que vivaient les puissants du monde.

Je bus une gorgée de vin en contemplant la vue incroyable sur le Strip de Las Vegas. Les lumières scintillaient comme des étoiles, les voitures tournaient autour, et j'avais l'impression d'un monde très loin de moi, et non pas au bas de l'immeuble où j'allais vivre.

Après avoir laissé Hagen bouche bée dans le hall, j'avais passé vingt minutes à essayer de décider ce que je devais faire de mon changement de situation.

Techniquement, j'étais au chômage, et pourtant non. Techniquement, j'étais sans logement, et pourtant non.

J'étais à présent installée dans la chambre palatiale que je partagerais avec Hagen, sans savoir à quoi m'attendre. Depuis cet après-midi, ma virginité était de l'histoire ancienne, et j'appartenais désormais à Hagen. Du moins, c'était ce qu'il prétendait. Quoi que ça veuille dire.

Si je gardais à l'esprit que tout ça n'était que temporaire, je ne me laisserais pas entraîner trop loin. C'était la seule manière de gérer une relation avec l'un des garçons Lykaios. Ils n'étaient pas du genre à s'installer.

Il fallait que je voie ça comme le début du voyage de ma vie. Ce serait une chose dont je pourrais me vanter auprès de mes enfants un jour.

Non, pas question.

Je n'allais pas me vanter de mes escapades sexuelles auprès d'une future progéniture. Bon sang, je ne pouvais même pas en discuter avec Adrian.

En pensant à… Pourquoi ne m'avait-il pas appelée ? Je me dirigeai vers la table basse où j'avais posé mon téléphone. Mais avant que je puisse le récupérer, l'ascenseur s'ouvrit.

Je marquai une pause, avec la chair de poule.

Hagen sortit de la cabine, et j'en eus le souffle coupé. Il était terriblement sexy avec ses cheveux ébouriffés et ses yeux bleus flamboyants.

— Starlight, dit-il simplement en déposant une grande enveloppe sur la table basse et en marchant dans ma direction.

Il glissa une main autour de ma taille, capturant mes lèvres au passage.

C'était un baiser exigeant, possessif, qui fit pointer mes mamelons et rendit mon intimité humide.

J'enroulai les bras et les jambes autour de lui pendant que ses mains m'agrippaient les fesses, me plaquant contre son membre épais et dur.

Je me reculai, haletante, à bout de souffle, et lui dis :

— Quelle manière de dire bonjour, M. Lykaios !

— Je fais de mon mieux. Tu as le plus beau cul que j'aie jamais vu, ajouta-t-il en remuant les doigts sous mes fesses.

Je levai les yeux au ciel.

— Comme si j'allais gober ça. Tu es entouré de pin-up.

— Elles sont en plastique. Je ne donne pas dans le plastique. J'ai un faible pour les petites nymphes aux cheveux de jais avec des courbes.

Pour souligner ses paroles, il me repoussa contre la paroi de verre et frotta son érection de haut en bas contre mon sexe lisse.

Je fermai les yeux et rejetai la tête en arrière.

— Tu es doué à ce jeu-là.

— Starlight, ce n'est que le début, annonça-t-il en me laissant reposer mes pieds sur le parquet. Tu as mal ?

Je sentis la gêne me rougir les joues. J'étais sensible mais pas vraiment endolorie. Je n'envisageais pas une seconde d'attendre un jour ou deux avant de faire de nouveau l'amour.

— Non.

Hagen inclina la tête sur le côté.

— Je veux la vérité. Je ne te toucherai plus jusqu'à être sûr que ce ne sera pas douloureux pour toi.

Je soutins son regard et lui dis :

— Je suis sensible, mais je n'ai pas mal. Je n'ai pas besoin de temps de récupération. On n'est pas dans une romance victorienne où la jeune vierge ne peut plus être touchée après avoir perdu son innocence.

Il secoua la tête.

— Je ne sais jamais ce qui va sortir de ta bouche, ma jolie.

Il me relâcha et se dirigea vers la table basse.

— C'est pour toi.

Il prit l'enveloppe qu'il me tendit.

Ma tête, encore embrumée par le désir, tenta de se concentrer sur ce qu'il m'avait donné.

— Qu'est-ce que c'est ?

Je sortis les documents de l'enveloppe.

— C'est mon bilan de santé. Je me fais tester tous les deux mois. Celui-ci date de la semaine dernière. Ce n'est un secret pour personne que j'ai un passé. Mais je voulais que tu saches que je suis clean et que je n'ai jamais fait l'amour sans préservatif.

Il passa une main dans ses cheveux noirs et me regarda.

Bon sang, je n'avais même pas songé à lui poser la question. Peut-être que j'étais aussi naïve que tout le monde le croyait. Au moins, l'un d'entre nous avait un cerveau en état de marche.

— Merci pour ça.

— Je t'en prie.

Je replaçai les papiers dans l'enveloppe et les reposai sur la table.

— Et maintenant ? l'interrogeai-je, sentant à nouveau s'enflammer l'énergie entre nous.

— Maintenant, tu te déshabilles.

Je déglutis.

— Ici ? Dans le salon ? Mais les lumières sont allumées, et nous sommes entourés de fenêtres.

— Et nous sommes trop haut pour que le monde puisse

nous voir. J'ai fantasmé sur le fait de te prendre dans cette pièce. Ce soir, j'ai l'intention de faire de ce fantasme une réalité.

— Oh.

Mon cœur se mit à marteler mes oreilles et mon entre-jambe se contracta.

Lentement, il vint se placer devant moi. Son regard bleu était presque noir de désir. Il tendit la main pour passer un pouce sur mes lèvres. Il descendit le long de ma gorge, et dans le col ouvert de mon chemisier.

Aussitôt, mon corps s'échauffa.

— Retire tes vêtements, Starlight.

Humectant mes lèvres desséchées, je soutins son regard en déboutonnant mon chemisier. Hagen le fit glisser de mes épaules, puis à terre.

Je passai la main dans mon dos pour défaire ma jupe. Comme pour mon haut, Hagen aida le tissu à glisser à mes pieds.

Quand je voulus détacher mon soutien-gorge, Hagen posa les mains sur les miennes.

— Laisse-moi m'occuper du reste.

Sa voix était rauque et basse, emplie d'excitation, et son érection tendait la couture de son pantalon.

— C'est dommage que tu aies mis d'autres sous-vêtements.

— Je ne peux pas me balader sans toute la journée.

— Bien sûr que si. À partir de maintenant, j'insiste.

L'idée de me retrouver nue sous ma jupe m'emplit d'in-certitude et d'excitation.

Quand ses mains passèrent derrière moi pour dégrafer

mon soutien-gorge, son souffle taquina la peau de mon cou, et je ne pus m'empêcher de m'incliner vers lui.

Il sentait si bon.

J'aurais pu me perdre dans le mélange enivrant de son eau de Cologne et de son essence naturelle, mélangée à un soupçon de cigare.

— Tu viens de me renifler ?

Je sentis l'humour derrière ses mots.

Mon visage s'empourpra, et je compris que je devais être rouge de honte.

— Peut-être.

— C'est bon de savoir que tu aimes mon odeur.

Il se baissa lentement vers le sol et frotta son nez contre la ligne humide de mon entrejambe.

— Parce que, bon sang, j'adore la tienne, surtout celle de ta belle et innocente intimité.

Il mordit doucement mon monticule, et une vague de désir choquante se déclencha au creux de mon ventre.

J'appuyai une main sur le dossier du canapé pour garder l'équilibre et agrippai ses cheveux de l'autre.

— Je ne suis plus innocente.

— Bébé, tu es plus innocente que tu ne peux l'imaginer.

— Alors je te suggère de me corrompre.

— Crois-moi, j'en ai l'intention.

Il courba les lèvres et sa langue sortit pour lécher mon intimité vêtue.

Je rejetai la tête en arrière, savourant cette sensation érotique.

Il attrapa les deux côtés de mon string, l'arracha de mes hanches, puis le balança par-dessus son épaule.

— Bon sang, tu es si sexy, affirma-t-il en me regardant.

Avant que je puisse dire un mot, ses lèvres descendirent sur mon clitoris gonflé. Il suça et taquina le bourgeon sensible, jusqu'à ce que je me torde contre sa bouche. À la seconde où mes muscles internes se mirent à palpiter, il enfonça profondément sa langue. Mon dos se cambra pendant qu'il me dévorait.

La sensation était trop forte.

Je tentai de reculer, mais il me retenait contre sa bouche insatiable.

— Viens, Starlight. Jouis pour moi.

Il plongea un doigt en moi, le courbant contre le faisceau sensible de nerfs au sommet.

— Oh mon Dieu, Hagen.

Mon corps explosa.

Je me cambrai et criai, tirant ses cheveux. Le mouvement de sa main et la sensibilité persistante formaient un mélange entêtant de plaisir et de douleur.

Je ne m'attendais pas à ce que le sexe me fasse ressentir de telles choses. Alors que je commençais à redescendre de ma jouissance, Hagen me souleva dans ses bras et me porta dans sa chambre.

Tandis qu'il m'abaissait sur le lit et s'installait entre mes jambes, je lui dis :

— Je croyais que tu me voulais dans le salon.

— Ta première fois n'aurait dû être faite que de pure séduction, et sur un lit. Pas dans le bureau d'un club libertin. Je veux rattraper ça.

Je me soulevai sur les coudes et lui mordillai la mâchoire.

— Je n'ai pas de plaintes à émettre. Mais si c'est un lit que tu veux, je n'y vois aucune objection.

— Je suis ravi que tu sois prête à répondre à mes besoins. Il tourna son visage et s'empara de ma bouche.

Nous nous savourâmes jusqu'à ce que je ne puisse plus supporter l'idée de ne pas toucher sa peau nue. Je le repoussai un peu, sans rompre notre baiser, et tirai sur les boutons de sa chemise.

Je le voulais aussi nu que moi. Comme mes doigts ne coopéraient pas, je déchirai le vêtement, faisant voler les boutons.

Hagen me regarda et haussa un sourcil.

— Tu n'es pas le seul à savoir ruiner de belles fringues.

— C'est bon à savoir.

Il me mordit la lèvre inférieure et se débarrassa de sa chemise déchirée.

Il glissa du lit et retira son pantalon et son boxer.

Et merde. Cet homme était bien bâti. Musclé mais mince. Et ces tatouages. Il y avait deux serpents dessinés avec tant de détails qu'ils semblaient presque tridimensionnels. Ils couvraient totalement son bras droit et remontaient dans son cou, lui donnant cet air sauvage pour lequel il était connu.

— À quoi penses-tu ?

— J'ai envie d'explorer tes tatouages.

Je marquai une pause, me léchant les lèvres avant de dire :

— Avec ma langue.

— Putain, Starlight. Tu vas me tuer.

— Alors, tu vas me laisser faire ?

— Oui, mais plus tard.

Il remonta sur le lit, son membre dur et épais se balançant de haut en bas.

Il attrapa un préservatif qu'il avait jeté sur le lit, déchira l'emballage et se gaina de latex.

— Beaucoup plus tard. Pour l'instant, j'ai besoin de te sauter comme j'en avais envie dans mon bureau.

Il m'attrapa par les jambes et les écarta en m'attirant vers lui pour m'empaler sur son érection.

— Hagen ! m'écriai-je.

— J'aime entendre mon nom sur tes lèvres.

Il se retira presque entièrement avant de me pénétrer de nouveau.

Il m'imposa un rythme dur, rapide, sans pitié, qui mit le feu à mon corps et me donna envie de plus. J'enfonçai mes ongles dans son dos, m'accrochai pour la chevauchée.

Mes tétons érigés souffraient de la friction de ses mouvements, tout comme mon ventre, qui en voulait toujours plus. Il me saisit la mâchoire et m'attira vers lui pour un tendre baiser, qui contrastait fortement avec ses coups de reins. Puis avant même de m'en rendre compte, je me mis à convulser autour de lui. Je me contractai autour de son membre, trempant nos corps de la moiteur de mon excitation.

— Jouis encore une fois, murmura-t-il contre mes lèvres tandis que ses doigts frôlaient mon clitoris.

Je suivis presque aussitôt son ordre, mais cette fois je n'étais pas seule.

#

Hagen

— Aujourd'hui, j'ai appris que tu étais une redoutable joueuse de cartes, lançai-je en serrant contre ma poitrine une Persephone Kipos rassasiée.

La voir exploser dans mes bras avait été une expérience incroyable. Jamais je ne pourrais me lasser de ce spectacle. J'avais prévu de le voir tous les jours, voire plusieurs fois par jour. J'aurais dû me sentir mal de l'avoir prise si fort. Peu importe ce qu'elle disait, elle devait avoir mal, mais à la seconde où je l'avais touchée, j'avais perdu la raison.

Elle leva la tête.

— Est-ce que Zack râle toujours à propos de la Rolex ? Ce n'est pas ma faute s'il a misé et que j'avais une quinte royale.

Je ne pus m'empêcher de sourire de la voir indignée.

— Je ne pense pas que Zack ait jamais rencontré quelqu'un de meilleur que lui aux cartes. Tu as dû meurtrir son ego. Après tout, il a financé son empire immobilier avec ses gains aux cartes.

— Ça lui apprendra à me dire qu'il irait doucement la première fois qu'il m'a invitée à jouer.

— Qui t'a appris ?

— Henna. Tu crois que je suis douée. Cette fille, c'est un génie.

La cousine de Starlight était maligne. Même avec ses propres soucis familiaux, elle s'était donné du mal pour donner à sa cousine un semblant de famille, et je lui en serais éternellement reconnaissant. Dommage qu'elle ait le mauvais goût d'adorer mon père. Pourtant, il ne faisait aucun doute à mes yeux que Collin avait eu des motivations cachées quand il l'avait aidée après le scandale du détournement de fonds de son père.

— Peut-être que nous devrions les réunir Zack et elle pour une partie, suggérai-je pour plaisanter.

— Non, ça n'arrivera jamais. D'abord, parce qu'à la seconde où Zack dira quelque chose contre ton père, elle le poignardera à la gorge. En dépit de ce qui s'est passé avec vous trois, Collin a été plus un père pour Henna et Anaya que mon oncle ne l'a jamais été.

— Et ensuite ?

— Je ne suis pas certaine que Zack, avec son ego de maître du monde, pourrait supporter de perdre contre elle. Elle a une personnalité très semblable à la sienne, ajouta-t-elle en secouant la tête. Ils sont tous les deux du genre à vouloir tout rafler.

— En d'autres termes, tu es en train de me dire qu'ils s'entretueraient.

— C'est toi qui l'as dit, pas moi. Mais oui.

Elle remua contre mon membre qui se réveillait, et je dus poser la main sur sa hanche pour qu'elle arrête.

Je ne la sauterai pas encore. Je ne la sauterai pas encore.

Maintenant si mon sexe dur comme de la pierre pouvait se mettre au diapason…

Il allait probablement me falloir des mois avant de ne plus avoir envie de la sauter chaque seconde de chaque jour. Je savais que ce serait comme ça.

— J'ai quelque chose à te dire.

— Est-ce que ça a un rapport avec Papa ?

Elle se raidit, et l'ambiance détendue s'évanouit.

— Cette conversation aura lieu en présence de ton frère. Mais si ça peut te rassurer, j'ai des gens qui travaillent dessus.

Je voyais bien qu'elle avait des questions, mais elle avait dû décider de laisser courir, parce qu'à la place elle me demanda :

— Alors de quoi dois-tu me parler ?

— Pierce et Zack savent que tu possèdes PSK.

— Tu leur as dit ?

— Non. Draco Jackson s'en est chargé.

Je m'attendais à ce qu'elle panique de savoir qu'un tel monstre était au courant pour son entreprise, mais son calme me surprit.

— Eh bien ça, je ne m'y attendais pas. Que voulait-il ? Une caisse du lot que je ne mets pas sur le marché ?

Je la fis tourner pour qu'elle me regarde.

— Tu le connais ?

— Je l'ai rencontré pendant mes années d'université. Sa petite-fille, Lana, et moi sommes amies.

— Tu te rends compte du danger que tu cours à fréquenter quelqu'un de son organisation ?

— Calme-toi. C'était ma partenaire de labo à la fac. Je ne savais pas qu'elle était de la famille de Draco. Pour moi, c'était une riche héritière japonaise qui avait décidé de devenir chimiste au lieu de se lancer dans l'entreprise familiale.

Entreprise familiale autrement connue sous le nom de mafia.

Draco avait cinq enfants et quatorze petits-enfants, dont

une seule fille. C'était la princesse de la famille. D'après ce que je savais d'elle, c'était une magicienne des sciences et de la technologie qui avait étudié à Stanford. Elle avait rarement, voire jamais, fait de la peine à sa famille. Sauf la fois où elle était allée à… C'est à ce moment que cela me frappa.

— Tu faisais partie du groupe qui est allé à Miami, à cause duquel Draco a perdu la tête tant il était inquiet.

Elle grimaça et acquiesça d'un signe de tête.

— Ouaip. Imagine ma surprise quand un groupe de durs à cuire armés a débarqué dans le club où on faisait la fête et ordonné à tout le monde sauf nous d'évacuer les lieux. Au début, j'ai cru qu'on était en pleine prise d'otages, mais ensuite un japonais court sur pattes qui était le portrait craché de Lana est entré et nous a regardés fixement. Le plus dingue, c'est qu'il n'a jamais élevé la voix. Au lieu de cela, il nous a fait un long sermon sur les responsabilités et le respect, et le fait que nous aurions dû savoir qu'il ne fallait pas causer de stress excessif à nos familles. Ensuite, il a embrassé Lana sur la tête et lui a dit qu'elle était une gentille fille.

Je ricanai. Évidemment que le vieil homme l'avait laissée s'en tirer comme ça. Dommage que le pauvre garde du corps qu'elle avait semé ait dû faire face aux conséquences de la colère de Draco.

— Quand as-tu découvert qu'il était Draco Jackson ?

— Ce n'est qu'au milieu du dîner dans le penthouse de sa chambre d'hôtel, lorsqu'il a regardé dans ma direction et a parlé de toi, que j'ai compris qu'il était le patron de la mafia pour lequel tu étais censé travailler. Après tout, le nom de famille de Lana, c'est Kimura, alors je n'aurais jamais pu deviner.

— Qu'a-t-il dit exactement sur moi ?

Ses joues rougirent et elle détourna le regard, ce qui me rendit d'autant plus curieux.

Je saisis sa mâchoire et la fis tourner vers moi.

— Qu'il connaissait un bon garçon grec avec qui j'irais très bien une fois l'école terminée. Il a dit que c'était un garçon têtu mais intelligent. Puis il m'a montré une photo de toi et m'a dit qu'on ferait de beaux bébés. Je crois qu'il te considère comme son fils. Draco est vraiment un type sympa.

— Ce sont deux mots que je n'utiliserais jamais pour décrire *Oyabun*, marmonnai-je.

Je l'avais vu trancher la gorge d'un homme qui avait parlé sans permission. *Sympa*, c'était vraiment le dernier mot qui me serait venu à l'esprit pour parler de lui.

— Alors comment ton whisky est-il entré en jeu ?

— C'était un accident. Lana savait depuis l'école que je m'intéressais à la science derrière les distilleries. C'est probablement la personne la plus intelligente que je connaisse. C'est donc tout naturellement que je lui ai demandé de l'aide pour résoudre les problèmes de mon processus au départ. Ensuite, elle m'a aidée à trouver mes premiers distributeurs. Je ne vais pas dire que j'en suis fière, mais avoir Lana dans l'équipe m'aide à faire taire les gens sur l'identité de la personne qui dirige PSK.

Soudain, je fus pris de l'envie de la secouer. Ma femme était en affaires avec une princesse de la mafia.

— Alors tu fais affaire avec elle ?

Je ne pus cacher mon agacement.

— Bien sûr que non. Lana est juste une bonne amie. Je l'aide quand elle en a besoin et elle fait pareil pour moi. C'est ce que font les amis.

Elle ne pouvait pas être sérieuse.

— Je crois qu'il vaudrait mieux que tu me racontes la fin de l'histoire, pour m'éviter une crise cardiaque. Comment Draco l'a-t-il découvert ?

— Honnêtement, je crois qu'il l'a toujours su. Lana est sa fierté et sa joie, et il sait tout sur les personnes qui font partie de sa vie. Il y a aussi le fait qu'il a essayé de me convaincre de lui donner une caisse du lot que je garde hors marché. Il y a quelques mois, Lana a laissé entendre qu'elle y avait goûté et que c'était le meilleur à ce jour. Ce qui signifie bien sûr que Draco en veut.

— Tu as l'intention de lui en donner ?

— Bien sûr, mais il devra attendre jusqu'à Noël. Chaque année en décembre, je lui envoie une caisse de mon meilleur cru de l'année. C'est une tradition.

Je regardai Starlight, ne sachant si je devais être furieux qu'elle ait une relation avec Draco, ou si je devais être impressionné.

Je roulai sur le dos et me couvris les yeux. J'avais passé un temps infini à m'inquiéter qu'elle soit dégoûtée par mon passé, et voilà qu'elle était presque la petite-fille d'un homme lié à la mafia à travers deux pays.

Starlight rampa sur moi, fit rouler ses hanches contre mon sexe à moitié érigé, et sourit.

— Je t'ai choqué ?

— On peut dire ça.

Mes mains agrippèrent ses hanches pour interrompre son mouvement.

— Je te l'ai dit, je ne suis pas aussi innocente que tu le penses. Les circonstances m'ont attribué le rôle que j'ai joué à Kipos, mais je sais ce que je fais. Enfin, quand il s'agit de PSK, en tout cas.

Je glissai mes doigts dans ses cheveux et l'attirai à moi pour l'embrasser, puis murmurai contre ses lèvres :

— La vie avec toi risque d'être intéressante.

— Hagen ? gémit-elle, et je sentis se déliter ma résolution de ne pas la prendre à nouveau.

— Oui.

Elle remua, leva la jambe, s'emparant de la base de mon membre pour le presser contre son ouverture lisse.

Bon sang, qu'est-ce que c'était bon ! Sa chaleur nue et lisse sur mon sexe.

J'avais tellement envie de m'enfouir profondément en elle !

Avant de laisser libre cours à mon envie, une pensée rationnelle montra sa vilaine tête, et je la tins immobile.

— Starlight. Je n'ai pas de préservatif.

Elle me regarda droit dans les yeux.

— Tu m'as donné ton bilan de santé, et tu sais que je n'ai été avec personne d'autre que toi.

— Et si tu tombais enceinte ?

— Je prends la pilule.

Elle rit en me voyant froncer les sourcils et posa les mains sur mon visage.

— Mon médecin m'en a prescrit pour régler mes cycles.

Pourquoi songer qu'elle ne pouvait pas tomber enceinte si

je jouissais en elle me dérangeait-il autant ? Cette femme me faisait tellement perdre la tête que je ne savais plus où j'en étais.

En moins de quarante-huit heures, je me retrouvais pieds et poings liés, et je ne savais pas comment m'y prendre. J'étais l'homme dont toutes les mères voulaient éloigner leur fille, et je me retrouvais là avec la fille que je n'aurais jamais dû toucher.

— S'il te plaît, gémit-elle alors que sa mouille dégoulinait sur mon membre. J'ai besoin de toi en moi.

Eh merde, c'était certain à présent, j'allais me retrouver en enfer.

Je la fis rouler sur le dos et m'enfonçai en elle jusqu'à la garde, nous faisant haleter tous les deux. La sensation de sa chair gonflée et humide m'obligea à serrer les dents pour garder le contrôle.

Jamais je n'avais pratiqué le sexe sans préservatif. Je n'étais pas le Don Juan que tout le monde imaginait, mais les protections étaient quelque chose que je respectais religieusement. Bon sang, on était à Vegas. Mais à cet instant, sentir la chaleur humide et glissante de l'intimité de Starlight, c'était comme le paradis sur terre.

J'imprimai un rythme régulier, savourant ses gémissements de désir et chaque glissement de mon sexe à l'intérieur de sa chaleur avant de ressortir. Je n'avais jamais rien connu d'aussi bon.

Les premiers spasmes de son orgasme vibrèrent autour de moi, et je souris alors qu'une pensée me venait. C'était l'heure de sa première leçon.

— Starlight, à qui appartiens-tu ?

Je lus la confusion dans son regard tandis qu'elle s'agrippait à mes épaules et levait les hanches pour se donner la friction nécessaire pour basculer.

Je me retirai jusqu'à n'être plus qu'à peine dans son intimité en manque, et je restai là.

— Qu'est-ce que tu fais ? voulut-elle savoir en me donnant une claque dans le dos. J'y suis presque.

J'attrapai ses poignets que je coinçai au-dessus de sa tête.

— Il faut que tu répondes à ma question, et ensuite je te donnerai ce que tu désires.

— Tu es fou ?

Je glissai la main entre nos corps et effleurai sa petite perle gonflée. J'entrais et sortais lentement d'elle tout en la taquinant de mes doigts.

Elle cambra le dos, et les petites contractions reprirent. Juste au moment où elle allait basculer, je m'interrompis. Je répétai cette délicieuse torture à deux autres reprises.

— Je te jure devant Dieu, Hagen. Je vais te tuer si tu n'arrêtes pas de m'allumer.

— Je ne suis pas en train de te taquiner. Ça s'appelle le déni d'orgasme.

Elle poussa un grand soupir de frustration.

— Il me semblait t'avoir entendu dire que tu ne donnais pas dans le sadomaso.

— Je n'ai jamais dit ça. Je ne suis pas pour les palettes, les pinces et les fessées. Je suis dans la domination et le contrôle.

— Oh.

Ses yeux verts se dilatèrent, et son intimité devint plus humide encore.

Mon sexe était douloureux du besoin de jouir, mais je me retins.

— Maintenant, réponds à ma question.

— Quelle question ?

— À qui appartiens-tu ?

J'appuyai mon front contre le sien et la fixai.

Un sourire effleura ses lèvres puis elle se redressa, frottant sa douce joue contre la mienne recouverte de barbe, et m'embrassa dans le cou.

— Hagen, tu sais que je t'appartiens. Je ne serais pas ici autrement.

Je saisis sa mâchoire et posai mes lèvres sur les siennes. Jamais cette femme ne répondait comme je m'y attendais.

En approfondissant le baiser, je me remis à bouger, et en quelques secondes, Starlight eut un orgasme, qui la fit se contracter fort autour de mon membre. Je la suivis aussitôt, et j'aurais pu jurer que jamais je n'avais ressenti un tel plaisir de toute ma vie.

C'était réglé. Je gardais cette femme. Au diable les conséquences. Elle était à moi. Avec un peu de chance, elle ne protesterait pas quand je lui ferais part de ma décision.

Penny

— Penny, je crois que tu devrais voir ce dernier article sur toi.

Je jetai un coup d'œil à Anaya par-dessus mon épaule : elle arborait une expression inquiète.

C'était sûrement une annonce bien tournée au sujet de mon départ de Kipos. Quelque chose du genre « dépression nerveuse et besoin de temps pour récupérer ».

Le fait que j'aie passé les trois dernières semaines à l'écart du monde et dans le lit de Hagen ajoutait sûrement de l'eau au moulin de Dara. Un sourire me vint. Être avec Hagen, c'était comme être engloutie par une avalanche de plaisir. Quand il ne travaillait pas, il trouvait une excuse pour me sauter sans retenue.

C'était étrange de ne pas aller au bureau tous les jours, mais cela me permettait de me détendre, de rattraper mon retard de travail pour PSK et de faire de mon mieux pour ne pas harceler Adrian pour qu'il me donne les dernières informations sur les manœuvres de Dara pour détruire Kipos.

— Quelle importance ? demandai-je en soulevant mon porte-bloc où je notai quelques chiffres de la jauge de pression fixée aux cylindres d'acier.

J'étais censée être ici à six heures ce matin. Et comme je n'avais pas mis les pieds ici depuis deux semaines, et que j'avais eu une panne de réveil ce matin, j'avais beaucoup trop de choses à rattraper pour m'inquiéter de ma belle-mère.

Anaya gigota sur ses pieds avant de soupirer, puis s'avança vers un bureau dans le coin de l'entrepôt. Elle prit un journal qu'elle me rapporta.

À contrecœur, je le récupérai d'entre ses mains et en survolai le contenu. C'était la section affaires du journal. Le titre de l'article était le suivant : « L'héritière grecque Persephone Kipos évincée de Kipos International. »

L'article en dessous détaillait mon implication présumée avec la pègre de Vegas et/ou de potentiels criminels.

Il faisait également mention de rumeurs au sujet d'une liaison torride avec l'un des frères Lykaios.

Je me mordis l'intérieur de la joue pour que le bourdonnement dans ma tête s'arrête. Je détestais vraiment cette femme. J'avais passé ma vie entière à essayer de me tenir à l'écart des projecteurs, et maintenant Dara essayait de ruiner ma réputation pour quoi ? Pour dévaloriser l'entreprise ? L'action de Kipos allait s'effondrer.

Mon estomac se retourna.

Après quelques respirations profondes, je déboutonnai

ma blouse de labo et m'assis sur une chaise proche. En pinçant l'arête de mon nez, je dressai dans ma tête la liste des personnes que je devais appeler pour maintenir les opérations en cours.

Ensuite, je me souvins des paroles d'Adrian.

Fais-moi confiance. Tout est sous contrôle.

J'avais envie de le laisser prendre les choses en main, mais il n'avait que vingt ans. Je détestais laisser les autres contrôler mon destin, même mon petit frère.

Mon directeur financier avait récemment entendu dire que Dara cherchait à injecter des capitaux dans l'entreprise. Elle avait trop dépensé au cours des dernières années, et la seule manière d'éviter une OPA hostile était de vendre des actions de la société. Mais sa meilleure option restait de la vendre. De cette manière, elle s'assurerait une retraite conséquente, et Adrian et moi en aurions fini avec elle. Du moins, ce serait mon cas, mais mon pauvre frère… C'était sa mère, et ça ne changerait jamais.

Dommage qu'elle ait besoin de mon vote pour mener la démarche à son terme. Je possédais un tiers de la société, et les statuts imposaient mon approbation. Si un enchérisseur avec assez de capitaux apparaissait, il me faudrait retarder le vote jusqu'à ce que les contacts de Hagen arrivent. Il fallait que je sache avec certitude si Dara était impliquée dans la mort de Papa.

— Le titre est mauvais, mais si tu lis l'article en entier, ils disent que cette nouvelle va à l'encontre de tout ce que l'on sait à propos de toi. Ils pensent que c'est un stratagème de ta belle-mère pour ruiner ta réputation. Tout le monde sait qu'elle en a après ton…

Anaya s'interrompit en remarquant que je ne lui prêtais guère attention.

— Eh bien, au moins, ils ont raison sur une partie.

Je fermai les yeux, me rappelant la sensation qui m'avait submergée quand Hagen s'était glissé en moi aux petites heures du matin.

Je n'aurais jamais imaginé qu'un homme puisse littéralement s'envoyer en l'air toute la nuit, mais Hagen l'avait fait. Mon corps était douloureux, et mon esprit malade en redemandait. C'était un miracle que je sois capable de marcher aujourd'hui.

— Quelle partie ?

Anaya vint s'asseoir en face de moi.

— La partie concernant la liaison avec un frère Lykaios.

— Hagen, dit-elle avec un sourire en coin.

Mes joues s'empourprèrent.

— Oui.

— Bon sang, il était temps !

Elle se leva d'un bond et lança le poing en l'air.

— Je suis ravie que ça t'enchante à ce point !

— Laisse tomber. Je n'ai pas de vie amoureuse, alors je dois vivre par procuration à travers toi. En plus, tu as un faible pour lui depuis qu'on est gamines.

— Tu es toujours une gamine.

Elle leva les yeux au ciel.

— Laisse tomber. Tu sais ce que je veux dire. Alors, réponds à une question, et je te laisserai tranquille.

Je croisai les bras et attendis.

— Est-ce qu'il est aussi doué au lit que les journaux à scandales aiment à le dire ?

Je rougis davantage, et au lieu de répondre à sa question, j'annonçai :

— Je crois qu'il est temps qu'on se remette au boulot.

— Bon sang, t'es pas drôle, répliqua-t-elle avec une moue dont seuls les gens de dix-neuf ans sont capables. Je parie que si c'était Henna ou Amelia, tu balancerais tous les détails.

Je lui jetai un regard noir et tapotai mon porte-bloc.

— Très bien, dit-elle en levant les mains au ciel. En plus, Collin a toujours dit qu'un jour Hagen finirait par arrêter de jouer au con et viendrait te chercher.

Je faillis lui demander de m'en dire plus. D'après ce que je savais, Collin était la dernière personne au monde à vouloir le bien de Hagen. Mais je décidai de me taire. J'avais beaucoup trop de travail.

Pendant les heures suivantes, nous travaillâmes à la mise au point de la formule pour la prochaine distillation, ainsi qu'à la logistique de la mise en bouteille des prochains barils du lot que j'aimais appeler la « réserve privée ». J'avais prévu de la tenir à l'écart du marché pendant au moins un an ou deux.

C'était mon meilleur produit, mais selon mes critères, il n'était pas prêt.

Pour être honnête, je détestais la partie marketing et distribution de l'entreprise. Ma passion, c'était le processus, mais je ne pouvais pas avoir l'un sans l'autre. Ce n'est que lorsque l'une des filiales de HPZ avait pris contact avec mes relations publiques que j'avais envisagé de vendre la partie vitrine de la société tout en gardant le contrôle du développement et de la mise en bouteille.

Peut-être dans le futur.

Pour l'instant, il fallait que je me concentre sur Dara.

L'alarme de périmètre bipa, me faisant sursauter. Anaya fut la première à regarder l'écran de surveillance. Elle afficha un air un peu rêveur en voyant la voiture d'Adrian.

Eh bien, voilà qui était intéressant.

Je m'attardai quelques secondes sur cette pensée avant de voir Hagen se garer derrière mon frère. Il sortit de la voiture et mon cœur manqua un battement. Il portait un t-shirt ajusté et un jean, agrémenté d'une paire de lunettes réfléchissantes qui lui donnaient un côté sexy.

— Eh bien, bon sang, ma vieille ! C'est lui que tu te tapes ? s'exclama Anaya en s'éventant. S'il te plaît, dis-moi qu'ils sont tous aussi chauds que le péché.

Je fixai l'écran et sentis la lente pulsation de désir que la présence de Hagen déclenchait inévitablement.

— Je suppose. Pour moi, Pierce et Zack sont comme Adrian. Ce sont tous mes frères.

— Laisse-moi être la première à te dire qu'Adrian est sexy, alors je parie que Pierce et Zack sont probablement aussi chauds bouillants en personne.

Je fronçai le nez.

— Tu viens de me donner la nausée.

La porte de l'entrepôt s'ouvrit, et Adrian, Hagen et Zack entrèrent.

Zack ? Quand était-il arrivé ici ?

Hagen m'avait dit que Zack était au courant de mon implication dans Firewater, mais je ne m'attendais pas à ce qu'il vienne à l'entrepôt.

Je jetai un autre coup d'œil aux écrans et vis sa Porsche

garée derrière celle de Hagen. J'étais tellement concentrée sur lui que je n'avais pas vu l'autre voiture arriver.

— Hé, sœurette. Salut, Ana.

Adrian nous adressa un signe de tête, puis se dirigea vers un ensemble de terminaux sur lesquels il bricolait chaque fois qu'il était dans le laboratoire.

— Bonjour, mesdames, lança Zack, qui s'avança vers moi pour me serrer fort dans ses bras.

— Penny, je vais m'en aller, annonça Anaya en vérifiant sa montre. Je dois retrouver Henna pour un cours de Krav Maga dans une heure. Si je pars maintenant, j'aurai assez de temps pour rentrer à la maison, me changer et arriver à la salle de sport avant que ma grande sœur ne m'engueule parce que je suis encore en retard.

Je hochai la tête.

— Merci pour toute ton aide aujourd'hui.

— Tu pourras me rembourser avec une croisière autour du monde quand tu auras gagné ton premier milliard.

— Sans problème. Je souris et m'appuyai sur Zack.

Dès que la porte fut refermée, Zack demanda :

— Comment va ma contrebandière d'alcool préférée ?

Je le serrai fort et déposai un baiser sur sa joue.

— Ce n'est pas illégal, donc pas de contrebande.

— Alors comment appelles-tu cette production secrète ?

Je lui adressai un sourire rayonnant.

— Incognito.

— Une certaine personne m'a dit que ça s'appelait Firewater.

— Non, c'est le nom de la réserve sur laquelle je travaille. Firewater Incognito.

Anaya et moi nous étions décidées sur le nom de mon lot spécial une heure plus tôt.

— Je peux goûter ? C'est le moins que tu puisses faire pour m'avoir pris des millions ces dernières années sur ton chemin vers le statut de milliardaire.

— C'est totalement faux. Et devenir milliardaire, ce n'est pas un objectif pour moi, c'est l'un des tiens.

— Que dirais-tu d'une partie ?

Je lui coupai la parole.

— Je ne jouerai pas aux cartes pour ça.

Il soupira.

— Ça valait le coup d'essayer. Et encore, tu trouverais probablement le moyen de me soutirer mes parts chez HPZ.

— Tu veux bien retirer tes mains d'elle ?

Hagen interrompit notre discussion et jeta un regard noir à Zack, qui sembla n'en avoir rien à faire et m'attira plus près de lui.

— Non. On est bien comme ça.

De toute évidence, Zack essayait de taper sur le système de Hagen, mais je n'avais pas envie de jouer à ça.

Pas encore, en tout cas. C'était trop nouveau entre Hagen et moi pour que je tente un flirt inoffensif. Je me dégageai de l'emprise de Zack et me dirigeai vers son frère.

Arrivée à moins d'un mètre de lui, je m'arrêtai.

— Salut.

Son regard était très intense, et je me rendis compte que c'était son côté possessif qui s'exprimait.

Au lieu de répondre, il posa une main sur ma nuque et m'attira à lui, m'embrassant à perdre haleine.

Quand il se recula, il me dit :

— Tu es partie avant que je me réveille.

— Désolée.

J'avais le corps en ébullition, prête à lui sauter dessus en dépit du fait que j'étais encore endolorie.

Est-ce que j'allais un jour me lasser de cet homme ? Nous avions passé la plupart de notre temps ces dernières semaines à faire l'amour, dormir, manger, parler et faire l'amour encore, et j'en voulais plus.

Bon sang, j'étais devenue nymphomane.

C'était le moment le plus hédoniste que j'avais jamais connu de ma vie. Hagen avait fait l'école buissonnière de ses clubs pour passer du temps avec moi, disant qu'il payait des gens pour faire tourner l'entreprise quand il était occupé ailleurs. De mon côté, je m'étais d'abord sentie coupable de ne pas être à Kipos, mais soulagée ensuite. C'était comme si, même pour quelques jours, le poids de ce qui arrivait à l'entreprise ne reposait pas sur moi.

D'après mes informations, Dara avait brûlé tous mes fichiers et m'avait remplacée par un clown.

Intérieurement, cette pensée me fit sourire. Tout ce sexe avait dû griller mes neurones.

— Tu aurais pu laisser un mot.

— Désolée, répétai-je. J'étais en retard, et je n'y ai pas pensé.

'Je fis glisser mes paumes sur ses avant-bras, savourant la sensation de ses muscles définis, et me perdis dans l'intensité de son regard.

— Je n'aime pas n'avoir aucune idée de ce qui a pu t'arriver. Adrian a tracé ta voiture avant que je mette la ville sens dessus dessous pour te retrouver.

— Il fallait que je travaille. Je suis en retard sur le planning. Un jour normal, j'arriverais ici à six heures, puis je me rendrais au bureau pour d'éventuelles réunions matinales.

— Tu n'as plus à cumuler deux emplois. Fixe-toi des horaires normaux, et concentre-toi sur tes distilleries.

Je fus submergée un instant d'une vague de tristesse avant de la repousser. En dépit de ce que je pensais quelques minutes plus tôt, je ne pouvais me défaire d'un sentiment d'impuissance. L'avenir de Kipos International échappait à mon contrôle, et d'ailleurs, si je voulais être honnête, je ne l'avais jamais vraiment eu.

Le plus important était de découvrir la vérité sur la mort de Papa et d'élaborer une stratégie pour évincer Dara. La vente de l'entreprise était le dernier point sur la liste.

— À partir de maintenant, si je dors encore quand tu t'apprêtes à partir, réveille-moi.

Ses paroles étaient empreintes d'une féroce détermination, qui me fit lever les yeux sur lui.

Il était toujours aussi beau, mais son visage était dur.

C'était peut-être normal dans une relation, du moins dans une relation avec Hagen.

Il était bien trop sérieux. J'étais une intello. Quel genre d'ennuis pouvais-je bien avoir ?

— Est-ce qu'il y a quelque chose que tu ne me dis pas ? Est-ce que je suis en danger, ou est-ce que c'est ton côté possessif qui parle ?

Je me hissai sur la pointe des pieds en souriant et lui déposai un rapide baiser sur les lèvres.

Mais je vis passer quelque chose au fond de son regard qui me dit que ma blague avait fait mouche.

— Je veux qu'on aille dans un endroit privé.

— Hum, dis-je en balayant l'endroit du regard. D'accord.

Nous étions dans un entrepôt ouvert. Il n'y avait pas beaucoup d'endroits pour l'intimité.

— On peut aller dans le laboratoire isolé, lui proposai-je en lui indiquant la direction de mon laboratoire de chimie. C'est le seul endroit où on pourra être seuls ici. Mais l'odeur de l'orge en fermentation pourrait te monter à la tête.

— J'ai une meilleure idée. Allons parler dans ma voiture.

— Adrian, criai-je.

— Oui ? répondit-il en détournant la tête des moniteurs.

— Occupe-toi de Zack, et ne le laisse pas toucher aux machines. Il a cette manie de toucher aux trucs qui ne lui appartiennent pas.

— Mais bon sang, Persephone. J'ai emprunté ta voiture une fois pour faire un petit tour, et tu agis comme si je l'avais plantée ou je ne sais quoi.

— Tu t'es débrouillé pour que les autres joueurs de poker me distraient, pour que tu puisses sortir en douce et prendre le volant.

— Tu es trop possessive avec cette voiture, lança-t-il avec un large sourire. Je dois admettre que c'était une belle promenade.

Je levai les yeux au ciel.

— Ne touche à rien.

Je pointai le doigt vers Zack en signe d'avertissement et laissai Hagen me conduire à la voiture.

— Tu es la seule personne que je connaisse qui puisse s'en tirer en traitant Zack comme un frère débile. Au cas où tu ne le saurais pas, Zacharias Lykaios est probablement l'un des hommes d'affaires les plus impitoyables qui soient.

— Zack est Zack. Le garçon qui me taquinait, me tirait les cheveux et faisait des bêtises avec moi. Je n'ai absolument aucun doute sur le fait qu'en des circonstances différentes, lui et moi aurions été associés dans le crime, et nos mères se seraient fait des cheveux blancs.

Hagen garda le silence, comme s'il réfléchissait à ma réponse.

Le temps que je prenne place dans sa voiture, il paraissait d'humeur maussade.

Dès qu'il eut fermé la portière côté conducteur, il me demanda :

— Pourquoi tu n'as jamais couché avec Zack ? Il y a une alchimie évidente entre vous. Merde, tu as aussi un passif avec Pierce.

Je plissai le nez et me renfrognai.

— Il y a bien trop de raisons pour lesquelles ils ne me font aucun effet.

— Donne-les-moi.

— Tu plaisantes, n'est-ce pas ?

— Tu viens de me dire que Zack et toi auriez été associés dans le crime.

Hagen agrippa le volant. Eh bien, merde. Il était vraiment jaloux de son frère. Pour un homme aussi confiant, il n'était vraiment pas sûr de son sex-appeal.

Je laissai échapper un soupir.

— Hagen. Ils ne sont pas toi.

Le feu s'apaisa au fond de ses yeux.

— Viens ici.

Je regardai autour de moi.

— Qu'est-ce que tu veux dire ? Sur tes genoux ?

Il acquiesça et appuya sur le bouton pour reculer son siège à fond.

— Mais je porte une jupe.

— Je sais.

— Il y a des caméras partout. Mon frère n'a pas besoin de me voir à califourchon sur les genoux de son patron.

— Zack est probablement en train de l'occuper en discutant d'un nouveau logiciel de sécurité qu'Adrian développe pour lui.

Son frère était connu pour trouver le moyen de travailler le plus possible chaque jour.

— Très bien.

Je passai au-dessus de la boîte de vitesse et plaçai mes jambes de chaque côté de ses cuisses en m'accrochant à ses épaules.

— Et maintenant ?

Il glissa les mains sous ma jupe, sur mes hanches, et sur mes fesses. Il frotta son érection contre la fente humide de ma culotte.

— Hagen, haletai-je avant de gémir quand son pouce glissa vers l'avant pour effleurer mon clitoris.

— Je veux te sauter ici même. Tout de suite. J'ai envie de déchirer ce truc que tu ne devrais pas porter, et tu le sais, et d'enfouir ma queue si profondément en toi que tu en garderas une marque permanente. Je veux te sauter si fort que tout le monde saura que tu m'appartiens.

J'en avais envie aussi.

— Oui. Tout ce que tu veux, Hagen.

— Mais comme je sais que tu es endolorie par nos bêtises matinales, on va devoir se contenter de quelques préliminaires.

Je ne pus m'empêcher d'être déçue. Je voulais qu'il pilonne mon intimité douloureuse, mais il avait raison. Il me fallait un temps de récupération. Passer de n'avoir jamais eu de relations sexuelles à quatre à cinq fois par jour allait demander un peu de temps pour m'y habituer.

— Qu'est-ce que ça veut dire ? demandai-je.

— Ça veut dire que je ne vais pas te sauter, mais que je vais te rendre si chaude que tu jouiras au moindre de mes contacts.

— D'accord.

— Je veux que tu commences par faire glisser cette jolie fente de haut en bas de la couture de mon pantalon.

Je suivis ses instructions, frôlant la couture de son jean avec mon string. Mon clitoris sensible souffrait tandis que mon sexe était de plus en plus lisse et gonflé.

— Maintenant. Je veux que tu roules des hanches sur ma queue dure, pour me montrer comment tu bougerais si tu me montais.

Je me mis à bouger, frottant ma chaleur humide contre lui, imitant le glissement de ma vulve s'il n'y avait pas de barrières entre nous.

Tout d'un coup, ce picotement familier que je ressentais chaque fois que j'étais avec Hagen se déclencha, et mon corps prit les commandes. Je me frottai et appuyai sur son sexe dur et épais jusqu'à éclater, me tordant, criant et jouissant si fort que je crus que j'allais m'évanouir.

— Hagen. Oh mon Dieu, Hagen, haletai-je en le fixant dans les yeux.

— C'était magnifique.

Les mots de Hagen étaient rauques et pleins de désir.

Mon visage était rouge, mon cœur battait la chamade alors que je redescendais lentement.

Sans réfléchir, je passai la main entre nous jusqu'à sa ceinture. Au moment où je tirais le cuir dans la boucle, Hagen m'immobilisa.

— Qu'est-ce que tu fais ?

Je lui adressai un sourire malicieux.

— Des préliminaires.

— Je ne vais pas te sauter.

— Je sais.

Je libérai son membre, faisant glisser ma main de haut en bas sur son érection dure et épaisse.

— Starlight.

Il prononça mon nom comme une prière. Ce qui me fit frissonner.

Je l'embrassai, prenant ses mains pour les glisser sous ma chemise jusqu'à mes seins.

— Je veux faire quelque chose que j'ai lu dans un livre.

Il me pinça les tétons, et mon ventre se mit à palpiter.

— Et c'est ?

— Quelque chose de semblable à ce que l'on vient de faire, mais cette fois je veux nous faire jouir tous les deux avec le glissement de ton sexe entre mes lèvres intimes, sans aucune barrière entre nous.

Pendant une fraction de seconde, je crus qu'il allait dire non, mais il sourit.

— Montre-moi.

Le feu dans ses yeux bleus laissait transparaître la nervosité. Je n'avais aucune idée de ce que je faisais. Il était évident qu'il venait de me passer les rênes. Bon sang, j'espérais que ce que disait ce roman d'amour était exact.

Poussant mon string sur le côté, je saisis le sexe engorgé de Hagen et le positionnai contre les lèvres de mon sexe. Je roulai des hanches pour glisser le long de son érection, laissant ma mouille le recouvrir.

La sensation fut grisante quand il se mit à bouger d'avant en arrière. C'était comme si j'avais le contrôle, mais en fait je n'en avais aucun, et à en juger par le bonheur hébété sur le visage de Hagen, je voyais bien qu'il n'avait jamais fait ça avant non plus.

Cette pensée me donna un élan de confiance auquel je ne m'attendais pas. C'était lui le plus expérimenté. L'homme avec tout un passif de maîtresses et de conquêtes, et je lui donnais quelque chose qu'il n'avait jamais vu.

Plus je bougeais, plus la douleur dans mon ventre augmentait. Bientôt, mon corps prit le dessus et j'accélérai le mouvement de rotation sur lui. Je rejetai la tête en arrière, sentant mon orgasme monter. Au même instant, un faible son guttural s'échappa des lèvres de Hagen.

— Je suis proche. Merde. C'est si chaud. Je ne sais pas combien de temps je vais pouvoir tenir.

Hagen fit glisser son pouce sur mon clitoris, et j'explosai. L'extase submergea mon corps. Je me cambrai et me frottai plus fort contre son sexe. J'enfonçai les ongles dans ses épaules en chevauchant la vague de plaisir.

L'instant d'après, Hagen me souleva, positionna son sexe à l'orée de mon intimité et jouit, faisant jaillir des jets chauds en moi. Il me serra contre lui jusqu'à sa libération complète.

Hagen

— Et maintenant ? me demanda Starlight en frottant son nez dans mon cou.

— C'était ton idée, tu te souviens ? lui rappelai-je.

Cette femme avait bouleversé mon monde. Son innocence et son désir d'explorer me mettaient sens dessus dessous. Jamais je n'avais pratiqué le sexe en public. C'était une règle implacable chez moi.

Et j'étais là, devant au moins une douzaine de caméras et deux personnes qui avaient probablement envie de nous tuer à ce moment-là.

J'étais censé lui dire ce que j'avais appris sur le testament. Au lieu de cela, j'étais consumé par la jalousie et un désir que je n'avais jamais éprouvé avec une autre femme.

— Hagen ? demanda-t-elle en soulevant la tête de mon

épaule. Pourquoi tu as joui en moi ? Est-ce que tu me marquais à la manière d'un homme des cavernes ?

— Oui, répondis-je honnêtement avant d'y réfléchir.

J'avais envie de marquer chaque centimètre de son corps, à l'intérieur comme à l'extérieur. Je voulais que tous les hommes à moins de trente mètres d'elle sachent qu'elle était à moi.

Je la voulais pour toujours. Je voulais qu'elle porte mes enfants. Je la voulais… Bon sang, mais qu'est-ce qui m'arrivait ?

Cette femme me faisait ressentir trop de choses et on venait à peine de commencer.

Il fallait que je me reprenne.

— Et ?

— Et quoi ? lançai-je, espérant que mon ton froid me remettrait les idées en place. Tu es ma femme. Je peux te marquer de mon sperme où, quand et de la manière que je veux.

Je fermai les yeux et m'appuyai sur l'appuie-tête.

— Hum, d'accord.

Elle glissa de moi et se rassit sur le siège passager.

— Tu m'as remise à ma place. Je t'appartiens jusqu'à ce que tu en aies assez de moi. N'est-ce pas ce que tu as dit la première fois que nous étions ensemble ?

Immédiatement, je regrettai mes paroles, celles prononcées quelques semaines plus tôt et celles dites il y a quelques secondes. J'avais l'air d'un connard. Elle représentait plus pour moi qu'elle ne le saurait jamais.

— Starlight.

Elle ne tourna pas les yeux vers moi pendant qu'elle

rajustait ses vêtements. Je vis de la douleur sur son visage, et son beau regard vert était embué de larmes.

— Je suis désolé. Je ne voulais pas le dire comme ça.

— Ça n'a pas d'importance. Dis-moi simplement de quoi tu voulais qu'on parle, pour que je puisse retourner au boulot.

Elle avait les bras croisés sur la poitrine et se tenait raide comme un piquet.

— Je suis désolé, répétai-je.

— Et j'ai dit que ça n'avait pas d'importance. Nous allons nous envoyer en l'air comme convenu, tu m'aideras à prouver l'implication de Dara dans la mort de Papa, et ensuite tu pourras passer à ta prochaine conquête temporaire.

— Merde. Ce n'est pas comme ça entre nous. Ça ne l'a jamais été, et ça ne le sera jamais.

Je foutais tout en l'air.

— Tu m'en diras tant.

Elle détourna son corps de moi.

Je posai les mains sur ses hanches et la fis se retourner vers moi, et elle me repoussa.

— Regarde-moi, bébé.

Lâchant un soupir résigné, elle dit :

— Je ne suis pas comme tes autres femmes. Je ne connais pas les règles. Je pense que c'est mieux qu'on mette un terme à tout ça avant que je ne plonge de trop et finisse par être blessée.

Avant que je puisse répondre, elle ouvrit la portière et sortit.

Merde alors !

Je sautai hors de la voiture et passai devant elle, lui bloquant le chemin vers l'entrepôt. Elle me jeta un regard noir et se mit à taper du pied.

— Dégage de mon chemin, Hagen. Je me fiche que tu fasses trente centimètres de plus que moi, je te botterai le cul.

Ce n'était sûrement pas le moment de lui dire que j'adorerais la voir essayer.

— On ne va pas arrêter. J'ai merdé. Je me suis comporté comme un con.

— Pourquoi ?

J'hésitai, me passai une main dans les cheveux, puis décidai de tout lui dire.

— Parce que tu me fais ressentir des choses, vouloir des choses. Je n'ai aucune idée de la façon de gérer ça. Mon premier instinct, c'est de repousser mes émotions. Tout ça, c'est nouveau pour moi aussi.

— Oh ! s'exclama-t-elle. (Sa colère s'adoucit et sa mâchoire se détendit.) Alors, on est quoi ? Oui, je sais que ça ne fait que quelques semaines qu'on est ensemble, mais il faut que je me fasse à l'idée.

Je fis un pas vers elle.

— Nous sommes Starlight et Hagen.

— Et ça veut dire quoi, exactement ?

— Que nous sommes un couple.

— Pour combien de temps ?

J'eus envie de lui répondre « pour toujours », mais ça l'aurait probablement effrayée. Alors à la place, je lui répondis :

— Jusqu'à ce que tu décides que c'est fini.

Elle fronça les sourcils.

— Je suis sérieuse.

— Moi aussi. Si quelqu'un doit rompre, ce sera toi. Et pour info, cette histoire entre nous dure depuis plus de dix ans. Qu'on couche ensemble n'était que la transition de notre relation déjà existante vers quelque chose de plus intime.

Elle resta silencieuse, et un mélange d'émotions passa sur son visage. Elle avait envie de me croire, mais elle était encore incertaine.

— Starlight, tu as entendu ce que j'ai dit ?

— J'aimerais que tu arrêtes de m'appeler comme ça. Je déteste vraiment mon deuxième prénom.

— Je sais, c'est pour ça que je l'aime. Personne d'autre que moi ne l'utilise.

Elle leva les yeux au ciel et je glissai mon bras autour de sa taille pour l'attirer vers moi.

— Suis-je pardonné d'avoir été un idiot ?

— Je suppose. Je ne sais pas gérer le chaud et le froid. Je sais que j'ai peut-être l'air d'un pigeon, mais ce n'est pas le cas. Surtout avec ceux qui me connaissent bien. Soit tu es partant, soit tu ne l'es pas.

— Je suis définitivement partant, mais je ne peux pas te promettre que je ne vais pas encore merder. Avoir une relation, c'est aussi nouveau pour moi que ça l'est pour toi.

— Alors ce truc entre nous est une relation ? Ça veut dire qu'on est exclusifs ?

Je plissai le front. L'idée de toucher d'autres femmes après avoir goûté à Starlight était répugnante.

— Absolument. Quand j'ai dit que tu étais ma femme, je

le pensais. En dépit de ce que peuvent penser les gens, je n'ai jamais fréquenté plus d'une femme à la fois. Bon sang, je suis toujours ami avec la plupart de mes ex.

— D'accord. C'est bon à savoir.

Qu'est-ce que ça voulait dire ? Peut-être que je n'aurais pas dû parler de mes ex.

Jamais de ma vie je n'avais eu l'impression de ne pas savoir ce que je faisais. C'était comme si j'étais à nouveau un adolescent qui essayait de comprendre comment sortir avec une fille, et non un homme de trente-deux ans avec des années d'expérience.

Elle resta silencieuse quelques instants de plus, et juste au moment où nous atteignions l'entrée de l'entrepôt, elle me demanda :

— Hagen, je peux te poser une question sérieuse ?

Eh bien, ça n'augurait rien de bon.

— Bien sûr.

— Pourquoi tu joues avec cette image négative de toi ? Tu n'as rien à voir avec ce que les gens imaginent de toi. Est-ce que ce serait si mal qu'ils voient le gars décent et attentionné ?

Je pris son visage dans mes mains.

— Le monde voit ce qu'il veut voir. Je n'y peux rien. En plus, mon passé a joué un rôle dans ma réputation. J'ai fait la plupart des choses dont les gens m'accusent. C'est toi qui ne vois pas l'obscurité en moi.

— Ou c'est à moi que tu montres l'homme tel qu'il est derrière la façade.

Elle ouvrit la porte.

— Puisque Zack et toi avez pénétré dans mon repaire

secret, je vais vous montrer le fonctionnement de PSK et le côté autoritaire de Persephone Kipos.

— Autoritaire ? Il faut que je voie ça.

\#

Hagen

Je fus totalement époustouflé pendant l'heure qui suivit. Starlight était réellement autoritaire. Finie la mauviette. En matière d'affaires, elle était un véritable sergent instructeur. Si elle posait une question, elle voulait des réponses. Si elle n'était pas satisfaite d'un accord de distribution, elle s'attendait à une renégociation.

Pendant un moment, je crus que le responsable de la mise en bouteille allait se liquéfier quand Starlight découvrit qu'il avait changé de fournisseur pour les bouteilles qu'elle préférait pour Firewater. Je trouvais ingénieux le fait qu'elle se soit appuyée sur la science et l'argument du changement de goût contre l'utilisation de ce qu'elle nommait des « bouteilles de qualité inférieure ». Et elle justifiait ainsi le surcoût de celles qu'elle aimait.

Même Zack était impressionné de voir ce côté d'elle. Elle dirigeait un empire plus petit que le sien, mais c'était plus qu'efficace.

Elle connaissait son métier sur le bout des doigts. Ce qui expliquait également ses deux diplômes en commerce et en chimie. De toute évidence, Kipos International n'avait jamais été son rêve. La seule raison de son acharnement à sauver l'entreprise, c'était Adrian.

Il avait été le catalyseur de toutes les actions de Starlight en ce qui concernait Kipos. Elle avait supporté l'oppression et les manipulations de Dara au lieu de quitter la ville et de ne jamais regarder en arrière.

Elle n'avait pas besoin de l'entreprise de son père pour survivre. La fortune qu'elle avait héritée de sa mère lui permettrait de vivre confortablement pour le reste de sa vie. Sans parler de ce qu'elle avait reçu lorsque son grand-père maternel avait vendu son empire maritime indien.

Le fait qu'elle ait à peine touché à sa fortune en dehors d'une partie qu'elle avait injectée initialement dans PSK Distilleries était remarquable. Elle avait la possibilité de se comporter comme les autres riches héritières : boire, faire du shopping, se montrer totalement futile. Mais elle avait choisi de faire quelque chose de productif de sa vie.

Comme pour tout le reste, j'avais gardé un œil sur sa santé financière. Si l'argent n'avait pas été bloqué, j'étais persuadé que Dara l'aurait dépensé jusqu'au dernier centime.

Un jour, il faudrait que je raconte à Starlight ce que j'avais fait. J'espérais seulement qu'elle ne flipperait pas. Après tout, mon but avait seulement été de la protéger.

Mais de qui je me moquais ? Elle allait péter les plombs.

— À quoi tu penses si fort ? m'interrogea Starlight en sortant de son labo, son sac à dos sur une épaule.

— Tu as une entreprise remarquable. Je ne sais pas si je dois être émerveillé par le fait que tu aies cumulé deux emplois à plein temps et énergivores ces dernières années ou vérifier si tu ne serais pas un robot.

Elle laissa retomber son sac sur le sol à un mètre de mes pieds et me sourit.

— Je crois, M. Lykaios, que vous avez tout vu de moi. Suis-je une femme ou un robot ?

— Sans le moindre doute, une femme.

Je l'attrapai par la taille et l'attirai à moi, mais je m'interrompis quand Zack et Adrian entrèrent.

Ce dernier me lança un regard irrité et prit son propre sac à dos.

— Zack dit que nous devons parler tous les quatre. Si tu as fini de peloter ma sœur, je suggère qu'on aille dans le penthouse de Zack à l'Aegis. Il est sécurisé, et une fois que nous aurons terminé, je pourrai revoir quelques trucs dans le bureau de la sécurité avant de retourner au dortoir.

Starlight se libéra de mon emprise.

— Laisse-moi voir ce qui le tracasse.

Elle glissa son bras sous celui d'Adrian, et ils engagèrent une conversation animée.

Zack s'approcha et secoua la tête.

— Quoi ?

— La prochaine fois, assurez-vous que les caméras ne soient pas directement pointées sur ta voiture. Adrian était en train de s'extasier sur le nouveau logiciel qu'il a développé pour toi, et juste après, il avait envie de te botter le cul. Pas un frère au monde n'a envie de voir sa sœur attraper les mains d'un type et les glisser sous sa chemise tout en chevauchant ledit type.

— C'est elle qui a grimpé sur moi. Je ne faisais que suivre les ordres.

Je ne pus réfréner un sourire.

— Ce n'est pas une fille à court terme, Hagen. C'est quoi ton plan pour elle ?

Mon humeur badine disparut, et je contractai la mâchoire. J'avais envie de lui répondre que ça ne le regardait pas, mais il méritait qu'on lui réponde. Starlight était importante pour lui.

— Je ne mérite peut-être pas quelqu'un comme elle, mais je ne suis pas sûr de pouvoir la laisser partir.

— Et pourquoi ne la mérites-tu pas ?

— Tu te moques de moi ? J'ai les mains sales. J'ai beau avoir envie de couper les ponts avec Draco et ses affaires, je lui serai toujours redevable. On ne peut pas se débarrasser du passé, et il lui faut un homme qui n'a pas mes bagages.

— Écoute. C'est ta vie, mais Penny ne semble pas être du genre craintif. J'ai bien l'impression qu'elle a prévu de te garder.

Douze

Penny

Une heure plus tard, nous arrivions à l'Aegis, la plus grande des propriétés de Zack à Vegas. Je n'eus que le temps de me rendre aux ascenseurs privés pour apprécier l'opulence de l'hôtel et du casino. Alors que l'Ida présentait des lignes épurées avec des touches colorées, l'Aegis était plus riche en couleurs avec des nuances sombres, et l'ambiance était à la décadence. C'était la première méga-propriété que Zack avait conçue après avoir quitté le monde du jeu pour se lancer dans la promotion immobilière.

— Je vous retrouve en haut, annonça Zack. Le temps de trouver Pierce. Il devrait participer à cette conversation.

Hagen acquiesça et appuya sur le bouton pour appeler l'ascenseur. Il régnait un silence gênant.

La main de Hagen effleura le bas de mon dos quand

j'entrai dans la cabine, ce qui nous valut un froncement de sourcils de la part d'Adrian.

— C'est quoi ton problème, cette fois ? Je pensais que nous avions clarifié les choses à l'entrepôt.

Je jetai un regard furieux à Adrian.

— Rien.

Il croisa les bras sur sa poitrine et s'appuya contre la paroi de l'ascenseur.

— De toute évidence, il y a quelque chose, et c'est en rapport avec Hagen et moi. Alors, quoi que tu aies encore à dire, balance.

J'avais cru que la discussion qu'Adrian et moi avions eue à l'entrepôt avait réglé son problème par rapport au fait de nous avoir surpris en train de batifoler dans la voiture. Je comprenais bien que personne n'avait envie de voir son frère ou sa sœur se faire peloter. Je m'étais excusée, mais il ne semblait pas s'en remettre.

— Pas maintenant, Penny.

À ce moment-là, l'ascenseur fit un bond quand Hagen pressa le bouton d'arrêt sur le panneau.

— À l'évidence, tu as quelque chose à me dire.

De frustration, Adrian se passa une main dans les cheveux.

— Oublie ça.

Son expression maussade me fit réaliser que même s'il semblait mature, il était encore très jeune. Ç'avait toujours été lui et moi contre le reste du monde.

— Non. Tu as un problème avec moi, alors je t'écoute, lui lança Hagen en s'appuyant sur la paroi opposée, m'attirant contre lui. On peut rester là toute la journée.

— Très bien. Quand je t'ai demandé de lui trouver un endroit où vivre, je ne m'attendais pas à ce que vous emménagiez ensemble.

— C'était son choix. Honnêtement, je n'ai pas eu mon mot à dire. En fait, j'ai essayé de la convaincre du contraire.

— C'est vrai ? m'interrogea Adrian en reportant son attention sur moi, ajoutant : Je saurai si tu mens.

— Il m'a donné le choix entre un appartement à un étage différent, ou partager le sien. J'ai pris la seconde option.

Je croisai les bras dans la même posture défensive qu'Adrian.

— En plus, il me semble bien que c'est toi qui m'as conseillé de faire quelque chose pour mon coup de cœur.

Il écarquilla les yeux et rougit d'embarras.

— Penny, bon sang.

Hagen haussa un sourcil dans ma direction en esquissant un sourire et mon ventre palpita.

— Maintenant… commença-t-il en reportant son attention sur Adrian, dis-moi quel est le véritable problème ? Comme je l'ai dit, on peut attendre ici toute la journée.

— Je comprends que vous ayez des relations sexuelles, mais sérieusement, c'est ma sœur, mec. Je ne veux pas te voir la peloter.

J'ouvris la bouche pour répéter que c'était ma faute, mais Hagen me pinça les fesses pour que je me taise.

— Compris. Nous resterons discrets quand nous serons en public. Autre chose ?

— Si tu la blesses de quelque manière que ce soit, je ferai

en sorte que l'infrastructure de sécurité de toutes les entreprises de HPZ soit détruite en quelques secondes. Je n'ai peut-être pas les muscles, mais j'ai la cervelle pour t'avoir.

La tension dans sa mâchoire et le défi dans son regard me serrèrent le cœur.

— Comme je l'ai dit à ta sœur, c'est elle qui a le pouvoir de mettre un terme à ce qu'il y a entre nous. De mon point de vue, c'est elle qui me tient.

Je tournai la tête pour regarder Hagen par-dessus mon épaule.

— C'est vrai ?

— Absolument.

Son regard était intense et fit s'envoler des papillons dans mon ventre.

Adrian nous interrompit en disant :

— Je m'inquiète que vous alliez trop vite tous les deux. Ça fait quoi, quarante-huit heures ?

Il y avait un soupçon de sarcasme dans son ton qui me donna envie de le gifler. Mais je savais que c'était parce qu'il était inquiet, alors je laissai tomber.

— Trois semaines. Mais d'après mes calculs, ça faisait des années que ça couvait, dis-je sous le regard constant de Hagen. Ce sont juste les circonstances qui nous ont poussés à l'action.

Avant qu'Adrian ne puisse répondre, l'ascenseur se remit en marche et la voix de Zack retentit dans le haut-parleur.

— Hey, bandes de cons, allez discuter dans le penthouse. Certains d'entre nous ont besoin de l'ascenseur.

#

Penny

Quinze minutes plus tard, j'étais installée sur un canapé à côté d'Adrian dans le salon palatial de Zack. Il occupait les deux derniers étages de l'Aegis. Le salon, la terrasse et la cuisine étaient au niveau inférieur. Quel que soit l'endroit où l'on se trouvait, on avait une vue sur le Strip.

Comme chez Hagen, les couleurs et le décor étaient épurés. L'endroit respirait la richesse, mais de manière discrète. C'était un contraste frappant avec l'hôtel en dessous de nous, qui respirait le luxe.

Hagen s'approcha en me tendant un verre de vin, puis s'assit de l'autre côté de moi.

— Zack, tu t'en charges, ou c'est moi ?

— Vas-y.

Zack s'appuya contre le bar en marbre près de sa cuisine et sirota son verre.

— L'un de vous a-t-il lu le testament de votre père ? Celui qui a été exécuté juste avant sa mort ?

Je fronçai les sourcils.

— J'ai une copie du testament, et il a été acté un peu après la naissance d'Adrian. Il n'y a pas d'autre testament.

Un regard passa entre Pierce et Hagen.

— Qui vous a donné la copie que tu as ?

Pierce ouvrit un dossier et le posa sur la table devant Adrian et moi.

— L'avocat de la famille, Trey Ritchman. Il travaille pour la famille depuis avant ma naissance.

Je n'avais jamais aimé cet homme. Il m'avait toujours fait penser à un sordide vendeur de voitures d'occasion. De plus, après l'arrivée de Dara, il semblait bien trop attentif à ses besoins juridiques.

Est-ce qu'il serait capable de nous cacher une autre copie du testament ?

Oh que oui !

— Ton père est passé par un cabinet différent pour rédiger celui-ci. Et nous sommes certains que Dara ne voulait pas que vous l'appreniez.

Adrian récupéra les papiers qu'il commença à lire. Son visage s'empourpra, et la veine sur son front se mit à palpiter.

— Adrian ? Qu'est-ce qui ne va pas ?

Je lui touchai le bras, mais pendant quelques instants, il ne dit rien.

— Si jamais j'avais eu le moindre doute à l'esprit, ce n'est plus le cas. Elle a fait tuer Papa.

— Quoi ?

Je tentai de lui prendre les papiers des mains, mais il me les arracha et continua sa lecture.

— En gros, Papa l'a rayée de son testament, continua-t-il. Le seul moyen pour elle de garder quelque chose quand j'aurai vingt et un ans est de…

— … vendre Kipos, terminai-je pour lui.

— Comment tu as su ? demanda Zack qui vint prendre place dans le fauteuil en face de moi.

— Parce que le directeur financier de PSK a reçu une

proposition pour faire une offre sur une part du capital ou racheter Kipos.

— Ne t'avise pas de le faire, Penny, ordonna Adrian. Je ne te laisserai pas dépenser ton héritage pour une entreprise dont aucun de nous ne veut.

Je laissai échapper un soupir résigné.

— Je ne vais pas te mentir. J'y ai pensé, mais même avec l'argent de mon grand-père, je n'aurais pas assez de capitaux pour l'achat.

— Pourquoi tu ne m'as rien dit plus tôt ?

— Adrian, je ne sais pas si tu t'en rends compte, mais la motivation de ta sœur pour presque tout, c'est toi.

Hagen fit courir ses doigts de haut en bas de mon dos.

— Penny, je n'ai pas besoin que tu me dorlotes. Je suis un adulte. Si je dois travailler comme le reste du monde, alors je le ferai.

— Merde ! m'exclamai-je alors que ma colère montait en flèche. Comment suis-je censée passer du stade où je m'occupe de toi depuis que tu es bébé à celui où je te lâche totalement ? Kipos, c'est ton héritage.

— Héritage dont je ne veux pas ! rétorqua-t-il, plus qu'irrité. Qu'elle garde l'argent. Elle va tout dépenser en quelques années, puis elle devra trouver un autre moyen de financer son style de vie.

— Alors tu es d'accord pour que Dara gagne ? Qu'elle prenne tout ?

— Non, je dis qu'il faut la laisser essayer de vendre les actions. C'était le plan depuis le début. La seule façon de réaliser une vente, c'est d'accepter l'achat. Selon le testament, un héritier direct de Kipos doit signer et approuver toute transition majeure pour l'entreprise. Ce qui inclut les fusions, les ventes d'actions, les contrats importants et les rachats.

— Ce qui nous amène au prochain point de discussion, annonça Hagen qui se leva pour se diriger vers le bar où il prit un autre verre.

— Maintenant, tu es la cible numéro un de Dara.

— Ce qui veut dire ?

Hagen hésita à me répondre.

— Plus tôt dans la journée, *Oyabun* m'a informé que quelques-uns de ses contacts s'intéressent de très près à toi, ce qui, dans ses termes, signifie que Dara a mis un contrat sur ta tête dans le cas où tu n'approuverais pas ses projets pour la société. Heureusement pour toi et ma santé mentale, Draco Jackson te considère comme sa petite-fille et il a fait passer l'information que si jamais quelqu'un touche un cheveu de ta tête, il le poursuivra.

J'inclinai la tête sur le côté et le scrutai.

— Tu es sérieux ?

Dara ne pouvait pas être aussi folle.

De qui me moquais-je ? Cette femme avait un objectif final : des millions de dollars sur son compte en banque. J'étais en travers de son chemin, et elle n'hésiterait pas à me mettre hors-jeu.

— Oui, répondit Zack. Mais avoir la protection de Draco ne signifie pas que tu es en sécurité.

— Alors, qu'est-ce que ça veut dire ? Qu'il faut que je me balade jour et nuit avec une équipe de sécurité ? Si c'est ta réponse, alors je vous le dis, c'est hors de question. Je sais que Hagen me fait suivre. Ça devrait suffire.

Pierce poussa l'épaule de Hagen en venant se placer à côté de lui.

— Je t'avais dit qu'elle était intelligente. Ton homme n'est pas aussi bon que tu le pensais.

— Alors je vais nommer quelqu'un d'autre. Elle a l'habitude de se mettre dans des situations potentiellement dangereuses. Je veux qu'elle soit en sécurité. Si elle n'est pas avec l'un de nous, notre équipe sera avec elle à tout moment.

— J'ai le sentiment qu'elle sait comment prendre soin d'elle, dit Pierce en me souriant.

— *Elle* est juste là, lançai-je en m'approchant des deux frères à qui je jetai un regard noir. *Elle* n'a pas besoin de votre groupe d'hommes baraqués pour la sauver.

— Starlight, ne me pousse pas, prévint Hagen. Tu es ma priorité, et rien ne m'empêchera de te protéger.

L'ignorant, je plantai mon doigt sur sa poitrine.

— Pour ton information, chaque fois que j'ai voyagé à l'étranger pour des raisons professionnelles, j'ai eu une protection rapprochée pour assurer ma sécurité. Tu crois honnêtement que j'irais dans les jungles d'Asie pour une plante rare sans avoir pensé à ma sécurité ?

Il m'attrapa la main qu'il pressa contre sa poitrine. La chaleur de son corps était distrayante.

— Tu n'es pas sérieuse. Ces femmes qui sont avec toi sont aussi minuscules que tu l'es. Qu'est-ce qu'elles vont faire ? Poignarder tes assaillants avec leurs limes à ongles et les frapper avec leurs sacs à main de marque ?

— Hum, Hagen, soupira Adrian, dont le regard passait

de Hagen à moi. Pour ton propre bien, et au risque d'énerver encore plus ma sœur, à ta place, je la fermerais.

— Non, qu'il continue de parler, dis-je en tentant de me libérer de l'emprise de Hagen, qui ne bougeait pas d'un pouce. N'essaie pas de sauver ce crétin de macho envahissant. Ces femmes sont membres des agences les plus élitistes au monde. Leur taille ne signifie rien. Chacune d'entre elles pourrait vous botter le cul avant que vous ne sachiez ce qui vous a frappé.

Puis, sans prévenir, je me servis d'un des mouvements que j'avais appris d'Ameera, agent d'une organisation clandestine de défense des droits de l'homme. Je me laissai tomber, me tournai légèrement, et projetai Hagen loin de moi sur le sol.

Un silence de cathédrale retomba sur la pièce.

— Tu as envie de me répéter que les petites femmes ne peuvent pas se défendre ?

Je rajustai ma chemise débraillée.

Hagen était allongé sur le sol et me regardait comme si j'étais un monstre. Son visage était rouge, et si je ne me trompais pas, il était excité.

Merde alors ! Je venais de le mettre à terre, et il était excité ?

Jamais je ne comprendrais cet homme.

La colère qui palpitait dans ma tête empirait, et je savais que si je ne me contrôlais pas, j'en serais quitte pour une migraine.

Zack se pencha en avant sur son fauteuil, souriant pendant que Hagen se rasseyait.

— Hagen, je m'arrêterais si j'étais toi pendant qu'il est

encore temps. C'est toi qui as dit que Penny n'était pas aussi naïve qu'on le croit. Peut-être que tu devrais commencer à écouter tes propres conseils. Ou je suis sûr qu'elle sera ravie de te botter le cul si fort que tu te retrouveras au siècle prochain.

encore temps. C'est toi qui as dit que Penny n'était pas aussi naïve qu'on le croit. Peut-être que tu devrais commencer à écouter tes propres conseils. Ou je suis sûr qu'elle sera ravie de te botter le cul si fort que tu te retrouveras au siècle prochain.

Treize

Hagen

J'observai Starlight qui sortait du salon pour se rendre sur le balcon. Jamais de ma vie ça ne m'avait excité de me faire tabasser.

Elle n'était pas faible, et j'étais un crétin de le croire, mais ça ne voulait pas dire que j'irais contre mon instinct et la laisserais gérer seule. Il fallait que nous trouvions un arrangement qui nous convienne à tous les deux.

— Je te suggère d'arranger ça. Nous allons tous les trois descendre pour nous occuper de certaines affaires, annonça Zack en faisant un geste vers Adrian et Pierce.

Avec un froncement de sourcils, Adrian se leva et ouvrit la bouche pour dire quelque chose, mais s'arrêta lorsque Pierce prit la parole en premier.

— Allons-y, petit. Tu n'as pas besoin d'assister à cette conversation.

Avec un soupir de frustration, Adrian se dirigea vers l'ascenseur.

Je me relevai, espérant que personne n'avait remarqué mon érection, et attendis que les portes de l'ascenseur se referment pour suivre Starlight dehors.

Elle était appuyée contre la balustrade dans le coin, la tête posée sur les bras, tout en contemplant la vue.

— Starlight, commençai-je prudemment.

Elle releva la tête et le corps. La colère qui irradiait de son regard faillit me faire reculer.

— Je ne suis pas une idiote, Hagen.

— Je le sais.

— Si c'était vrai, alors tu n'aurais jamais imaginé que je me mettrais en danger sans y réfléchir à deux fois.

— C'est une réaction instinctive que de vouloir te protéger. Si je te disais depuis combien de temps j'essaie de le faire, tu me prendrais pour un harceleur.

Mais merde, pourquoi avais-je avoué ça ?

Je m'avançai derrière elle. Elle se raidit une seconde avant de se détendre quand je glissai la main sur son ventre et l'attirai doucement contre moi.

Ses fesses charnues se pressaient contre la saillie de mon sexe, me donnant une furieuse envie de la sauter jusqu'à ce qu'elle accepte tout ce que je lui demanderais pour avoir le droit de jouir. Mais ce n'était pas comme ça que je désirais obtenir son obéissance.

Je suivis son regard et vis l'agitation du Strip en dessous de nous. Le jour n'apaisait en rien le chaos de Vegas. Mais ici avec elle, en dépit de sa colère, je me sentais à ma place.

— Je savais déjà que tu gardais un œil sur moi. Il fallait que tu me fasses suivre pour pouvoir être au courant pour Firewater. Je l'ai compris après notre presque déjeuner.

— Presque déjeuner ?

— On n'a jamais pu déjeuner, tu te souviens ?

Ses joues rougirent, et j'eus une image de son corps penché sur la balustrade pendant que je la sautais. Mon sexe déjà tendu se mit à la désirer comme je n'avais jamais désiré aucune autre femme.

— Je me souviens. On est passés directement au dessert.

— En quoi ce qui s'est passé constitue un dessert ?

Elle pencha la tête pour me regarder par-dessus son épaule.

— J'ai eu le plaisir de goûter tes douces lèvres et d'entendre le son de ta jouissance. J'en suis devenu dépendant. En fait, le dessert devrait être la première chose au menu quand on est ensemble.

Elle se laissa aller contre moi, et je me sentis soulagé. J'enfouis mon visage dans l'odeur délicate de son shampoing.

— Trop de sucreries, c'est mauvais pour vous, M. Lykaios.

— Je suis totalement pour les plaisirs du péché.

Le bruit des sirènes sur le Las Vegas Boulevard nous ramena à la réalité, et l'ambiance changea.

— Alors quoi maintenant ? demanda-t-elle en regardant au loin. Je ne passerai pas d'une cage dorée à une autre. Le fait que tu veuilles me protéger ne rend pas la situation moins étouffante.

La dernière chose que je voulais, c'était la garder prisonnière. Même si le fantasme de l'attacher à mon lit pour assurer sa sécurité était plus que séduisant.

— Dara est dangereuse, et si elle est assez désespérée, elle trouvera d'autres moyens de te faire du mal. Il est hors de question que je perde une autre femme à laquelle je tiens.

Mentionner ma mère me fit l'effet d'une flèche en plein cœur. Je n'étais pas là quand Maman était tombée malade, et j'avais eu du mal à arriver à son chevet pour lui dire au revoir avant qu'elle ne décède.

En dehors d'elle, jamais je n'avais eu de sentiments pour une autre femme. Comment allais-je convaincre Starlight de laisser mes hommes veiller sur elle quand je ne pouvais pas m'en charger ? Ce n'était pas comme si j'avais envie qu'un autre homme que moi l'approche.

— Écoute, je comprends que tu sois inquiet. Si elle a fait tuer Papa, elle n'hésitera pas à se débarrasser de moi. Mais je ne veux pas qu'on m'étouffe. Je ne fais peut-être plus partie de Kipos, mais j'ai une entreprise à gérer.

— Mon but n'est pas de t'étouffer. C'est de te protéger.

Si ç'avait été une autre femme, je lui aurais ordonné de faire ce que je lui demandais.

Non, c'était faux. Si ç'avait été une autre femme, j'aurais tourné les talons à la minute où elle aurait fait des difficultés.

Bon sang, on aurait dit que c'était moi qui lui courais après en permanence, qui voulait qu'elle me garde comme un foutu chiot perdu.

— Alors, qu'est-ce que tu suggères ? Je deviens ton acolyte vingt-quatre heures sur vingt-quatre ?

— Ou vice versa. Je crois que je ferais un super assistant de laboratoire.

— Bien sûr. J'imagine parfaitement le grand Hagen Lykaios recevoir des instructions de ma part. J'ai vu comme tu as eu pitié de mon directeur d'usine quand je lui suis rentrée dedans parce qu'il rendait son rapport en retard.

Je la fis tourner face à moi et la coinçai entre mon corps et la balustrade.

— Non, ça m'a excité.

Je collai la longueur de mon érection contre son sexe. Elle s'agrippa à mes avant-bras, et ses joues prirent une teinte rosée, premier signe d'excitation chez elle.

— Prends ta décision. Ce sera soit moi en permanence avec toi, soit un de mes hommes.

Elle fronça les sourcils.

— Que dirais-tu d'un de *mes* agents ? Elles sont venues avec moi dans chacun de mes déplacements à l'international. Est-ce que ça t'irait ?

— Seulement si je les ai contrôlées d'abord.

Il était hors de question que je laisse quelqu'un assurer les arrières de Starlight sans vérifier scrupuleusement ses antécédents.

— À mon avis, ce sont *elles* qui te donneront ou pas leur approbation.

Ce fut mon tour de froncer les sourcils.

— Ce qui veut dire ?

— Tu es ma première relation. Elles voudront s'assurer que tu sois digne de moi.

Ce n'était assurément pas le cas, mais il était hors de question que je la laisse partir.

— Donc, tu es en train de me dire qu'elles sont comme un groupe de sœurs surprotectrices ?

— Quelque chose du genre. À bien y réfléchir, je suis quasiment certaine qu'elles doivent avoir tous les renseignements à ton sujet maintenant. Elles sont très minutieuses quand il s'agit des gens qu'elles protègent.

— Pour qui travaillent-elles quand elles ne te suivent pas à travers le monde ?

— Laisse-moi réfléchir, dit-elle en se tapotant le menton.

— Deux d'entre elles sont des agents du Mossad, cinq travaillent pour des services de renseignement britanniques et américains, et deux pour des groupes secrets dont personne n'est censé avoir connaissance.

— Comment tu les as trouvées, bordel ? On ne rencontre pas par hasard un groupe d'agents de renseignement féminins cherchant à travailler en freelance pour la sécurité personnelle.

— Ma meilleure amie, Amelia. Son défunt mari avait aidé quelques-unes d'entre elles sur une affaire, et elles sont devenues amies. À présent, elles veillent sur elle, son fils, et tous ceux qu'Amelia veut qu'elles protègent.

— Ça n'explique pas comment tu les as rencontrées.

— Je lui rendais visite en Grèce, et elle me harcelait au sujet de ma sécurité, car j'avais prévu de me rendre en Indonésie pour rencontrer un fournisseur de fleurs de sureau.

Je la regardai fixement. Depuis combien de temps

faisait-elle le tour du monde ? Cela ne faisait que quelques années que j'avais découvert sa propension à aller visiter des endroits tropicaux éloignés. Et c'était quoi cette histoire de meilleure amie en Grèce ? Aucune de mes enquêtes ne la mentionnait. Il était indiqué que Starlight avait une amie nommée Cara Thanos, veuve de Stavros Thanos, un magnat grec du divertissement.

Et là, je compris.

Bon sang, mais pourquoi n'y avais-je pas pensé plus tôt ? Amelia était l'Amelia de Pierce. Elle lui avait brisé le cœur et n'avait pas regardé en arrière. Et quand elle avait épousé ce playboy grec, elle avait commencé à se faire appeler Cara.

Au cours de mon enfance, j'avais rencontré Amelia plusieurs fois. En tant que fille de l'un des anciens directeurs de jeu de Collin, elle assistait aux fêtes et aux événements qu'il organisait. Elle et Starlight avaient fréquenté la même école privée que mes frères et moi. Cela faisait des années que je n'avais pas vu Amelia. Jusqu'à présent, je n'avais pas réalisé qu'elle et Starlight étaient restées en contact.

Je retins toutes les nouvelles questions que j'avais pour elle et dis à la place :

— Continue.

— Amelia a dit qu'elle avait quelques amies qui s'occuperaient de ma sécurité, et pour apaiser son inquiétude, j'ai accepté de les rencontrer. (Elle remua avant de continuer.) Quand j'ai finalement rencontré le groupe, il s'est avéré que nous nous entendions toutes bien. Au bout d'un moment, chaque fois que je voyageais, je leur envoyais un message, et celles qui n'étaient pas en mission me rejoignaient pour mes déplacements. La plupart du temps, quand nous allons quelque part, ce n'est pas pour mon travail, mais juste pour un voyage entre filles.

— Donc en d'autres termes, tu as un entourage d'agents internationaux pour surveiller tes arrières et partir en vacances.

— On peut dire ça.

— Maintenant, une autre question me tourmente. Comment es-tu parvenue à voyager autant avec Dara qui te garde à l'œil en permanence ?

Elle me sourit.

— J'ai un leurre.

— Tu as un quoi ?

— Un leurre. Ma cousine, Mina, qui vit en Inde, me ressemble quasi trait pour trait. À l'exception des yeux. Pour autant que Dara le sache, j'aime passer toutes mes vacances avec la famille de ma mère en Grèce. Mina aime bien les trucs de cape et d'épée. En fait, elle adore ça. Pour elle, c'est une pause par rapport à sa famille d'entremetteurs et à son travail dans la tech, et pour moi, c'est la liberté.

C'était comme si je n'avais aucune idée de qui était cette femme. Un leurre, des agents du Mossad. Merde alors !

Je commençai à avoir mal au crâne.

Starlight prit mon visage entre ses mains.

— Est-ce que je te fais peur ?

— Non.

— Menteur.

Je refusais d'admettre que je ne savais pas trop quoi faire d'elle.

— Comme je te l'ai dit, je ne suis pas aussi innocente que tu le crois. Certes, je ne suis pas très expérimentée dans plein de domaines, mais j'ai mes petits secrets.

— Tu as plus de secrets que moi, ma jolie. Je suppose que ça veut dire que tu me fais confiance si tu me racontes tout ça.

Je la vis plisser le front.

— Bien sûr que je te fais confiance. Tu en doutais ?

Au lieu de lui répondre, je lui demandai :

— Est-ce qu'Adrian est au courant ?

— Oui. Il fait partie de ma couverture avec Dara.

— Dernière question, pourquoi n'as-tu pas fait appel à l'une de tes drôles de dames pour t'aider à trouver les réponses concernant la mort de ton père ?

— Il y a deux raisons. Premièrement, elles ne sont pas autorisées à faire quoi que ce soit sur le sol américain à titre officiel, sauf en cas de mission. Et si je veux coller quelque chose sur le dos de Dara, il faut que tout soit en ordre. Elles peuvent travailler dans la sécurité privée tant qu'elles se mobilisent quand leurs supérieurs les appellent.

— Et ?

— Et deuxièmement…

Elle hésita avant de continuer.

— … il me fallait une excuse pour te voir.

— Mais tu ne serais pas venue si Adrian n'avait pas arrangé les choses.

— J'avais l'intention de te demander ton aide une fois

qu'Adrian aurait récupéré ses actions. Il avait un autre plan et m'a devancée.

Sa main passa de mes bras à l'ourlet de mon t-shirt, puis en dessous. Le moindre de ses contacts m'excitait plus que tout ce que j'avais fait avec les autres femmes que je m'étais tapées.

— Alors tu avais prévu de me séduire depuis le début ?

Elle fit glisser ses ongles le long de mon dos, me donnant la chair de poule.

— Honnêtement, j'avais espéré que ce serait l'inverse. En plus, je ne saurais pas comment te séduire même si j'essayais.

— Tu te débrouilles plutôt pas mal en ce moment.

Je la soulevai par les jambes, fit passer ses cuisses autour de ma taille et la fit glisser contre mon érection douloureuse.

— Hagen, haleta-t-elle en enfonçant ses ongles plus profondément. On ne va pas faire l'amour sur le balcon de la maison de ton frère.

Elle se cambra contre la friction que je créais entre nos corps.

— Tu es sûre ? On peut toujours aller à l'intérieur. À l'étage, il y a une chambre qui m'appartient.

— On ne peut pas, dit-elle en serrant plus fort les cuisses autour de moi, posant la tête contre mon épaule. J'ai promis à Adrian. Je ne veux pas prendre le risque qu'il vienne ici.

— Vous marquez un point, Mlle Kipos. Adrian est un bon garçon, et je ne veux pas l'énerver plus que je ne l'ai déjà fait.

Je relâchai ses jambes, les laissant glisser le long de mon

corps jusqu'à ce qu'elle soit de nouveau debout sur ses pieds.

Un gémissement lui échappa, et je ne pus m'empêcher de sourire.

— C'est toi qui as dit pas de sexe.

— Je sais.

Elle se retourna et appuya les bras sur la balustrade.

— Vous êtes très puissant, M. Lykaios.

— Je te retourne le compliment. Maintenant que tu as mis fin à la partie amusante, revenons à ce qui a déclenché cette discussion.

Elle laissa échapper un soupir.

— Que dirais-tu de ça ? Jusqu'à ce que mes amies arrivent, je te laisserai, toi ou un de tes gars, me suivre.

Je souris, empli d'un sentiment de victoire.

— Mais à la seconde où tu deviens autoritaire, ça s'arrête.

— Je ne suis jamais autoritaire.

— Va dire ça à Pierce et Zack. Ils m'ont dit que les hommes de Draco les avaient surveillés sur ta demande pendant toute l'université pour qu'ils n'aient pas d'ennuis. Zack t'a qualifié de casse-couilles.

— Mes frères devraient fermer leurs gueules pendant vos parties de poker.

— Hé, le meilleur moyen de les distraire, c'est de les faire parler. Comment crois-tu que je gagne ?

— D'après ce que dit Zack, tu es capable de lire les gens, et ensuite tu les laisses doubler ou tripler le pot avant de leur clouer la tête à la table avec ce que tu cachais.

— Je n'avouerai jamais rien.

— Tu veux t'essayer aux tables de l'Ida ? J'ai entendu dire que le propriétaire avait un faible pour les chimistes sous couverture aux yeux d'émeraude.

— Pourquoi pas ? J'ai pris plus qu'assez d'argent à Zack au fil des ans. Voyons si j'ai toujours de la chance.

CHAPITRE

Quatorze

Penny

— Wouah. Hagen va devenir fou quand il te verra, dit aussitôt Pierce quand je sortis de l'ascenseur privé de Hagen.

Je baissai les yeux sur la minirobe pailletée à une bretelle que Henna m'avait envoyée et notai mentalement de la remercier. S'il y avait bien une chose pour laquelle elle était aussi douée que l'hôtellerie, c'était la mode.

Ce style flattait ma petite silhouette, et avec mes cheveux et mon maquillage au top, je me sentais sexy.

La dernière fois que je m'étais habillée ainsi, c'était quand Amelia m'avait emmenée à Ibiza pour une soirée sur l'île espagnole. C'était pour son anniversaire, quelques mois avant le décès de son mari.

— Merci, dis-je en passant mon bras autour du coude de Pierce. Tu n'es pas trop mal non plus.

Les frères Lykaios étaient vraiment dotés d'un physique

ravageur. Pierce était le plus athlétique des trois, avec une carrure à mi-chemin entre un nageur élancé et un boxeur.

— Eh bien, merci. Je me suis dit qu'il était approprié de bien m'habiller pour la fabricante de l'alcool favori de tout le monde.

De loin, j'aperçus deux hommes avec des oreillettes qui nous observaient.

— Où est Hagen ?

— Il avait un problème à gérer. Il m'a demandé de te mener au salon privé des joueurs de poker.

— Dois-je être honorée d'affronter les plus grandes baleines de Vegas ?

Pierce sourit.

— C'est toi la baleine dans cette pièce.

— Nous verrons bien.

Alors que nous traversions le casino principal, je ne pus m'en empêcher : j'avais envie de me joindre à l'enthousiasme des différentes personnes rassemblées autour des tables.

— Non.

Je jetai un coup d'œil à Pierce.

— Quoi ?

— J'ai des ordres stricts, je dois t'emmener en haut.

Je lui adressai ma version personnelle des yeux de chien battu, qui me permettaient d'obtenir tout ce que je voulais quand j'étais plus jeune.

— S'il te plaît.

Il gémit et secoua la tête.

— Hagen va me tuer.

Je lui serrai le bras et me hissai sur la pointe des pieds

pour l'embrasser sur la joue. Puis j'attrapai sa main et l'entraînai vers une table de blackjack.

Au moment où j'allais fouiller dans mon sac pour sortir ma carte, Pierce m'en tendit une autre.

— Au moins, de cette manière, si tu gagnes, on est quittes. On ne peut pas perdre d'argent s'il appartient déjà au casino.

Lui prenant la carte des mains, je l'insérai à la table et pris pour cinq mille dollars de jetons.

— C'est une grosse avance.

— Je connais les propriétaires. Ça ne les dérangera pas.

Pendant les vingt minutes suivantes, nous jouâmes à différents jeux dans le casino. Je gagnais bien plus que je perdais, et j'avais dix mille dollars d'avance.

— Pierce, je peux te demander quelque chose ?

— À ta manière de le dire, j'ai l'impression d'avoir des ennuis.

— Non. Ce n'est pas ça. C'est simplement une question que je me pose depuis des années.

— Vas-y.

— Est-ce que tu es toujours amoureux d'Amelia ?

Son expression se fit plus sombre.

— C'était il y a des années. Elle a épousé un autre homme.

— Je sais. C'est juste que parfois je me demande. Tu n'as jamais vraiment eu d'histoire sérieuse.

— N'essaie pas de jouer les entremetteuses. Je sais que vous vous entendez comme larrons en foire, mais elle fait partie de mon passé.

— Bien. Je vais laisser tomber. Mais sache simplement que les apparences pouvaient être trompeuses à l'époque.

Pierce soupira et m'embrassa sur le front.

— Merci de ne pas avoir choisi de camp quand tout s'est écroulé.

— Vous êtes tous les deux de ma famille, dis-je avant de balayer l'endroit du regard jusqu'à trouver un moyen de changer de sujet. Roulette, allez.

Nous trouvâmes une place le long de la table et attendîmes que les autres se remplissent.

— Placez vos paris, annonça le croupier.

Je plaçai tous mes jetons sur le treize noir et souris à Pierce.

— On dirait que tu as mis tous tes œufs dans le même panier. Tu ne choisis jamais un autre numéro pour commencer ?

— Non. Ça porte chance.

— Ça n'a bien sûr rien à voir avec le mouton noir de la famille dont le chiffre préféré est le treize.

— Va savoir.

— Plus de paris.

Le croupier laissa retomber la balle sur la roulette.

Je me concentrai sur son effet, puis levai les yeux ; Hagen me regardait.

Mon rythme cardiaque s'accéléra. Ça devrait être illégal d'être aussi beau. Hagen portait un costume noir ton sur ton ajusté qui ne dissimulait en rien le corps musclé qui se cachait en dessous.

Il sirotait un alcool rouge familier, avec un gros glaçon rond.

Ses yeux brillaient de convoitise. Je me léchai les lèvres, sentant mon intimité gonfler, devenir moite.

— Treize noir, annonça le croupier.

Hagen haussa un sourcil quand il le vit pousser mes gains dans ma direction.

Je haussai les épaules et murmurai :

— La chance du débutant.

Il déposa son verre sur le plateau d'un serveur près de lui et s'approcha de moi.

— Je vois que mon grand frère est là, et maintenant je suis dans la merde, annonça Pierce.

Hagen s'arrêta à quelques centimètres de moi et lui répondit par-dessus mon épaule :

— Va te faire voir. Je n'ai plus besoin de tes services.

Je me tournai vers Pierce.

— Merci de m'avoir fait visiter.

— À plus tard, ma jolie.

Il m'embrassa sur la joue.

Quand je tournai les yeux vers Hagen, il fronçait les sourcils.

— Quoi ?

Il posa la main sur ma taille.

— Tu es à moi.

— Oui.

Hagen fit un geste vers un homme debout dans le coin de la pièce. L'instant d'après, il rassemblait mes jetons.

— Tes gains seront livrés au salon.

— On va quelque part ?

— Oui. J'ai appris que tu avais un penchant pour les pâtisseries. Allons prendre un dessert.

Il sourit, et je sus qu'il pensait à sa propre version du dessert, que nous avions savourée il n'y avait pas si longtemps.

— Damian t'en a parlé.

Au lieu de répondre, il me tendit la main. J'y glissai la mienne et le laissai me mener à la pâtisserie. À notre approche, une femme vêtue d'une veste de chef et d'une toque s'approcha de nous.

— M. Lykaios, nous avons une table prête pour vous. J'espère que vous apprécierez.

Elle sourit quand nous passâmes devant elle pour nous rendre à notre table.

— Est-ce que c'est… ?

— Oui, répondit-il avant même que je finisse ma question. C'est sa pâtisserie, après tout.

J'étais obsédée par Micola Trudeau et son style de cuisine unique. Elle avait des origines françaises et grecques, ce qui donnait un goût qui ne venait pas exclusivement de l'un ou l'autre pays, mais était un mélange des deux.

— Je vais la supplier de me donner des cours de cuisine avant de partir.

Il s'arrêta à mi-chemin et me fit face.

— Est-ce que tu prévois d'aller quelque part ?

— Eh bien, je n'étais pas certaine que tu sois sérieux quand tu évoquais le fait que je reste sur le long terme.

Merde, pourquoi lui dire un truc pareil ?

— Starlight, je te l'ai dit, la seule manière de mettre un terme à notre histoire, c'est si toi tu le décides.

— Tu m'accordes beaucoup de pouvoir.

— Je sais.

Il m'embrassa sur le front.

— C'est l'heure de prendre un dessert avant de rencontrer tes adversaires.

— Tu en parles comme si j'allais affronter une bande de mercenaires.

— Pas loin. Les hommes et les femmes que tu vas rencontrer ce soir sont les meilleurs dans leur domaine. Donc, inutile de dire qu'ils jouent au poker comme ils font des affaires.

— Tout comme moi.

— C'est pour ça que je savais que tu aurais ta place.

Nous nous assîmes, flirtâmes, et discutâmes de tout et de rien en mangeant. C'était comme si nous avions un rencard, et j'adorais ça.

Alors qu'un serveur remplissait ma tasse de café, Hagen me dit :

— Je veux que tu en saches le plus possible sur les gens avec qui tu joues. Ils auront fait des recherches sur toi et n'hésiteront pas à s'en servir.

— D'accord. C'est normal, dis-je en portant ma tasse à mes lèvres pour en boire une gorgée.

— Donne-moi les détails.

Hagen reposa sa tasse et se cala sur son siège.

— Hector Cortez dirige toutes les exportations de fruits et de pommes de terre du Pérou. Il a une vision à l'ancienne des femmes et de leur place dans le monde.

— J'essaierai de ne pas le poignarder avec le talon de ma chaussure s'il m'énerve.

Je lui souris, et il secoua la tête.

— Jason Sev, poursuivit-il, ne cachant pas son amusement devant mes paroles, est un aristocrate norvégien. Il aime faire la fête et mène le style de vie typique des riches européens de la jet-set. Kacee Hightower est un milliardaire texan. C'est un dur, il dit les choses telles qu'elles sont, mais c'est le genre d'homme qu'on veut avoir de son côté. De tous les joueurs, c'est celui qui, je pense, te plaira le plus. Navin et Ming Seif sont des jumeaux qui ne font rien l'un sans l'autre. Ce sont des industriels de la technologie. Ils ne parlent que rarement, voire jamais, mais n'hésitent pas à miser quelques millions de dollars s'ils ont une chance, même infime, de gagner la main. La dernière joueuse est Briana Amici. Je pense que vous allez vous entendre. C'est l'héritière d'une fortune dans l'huile d'olive. Elle pourrait passer ses journées à voyager et à s'intéresser à la mode, mais elle préfère être dans les champs d'oliviers.

— Alors, qu'est-ce que tu leur as dit sur moi ? lui demandai-je après avoir avalé la dernière bouchée de ma pâtisserie.

— Que tu es incroyablement belle, que tu as une intelligence à la hauteur de ta beauté et que tu peux frapper un homme s'il t'énerve suffisamment.

— Je suis sérieuse.

— Ils savent que tu es l'héritière des Kipos et ma petite amie.

— En d'autres termes, ils pensent que si je suis à la table avec eux, c'est parce que je couche avec toi ?

— Grâce à tes diplômes, ils sauront que tu es intelligente. Mais ils supposeront que c'est le népotisme qui t'a obtenu ce poste chez Kipos et t'a permis de réussir. C'est à toi de les laisser sous-estimer ton intelligence. N'est-ce pas un art que tu as maîtrisé au fil des ans ?

— Je suppose, dis-je en fronçant les sourcils. Avec Dara, je n'avais pas le choix.

— Pense à ce soir comme à la première partie que tu as jouée avec Bonnet blanc et Blanc bonnet.

— Je ne suis pas sûre que Pierce et Zack approuveraient ta manière de les décrire, lui dis-je avant de marquer une pause. Je suis ta petite amie ?

— Tu es plus que ça, mais pour l'instant, on va partir là-dessus.

— Alors qu'est-ce que tu es pour moi ?

Il afficha un sourire penaud.

— Ton maître en matière de péché. Après tout, tu m'as assigné la tâche de corrompre Persephone.

#

Penny

Vingt minutes plus tard, après de brèves présentations, je me glissai à ma place à la table de poker. Tous les sièges étaient occupés, sauf un. Les gens autour de moi me scrutaient et s'étudiaient les uns les autres. Je savais qu'ils n'avaient jamais joué ensemble, à l'exception des jumeaux.

Le croupier jeta un coup d'œil à Hagen, qui regarda sa montre et lui fit signe d'attendre.

Quelques instants plus tard, une blonde aux longues jambes avec une silhouette à tomber fit son entrée.

— Désolée, mes chéris. J'ai été retenue, annonça-t-elle avec un fort accent italien.

Elle portait une combinaison moulante avec des cuissardes. Elle avait l'air d'une dominatrice. Il ne lui manquait plus qu'un fouet.

Un sentiment d'excitation m'envahit, et je faillis bondir de mon siège pour courir l'embrasser. La première de mes drôles de dames était arrivée, sous la forme de l'héritière italienne qu'elle était en réalité.

— Alors, qui êtes-vous ?

Avançant dans ma direction, elle examina ma tenue, des chaussures à la tête, et émit un son approbateur.

— J'aime la robe.

Hagen se déplaça pour se mettre derrière moi.

— Briana Amici, voici Persephone Kipos.

Elle me serra la main, et je la sentis glisser quelque chose dans ma paume. Je savais ce que c'était : un traceur sous la forme d'une bague.

— C'est un plaisir de vous rencontrer. J'adore les huiles d'olive de votre famille. C'est un produit de base dans ma maison.

— C'est bon de voir quelqu'un qui apprécie la qualité plutôt que la merde qu'ils vendent dans les supermarchés.

Elle prit place en face de moi et saisit le cocktail qu'un employé avait posé devant elle.

Je posai les mains sur mes genoux et en profitai pour glisser l'anneau sur mon annulaire droit.

Hagen remarqua mon mouvement et se pencha pour me murmurer :

— Je suppose que tu la connais.

— Oui.

Puis il ajouta :

— Je t'en prie, dis-moi qu'elle ne fait pas partie de ton entourage.

— Oh que si. En général, c'est elle qui dirige l'équipe.

Il frôla mon cou de ses lèvres, m'envoyant des frissons dans le dos.

— Tu es bien la seule à avoir la plus capricieuse des divas dans ton service de sécurité.

— C'est un rôle.

Je me laissai aller à son contact.

— Comme je l'ai déjà dit, tu es pleine de secrets.

— Commençons, dit Ming, l'un des jumeaux.

Hagen recula et fit signe au croupier de commencer.

Pendant les deux heures suivantes, nous jouâmes. Je perdis les premiers tours, étudiant le groupe et jaugeant les petites nuances qui révélaient leur logique. J'étais sûre que Hagen se grattait la tête et se demandait comment j'avais battu ses frères.

— Suivez, dit le croupier, s'attendant à ce que tout le monde autour de la table ajoute au pot ou se retire.

Les jumeaux et Jason se couchèrent, me laissant moi et trois autres dans le jeu.

— Vous êtes sûre de ne pas vouloir vous coucher, mademoiselle ? Vous feriez peut-être mieux de jouer aux machines à sous en bas.

Hector m'adressa un sourire condescendant.

L'avertissement de Hagen concernant la position d'Hector sur les femmes devenait évident. Cet homme ne pouvait pas jouer un tour sans faire un commentaire sournois.

— Non. Je suis là où je suis censée être.

— Laissez cette fille tranquille.

Briana lança un regard furieux à Hector.

— Nous sommes fatiguées de vos anecdotes machistes.

Hector l'ignora et se pencha en arrière pour regarder Hagen, qui observait la partie depuis un ensemble de canapés dans le coin.

— Ta copine est jolie à regarder, et je suis sûr qu'elle est fabuleuse au lit, mais ce n'est sûrement pas une flambeuse.

Un tic agita la tempe de Hagen, m'indiquant qu'il était sur le point de casser la figure d'Hector.

— Parfois, les premières impressions peuvent être trompeuses.

Hagen jeta un coup d'œil dans ma direction et m'adressa un sourire malicieux qui me toucha en plein cœur.

— Les adversaires les plus dangereux arrivent souvent dans un emballage qui leur donne l'air inoffensif.

— Je parie qu'elle n'a rien de mieux qu'une paire. Voyons voir.

Je retins mon rictus : j'avais hâte de voir la tête de cet abruti.

Je posai mes cartes sans montrer la moindre réaction ; mais je me calai dans mon siège avec ma boisson.

— Ah ah ! s'exclama Briana en tapant des mains. Hector, j'espère que tu as quelque chose pour battre une quinte flush.

— Quoi ? dit-il en baissant les yeux sur ses cartes. Mais comment ?

— Apparemment, notre petite plante verte ici présente est une tueuse en puissance.

Kacee souleva son verre et le fit tinter contre le mien.

— J'ai l'impression que cette partie est sur le point de devenir intéressante.

Nous jouâmes une heure et demie de plus. Les jumeaux, Jason et Hector se retirèrent du jeu lorsque Hagen annonça le délai de trente minutes avant la fin de la partie.

— Je me couche, dit Kacee en laissant tomber ses cartes sur la table et en secouant la tête. Ça fait cinq mains d'affilée. Dis-moi que tu avais quelque chose de mieux que deux paires.

— Bien sûr que non, chéri, ronronna Briana en remuant l'olive dans son martini. C'est pas chouette ?

Je leur adressai un sourire penaud et révélai des cartes qui m'auraient fait perdre ma mise si Kacee était resté dans le jeu.

— Tu n'avais rien. Bon sang, tu as le meilleur bluff que j'ai rencontré depuis des années. Tu attires les hommes avec tes gentils sourires, et en moins de deux ils perdent plus de cent mille dollars.

Kacee ramassa son cigare, en tira quelques bouffées et le posa sur le cendrier.

— Il faut que tu viennes bosser pour moi.

— Elle n'a pas besoin de votre argent. Elle a sa propre fortune, lança Briana avec un sourire. En plus, je connais un propriétaire de boîte de nuit très possessif qui serait très contrarié si elle allait travailler pour la concurrence.

Kacee jeta un regard à Hagen.

— Tu ferais mieux de lui mettre une bague au doigt, sinon je vais la voler.

Je rougis. Nous n'avions pas pensé à ce sujet et n'en avions pas parlé non plus. Bon sang, nous étions en couple depuis à peine trois semaines.

— J'y travaille.

Quoi ?

Je me retournai sur mon siège et croisai le regard de Hagen. Je vis une pointe d'humour dans son regard, mais aussi une touche de vérité.

Il ne pouvait pas être sérieux. Si ?

Il haussa un sourcil en signe de défi.

Je sentais mon cœur battre dans mes oreilles, en même temps qu'une envie de lui appartenir vraiment. Pendant des années, il n'y avait eu qu'Adrian et moi. Mon rôle était de le protéger et de faire de mon mieux pour l'élever tout en grandissant moi-même. Mais pendant tout ce temps, jamais je n'avais senti que quelqu'un était à moi.

Que Hagen laisse entendre qu'il voulait un avenir avec moi me rendait nerveuse, et j'avais peur de m'emballer.

Avant que je puisse réagir, un groupe d'hommes entra dans le salon, suivi de quelques membres de la sécurité de Hagen et de deux frères Lykaios en colère.

— Nous sommes venus nous joindre à la fête.

CHAPITRE
Quinze

Penny

L'air se refroidit dans la pièce, et l'ambiance décontractée disparut.

De toute évidence, ce groupe n'était pas le bienvenu.

Hagen tourna les yeux vers Zack.

— Pourquoi sont-ils ici ? Je croyais qu'on avait un accord.

Les hommes se mirent à commander des boissons aux hôtesses. Je situais leur accent en Europe de l'Est, mais je n'arrivais pas à savoir dans quel pays.

— Ils ont subitement décidé de faire volte-face. Je pense que tu devrais avoir une bonne discussion avec leur patron. Je n'ai absolument aucune envie de dépenser plus d'énergie à gérer leurs conneries.

— Laissez-nous entrer, dit un grand homme dans le fond alors qu'il scrutait tout le monde des pieds à la tête, avant de se concentrer sur moi.

Il y eut un soupçon de surprise dans son regard, puis un sourire calculateur.

Oh merde, c'était le gars qui était dans le bureau de Dara le jour où elle m'avait virée. Maintenant que j'y pensais, je l'avais vu à de nombreuses reprises au fil des ans : à son bureau, dans son appartement, et en voyage avec elle.

Quel était son nom ? *Erin Kapok.*

Je me souviens qu'Adrian avait évoqué un amant ukrainien avec qui Dara entretenait une relation intermittente ces dernières années. Selon lui, il travaillait pour un syndicat de la mafia européenne.

Pas étonnant que Dara couche avec un truand pour lui faire faire son sale boulot.

— Hagen, c'est un des amants de Dara, chuchotai-je.

Il se rapprocha de moi et lança à voix basse :

— Maintenant, on commence à y voir plus clair. Quoi qu'il dise, ne réponds pas.

Je voulus le contredire, mais gardai le silence pendant que Kapok me scrutait de haut en bas. Il savait que je l'avais reconnu.

D'autres hommes de Kapok firent leur entrée mais restèrent en retrait, près de la porte, observant la scène tout en essayant de comprendre ce qui se passait. Ils s'exprimaient dans une langue que j'identifiai comme de l'ukrainien. Tous semblaient irrités par Kapok, mais se mirent sur le côté pour observer.

— Désolé, Kapok, la partie est terminée. Nous sommes sur le point d'aller dîner, dit Zack pendant que Hagen bougeait pour se placer entre Erin et moi, lui bouchant la vue.

— Le salon d'à côté peut accueillir quelques personnes de plus si vous voulez jouer.

— Quel est le montant de la mise ? s'enquit Kapok en se plaçant de nouveau dans ma ligne de mire.

— Deux cent mille. Comme d'habitude. Si vous suivez Jamie, elle vous installera à côté.

La voix de Zack était froide et résonnait de l'autorité incontestable pour laquelle il était connu de tous.

Kapok commença à bouger mais s'arrêta.

— J'ai une question.

Tout le monde attendit. Je savais qu'il allait balancer une insulte contre moi. Il était trop concentré sur moi, et le geste protecteur de Hagen à mon égard laissait deviner que j'étais importante à ses yeux.

— Est-ce que la pute des Lykaios avait la mise, ou est-ce qu'elle a payé en s'allongeant ? D'après sa belle-mère, elle s'envoie en l'air avec vous trois.

Le silence retomba sur la pièce.

Briana se leva d'un bond, et j'eus peur qu'elle ne soit sur le point de sortir son arme et de le tuer. À la place, elle s'exclama :

— *Stronzo !*

— Maintenant, regarde-moi bien, mon garçon. C'est une dame, et tu vas la respecter, dit Kacee en se levant de son siège, s'interrompant quand Hagen s'élança vers Kapok.

— Espèce d'enfoiré ! Ne l'appelle jamais comme ça !

J'agrippai rapidement le bras de Hagen et me levai,

m'avançant devant lui avant qu'il ne lève son poing serré pour frapper Kapok.

Il tenta encore de me repousser derrière lui, mais je ne bougeai pas.

C'était la réaction qu'avait espérée Kapok. Son visage arborait une expression de satisfaction suffisante. J'avais vu ce même regard chez Dara les innombrables fois où je l'avais écoutée m'insulter.

Il était hors de question que je laisse cette ordure s'en tirer avec ses commentaires dégradants. S'il voulait croire que je me les envoyais tous, parfait. Qui en avait quelque chose à faire ?

À ce moment-là, une équipe de sécurité supplémentaire arriva en trombe et jeta un coup d'œil à Zack, qui fit un signe de tête en direction de Kapok.

— Débarrassez-vous de lui. Il est persona non grata sur toutes nos propriétés.

— Ne me touchez pas ! dit-il en luttant pour qu'ils le lâchent. Avoue-le. Dara avait raison.

— Parfait. Si c'est ce que tu as envie de croire. Je suis la putain des Lykaios. C'est mieux d'être la leur que celle de Dara.

— Starlight ! s'exclama Hagen, les yeux emplis de rage. Je t'ai dit de garder le silence.

— J'étais seulement…

Il m'interrompit.

— Va avec Pierce pendant que Zack et moi nous occupons de ces ordures.

— Il n'en vaut pas la peine, Hagen.

— Pierce. Fais-la sortir d'ici.

Jamais je n'avais entendu Hagen parler d'une voix aussi glaciale.

Zack prit ensuite la parole.

— Mesdames et messieurs, si vous voulez bien quitter la salle, une réception vous attend.

Pierce me fit sortir de la pièce qui se vidait.

— C'est mon combat. Merde, Pierce.

— Non, c'est le sien. Hagen est un homme de main. Ça ne va pas s'arrêter simplement parce qu'il ne travaille plus directement pour Draco.

— Qu'est-ce que ça veut dire ?

Je libérai ma main d'un coup sec pour entrer dans l'ascenseur.

— Être avec Hagen, ça veut dire que tu dois faire face au côté le plus sombre de ce qu'il fait. Il n'est pas le prince charmant que tu t'es imaginé. Il est dangereux et n'hésite pas à se salir les mains. Surtout quand un petit malin insulte sa femme.

— À t'entendre, on dirait que je suis une sorte de responsabilité.

Je croisai les bras sur ma poitrine alors que nous entrions dans la cabine.

— C'est ce que tu es. Tu es son point faible. Hagen a la réputation de rester calme quasiment en toute circonstance. Le fait qu'il ait eu une réaction quand Kapok t'a insultée signifie que tu es sa faiblesse. Des types comme le patron de Kapok n'hésiteront pas à se servir de cette information. Si Hagen ne s'en occupe pas, tu seras en danger, et ce sera bien plus grave que tes problèmes avec Dara.

— Donc tu es en train de me dire que Hagen va faire

clairement comprendre que si quelqu'un me cherche, c'est à lui qu'il aura affaire ?

— Exactement.

— C'est carrément archaïque.

— C'est la vie avec Hagen. Tu es à lui, et donc les gens vont se servir de toi contre lui. Sache que Hagen tuera quiconque essaiera de s'en prendre à toi. Ce qui inclut l'utilisation des outils dont il a appris à se servir en étant le bras droit de Draco.

Il me vit grimacer.

— Il t'aime, Penny, il t'a toujours aimée. C'est à toi de décider si tu peux le gérer ou non. Si tu ne t'en sens pas capable, il faut que tu rompes maintenant.

Penny

— Prends un autre shot. Ça va t'aider à te calmer, me proposa Henna, ma cousine, en posant le troisième verre de tequila devant moi.

Nous étions assises à la terrasse du bar d'un des restaurants en plein air de l'Ida. La brise tiède de la soirée aurait dû nous rafraîchir, mais elle ne faisait que m'irriter, puisque j'étais assise dehors pendant que les hommes géraient leurs affaires.

— Tu n'es pas censée être l'ennemie ? Pourquoi Zack t'a fait venir ici ? Tu travailles pour son père.

Henna attacha ses longs cheveux noirs en une queue-de-cheval et se pencha vers moi en souriant.

— Parce que tu as fait peur à deux des frères Lykaios. Je crois qu'aucun d'eux ne t'a jamais vue aussi énervée. Et ce n'est pas Zack qui a appelé. C'était Pierce.

J'y réfléchis et soupirai.

— Je te connais mieux que la plupart des gens et tu es sur le point de repasser en mode silencieux. Ce qui veut dire que tu vas broyer du noir et que ta fureur va empirer jusqu'à ce que tu sois à complète ébullition et que tu exploses sur Hagen.

— Peu importe, marmonnai-je. Il le mériterait.

Elle secoua la tête et me sourit.

— Tu es tellement mignonne quand tu es en colère. Allez. Prends un autre shot avec moi. Ça pourrait te calmer.

Elle fit tinter son verre contre le mien, et nous procédâmes à l'enchaînement classique : lécher, frapper, boire le verre cul sec.

Je laissai le liquide me brûler la gorge. Immédiatement, sur un geste de Henna, un autre shot apparut.

— J'ai l'impression que tu essaies de me faire boire.

— Non, j'essaie de t'aider à te détendre avant de rejoindre ton penthouse là-haut dans le ciel, et l'homme qui t'y attend. Au fait, Pierce pense que tu vas riposter en augmentant le prix de ton alcool.

— J'y ai pensé, répondis-je. — Mais Hagen avait raison. J'aurais dû me taire.

Quand Pierce m'avait fait sortir du salon, j'étais prête à me battre. J'étais furieuse qu'ils essaient de m'empêcher de me défendre.

Ensuite quand il avait sous-entendu que j'étais le point faible de Hagen, ma colère s'était évanouie.

J'étais toujours énervée que Hagen doive traiter avec Kapok et envoyer un message à son patron, mais je n'en voulais à aucun des frères.

Hagen n'avait pas choisi son rôle d'homme de main de

Draco, on le lui avait imposé. Dès le départ, j'avais accepté qu'il y avait des aspects de sa vie qui n'étaient pas agréables ni acceptés par la plupart des gens.

Je savais qu'il ne voulait pas que je voie le côté le plus sombre de sa vie. Et parce que j'avais laissé mon tempérament prendre le dessus, il n'avait pas eu d'autre choix que de me le montrer.

— Tu veux développer ? me demanda Henna.

Briana se glissa sur le tabouret à côté de moi.

— Laisse-moi faire. Elle s'est auto-proclamée « pute des Lykaios » et a quasiment fait exploser la tête de Hagen.

— Effectivement, ce n'était pas mon meilleur moment, admis-je en fermant les yeux, avant de lever le visage vers le ciel quelques instants. Ma seule excuse, c'était que j'en avais assez que les autres pensent que je suis impuissante et que je laisse les gens diriger ma vie. Alors j'ai décidé de me défendre.

— Oui, contre un homme lié à un mafieux ukrainien. Ce n'est pas le genre de type que l'on gère seule, et peu importe ce que te dicte ta fierté.

— Attends. Tu as omis cette partie !

Henna et Briana échangèrent un regard.

— L'incident avec ce gros con en Indonésie ne t'a donc rien appris ?

— Apparemment pas, marmonna Briana. Je suis venue ici pour aider à protéger ton cul, et ça signifie que tu dois suivre les règles que nous avons établies. L'une des plus importantes étant : ne pas se mettre à dos les mafieux.

— Je te le jure, Penny. Tu es une véritable tête de pioche.

Henna me jeta un regard noir.

— Bri et les filles ne peuvent pas tout faire. Avec Dara qui veut te mettre hors-jeu, il faut te montrer maligne et ne pas laisser tes émotions prendre le dessus.

Je pressai mes doigts contre mes yeux. Elles avaient raison. J'avais tellement eu envie de me défendre que je n'avais pas songé qu'il aurait été plus malin et plus sûr de laisser Hagen gérer la situation.

— Je suppose que je dois des excuses aux trois gars.

— À Pierce et Zack, oui, me répondit Briana avec un sourire calculateur. Pour Hagen, une bonne pipe devrait faire l'affaire.

Henna éclata de rire.

— Je suis d'accord. Ramène ton cul à ton appartement et rampe. Hagen a peut-être une réputation de dur à cuire, mais il te pardonnera facilement si tu donnes de ta personne.

— Vous êtes incorrigibles toutes les deux.

\#

Penny

J'entrai dans l'appartement de Hagen dix minutes après avoir laissé Briana et Henna à leurs cocktails. Les portes étaient à peine ouvertes que l'épuisement de la journée me pesa lourdement sur les épaules. Tout ce que je désirais, en plus de l'homme qui avait mis mon monde sens dessus dessous, c'était un très grand verre de vin, et faire trempette dans le jacuzzi.

Mais d'abord, il allait falloir que je rampe comme les filles l'avaient suggéré.

— Hagen ! l'appelai-je, tu es à la maison ?

Silence.

— Eh bien, merde.

Je retirai mes chaussures et laissai tomber ma pochette sur la table près de la porte.

Je regardai les lumières de Las Vegas en secouant la tête. C'était encore inconcevable pour moi de vivre sur le Strip avec un homme que tout le monde considérait comme le dieu des Enfers. Si seulement les gens savaient qu'il n'était pas le croque-mitaine qu'ils croyaient. Pas à mes yeux en tout cas.

Un frisson me parcourut au souvenir de la rage dans les yeux de Hagen quand Kapok m'avait appelée la « pute des Lykaios ». Puis le choc quand j'avais dit la même chose.

Heureusement que Pierce m'avait sortie de là avant que je laisse mes émotions aller plus loin. Il faudrait que j'affronte la colère de Hagen quand il aurait terminé sa journée.

Mieux valait pour moi profiter du petit répit que j'avais.

Je pris la direction du balcon, ouvris la porte et marchai dans la brise chaude de l'été. La piscine reflétait le ciel nocturne et me fit penser au calme surprenant qui régnait ici. C'était une évasion totale par rapport à l'agitation qui régnait dans la « ville du péché » en dessous.

Je pris la télécommande du jacuzzi, que je réglai sur 38 °C. Peut-être qu'après avoir trempé mes muscles fatigués, je pourrais faire un plongeon rafraîchissant dans la piscine.

Au moment où je replaçais la télécommande dans son

support, je remarquai une silhouette assise dans un coin. La peur me saisit une fraction de seconde, avant que je reconnaisse la silhouette de l'homme, et le verre dans sa main.

— Hagen ?

— Alors, tu es ma pute ?

— Je… hésitai-je, ne sachant pas vraiment quoi lui répondre. C'est ce que certaines personnes croient.

— Qu'est-ce que tu crois ?

Je soupirai. Comment répondre à sa question ?

— Je ne suis pas une pute. Mais je n'ai aucun problème à être la tienne. Tant que je suis l'unique, ajoutai-je après une pause.

Il se redressa, posant sa boisson sur une table à côté de lui. La lumière éclaira son regard saphir, révélant une faim qui me donna envie de reculer d'un pas.

— Ah oui ?

Sa voix était un peu rauque, teintée de son excitation.

— Oui.

Un sourire diabolique effleura ses lèvres, et mon sexe se contracta.

— Alors, viens ici et montre-moi.

J'hésitai un quart de seconde avant d'avancer lentement vers lui. Quand je fus à moins d'un mètre, il posa la main sur ma hanche. Ses doigts se plaquèrent sur l'extérieur de ma cuisse. Je posai les mains sur ses épaules et le regardai.

Hagen soutint mon regard tout en tirant sur ma jupe, avant de glisser les pouces sous le tissu. Il s'empara des fines lanières de mon string, abaissant la soie.

— Retire-le.

Je suivis ses ordres et attendis. Son attention se porta sur mon sexe humide. Il se lécha les lèvres.

Bon sang, j'avais envie de sa bouche sur moi. Mais je savais que ça ne serait pas si facile. Il était encore énervé de tout à l'heure, et je ne doutais pas qu'il prévoyait de me rendre la tâche difficile quand j'essaierais de le calmer.

Ce qu'il était incapable de comprendre, c'était que je préférais être sa pute plutôt que l'amante d'un autre homme. Il faisait ressortir un côté de moi que jamais je n'aurais cru pouvoir explorer. Il pensait me corrompre, mais en fait il me libérait.

— Maintenant, je veux que tu retires tes vêtements, à l'exception du soutien-gorge. Et va t'asseoir sur le rebord du jacuzzi.

Je le fixai, je ne savais pas ce qu'il avait en tête.

— Je t'ai donné des instructions, Starlight.

Je me tirai de mes pensées, ôtai ma robe et m'avançai vers le rebord en travertin du jacuzzi.

En m'asseyant doucement, j'attendis de voir ce que Hagen allait faire ensuite.

Il se leva lentement et laissa apparaître un petit sac cadeau dans sa main. Je le lui pris, sans savoir s'il fallait que je regarde à l'intérieur, ou que j'attende.

— Sors-le, dit-il avant de retourner s'asseoir.

J'enfouis la main dans le sac et refermai les doigts autour d'un petit objet caoutchouteux. Au toucher, je sus ce que c'était avant de le voir.

— Un vibromasseur ? demandai-je en le sortant.

Il était noir, petit, conçu avec une courbure pour s'adapter à la paume d'une femme.

— Oui. Ça s'appelle un Lys. Je me suis dit que c'était approprié, puisque je suis l'homme qui t'a déflorée. Autant continuer la cueillette.

Je déglutis.

— Tu veux que je l'utilise ici ?

Je balayai du regard l'espace ouvert, puis revins à lui. La masturbation n'était pas quelque chose de nouveau pour moi, mais je ne l'avais fait qu'en privé, sans personne autour, avec des jouets que je m'étais achetés.

— Oui. Je veux voir comment tu prends ton pied pendant que tu fantasmes sur moi.

J'avais presque envie de lui demander pourquoi il s'imaginait que je pensais à lui en jouissant, mais il haussa les sourcils pour m'indiquer qu'il savait que ce serait un mensonge si je niais.

Je me léchai les lèvres.

— Je ne suis pas sûre de pouvoir faire ça avec quelqu'un qui me regarde.

— Je ne suis pas simplement quelqu'un. Et d'ailleurs, je ne te laisse pas le choix.

Il se cala dans son siège en prenant son verre.

— Tu voulais que je te corrompe. C'est ce que je fais. Maintenant, écarte les jambes et laisse-moi te regarder donner du plaisir à ce sexe qui m'appartient.

Me mordant la lèvre, j'appuyai sur le bouton pour faire vibrer l'appareil.

— Règle-le sur « moyen ». Je ne veux pas que ce soit trop intense pour ton clitoris sensible.

Je suivis ses instructions et attendis.

— Maintenant, touche-toi.

Mon visage rougit tandis que je glissai timidement l'objet vibrant entre mes jambes.

Je haletai à la seconde où le vibro entra en contact avec mon sexe. L'excitation et le désir m'enflammèrent, trempant mon intimité. Je rejetai la tête en arrière, fermant les yeux et les cuisses.

— Écarte les cuisses. Tu n'as pas à me cacher quoi que ce soit.

Le ton de sa voix me fit obéir.

— Fais des cercles avec la pointe de haut en bas de ton sexe. Continue jusqu'à ce que je te dise d'arrêter.

— Hagen, gémis-je.

Je sentis un picotement à la base de ma colonne, et tout en moi se contracta. Je me mordis les lèvres et fermai les yeux plus fort.

J'y étais presque.

— Arrête.

— Quoi ? haletai-je, tenant le Lys contre mon clitoris.

Il ne pouvait pas être sérieux.

— Starlight. J'ai dit stop.

Un gémissement m'échappa.

— Il faut que je jouisse.

— Oh, bébé, ça ne va pas arriver avant encore un petit moment. Ce n'est que le début.

— Je ne comprends pas.

— Tu me voulais, le sombre, le sale. Tu vas l'avoir.

Il s'approcha de moi, et je vis grossir son membre dur et épais dans son pantalon.

Il s'accroupit, posa la main sur la mienne et déplaça le vibromasseur sur ma cuisse. L'appareil pulsait contre ma peau, mais ne fit rien pour soulager mon envie de jouir.

De son autre main, il tira sur les bonnets de mon soutien-gorge et exposa mes seins douloureux à l'air frais de la nuit. Il se pencha en avant et souffla une seconde sur une pointe distendue avant de mordre.

— Ahh, criai-je, agrippant l'épaule de Hagen en me cambrant sous cette torture exquise.

La douleur était incroyable et bouleversante, presque trop forte. Mon intimité dégoulinait sous l'effet de cette douleur mêlée de plaisir, et juste au moment où la délicieuse piqûre redevenait supportable, il recula et passa à l'autre sein.

Merde. Pourquoi aimais-je autant ça ?

Mon esprit était partagé entre l'envie de m'enfuir et de l'attirer plus près de moi.

Mes sécrétions trempaient mes cuisses et mon sexe se mit à pulser. Je cambrai le dos, laissant le besoin de jouir se mêler à la douleur de sa morsure. J'étais tellement excitée que je crus que j'allais éclater en mille morceaux.

Il libéra mon mamelon avec un sourire maléfique.

— Je croyais, haletai-je, que tu n'aimais pas le BDSM.

— Non, j'ai dit que je n'aimais pas ça comme Pierce. Je n'ai pas besoin d'accessoires. Comme tu peux le constater, ma bouche peut déclencher le même résultat qu'une paire de pinces.

Je n'avais rien à répondre à ça. Jusqu'à présent, il s'était montré dominateur au lit, mais ça n'avait rien à voir avec ça. Il y avait quelque chose chez lui qui me donnait envie de plus.

Son regard glissa entre mes jambes et se posa sur ma vulve humide.

— Parfait.

Il prit ma main qui tenait le vibromasseur et la posa sur mes lèvres. La sensation était trop forte, je me cambrai et tentai de m'en écarter. L'orgasme monta à toute vitesse. Mon esprit et mon corps exigeaient d'être soulagés.

— Oh bon sang. Oh bon sang. Haaa… gen.

Tout à coup, il retira le jouet de mes doigts et le posa sur le rebord du spa.

Pas encore.

— Non. S'il te plaît, le suppliai-je.

— Tu veux jouir, bébé ?

— O… oui.

Je respirais par à-coups, et mes doigts étaient agrippés au rebord du spa.

— Alors tu aurais dû m'écouter quand je t'ai dit de garder le silence. Maintenant, tu n'as pas le droit de jouir tant que je ne t'en donne pas la permission.

— Je n'ai aucun contrôle là-dessus.

— Oh, bien sûr que si, bébé. En plus, si tu jouis, il y aura des conséquences.

Avant que je ne puisse comprendre ses paroles, sa bouche s'abaissa et s'accrocha à mon clitoris enflé.

— Oh merde, Hagen, criai-je.

Il entoura de sa langue mon bourgeon sensible, qu'il lécha. Il se régalait de moi, m'amenant au bord de l'extase, encore, et encore.

Le dernier presque orgasme fit couler des larmes de frustration et de désir sur mes joues. Je me sentais fiévreuse, j'étais en sueur, et j'avais désespérément besoin d'un soulagement que je savais qu'il me refuserait.

— Je te déteste.

— Non, c'est faux. Tu es simplement frustrée, me dit-il en me regardant droit dans les yeux. Ce que tu ressens pour moi, c'est bien plus que ce qu'un homme tel que moi mérite, ou devrait espérer.

Il m'embrassa sur le sommet du crâne, et mon irritation devant son refus de me laisser jouir s'envola.

J'étais amoureuse de cet homme. Cet homme imparfait au passé trouble.

Je posai la main sur sa joue et posai mes lèvres sur les siennes. Notre baiser commença doucement, tendrement, pour devenir dévorant et désespéré. J'étais incapable de me rassasier de lui.

Mes doigts glissèrent entre nous jusqu'à l'ouverture de sa chemise. J'avais besoin de sentir sa peau contre la mienne. J'avais à peine défait le premier bouton quand Hagen retint mes mains.

Il tendit ensuite le bras sur le côté pour récupérer le Lys.

— Je veux que tu termines pendant que je regarde. Je veux voir ton regard vague quand tu jouiras. Ensuite je veux te remplir jusqu'à ce que tu jouisses à nouveau.

Ma bouche s'assécha devant le désir brut que je vis dans son regard.

Il plaça le vibromasseur dans ma main puis se leva pour retourner à son siège.

Cette fois, je n'eus aucune appréhension en posant l'appareil sur mon sexe lisse. Je commençai par le faire glisser de haut en bas de mon sexe, puis le pressai à nouveau contre mon bourgeon de nerfs tendu.

J'imaginai que c'étaient les mains de Hagen qui me caressaient, me donnaient du plaisir, je maîtrisai la réponse de mon corps.

Je me touchai les seins quand le désir s'amplifia, et je sentis les premiers tremblements au creux de mon ventre.

Je fis rouler le vibromasseur autour de mon clitoris tout en me pinçant les tétons. Mon sexe pleurait de plaisir tandis que la sueur dégoulinait dans mon cou.

— Hagen ! m'écriai-je. J'ai le droit de jouir ?

Je ne savais pas pourquoi je lui demandais la permission, mais c'était la chose à faire.

Je vis un soupçon de satisfaction au coin de ses lèvres.

— Oui, bébé. Laisse-toi aller. Jouis pour moi.

Immédiatement, mon orgasme me submergea.

— Oh mon Dieu, Hagen.

Je me cambrai encore et encore contre ma main. Mes tissus gonflés se contractaient à l'infini pendant que je fermais les yeux.

— Putain, c'était beau.

Haletant pour reprendre mon souffle, j'entrouvris les yeux et regardai Hagen. Sur son visage on voyait la lubricité, le désir, et quelque chose d'autre, que je n'étais pas certaine d'identifier.

Avant d'y réfléchir trop longtemps, je glissai du rebord du jacuzzi et rampai vers là où il était assis.

Je me redressai sur mes genoux et le repoussai sur son siège. Ensuite, je fis remonter mes mains sur ses cuisses, posant lentement ma main autour de son sexe dur et tendu sous le tissu de son pantalon.

— Je le veux dans ma bouche.

— Alors, sors-le.

Le son de sa voix rauque me cueillit au creux du ventre, rallumant ce désir à peine rassasié par l'orgasme qui m'avait envahie quelques secondes plus tôt.

Je me léchai les lèvres et suivis ses instructions, défaisant sa ceinture et ouvrant le bouton avant de faire glisser la fermeture éclair. Aussitôt, sa belle érection épaisse jaillit de l'ouverture de son caleçon et heurta son ventre.

Il saisit son membre par la base, le caressant de haut en bas.

— Mains derrière le dos.

Je croisai les mains au bas de mon dos et patientai. J'avais envie de le goûter, j'en avais l'eau à la bouche. Une perle de liquide séminal scintillait sur le bout.

— Prends-moi entièrement, comme je te l'ai appris.

Il me présenta son sexe tendu, et je m'abaissai, l'engouffrant en profondeur, jusqu'à ce qu'il atteigne le fond de ma gorge. Je déglutis, contractant le fond de ma gorge pour ne pas m'étouffer.

Je relevai la tête et léchai la veine épaisse sous son érection.

— C'est ça, Starlight. Suce-moi.

J'imprimai un rythme lent et régulier, en bougeant de haut en bas.

Après quelques caresses, un son rauque et guttural s'échappa des lèvres de Hagen. Je levai les yeux et vis qu'il avait la tête rejetée en arrière, les yeux fermés.

Je poursuivis mes lentes attentions sur son magnifique sexe épais, savourant ses gémissements profonds et ses râles. Sa respiration se fit irrégulière, et il glissa les doigts dans mes cheveux. Je sentis le gonflement familier de son érection. Je me préparai pour son soulagement. J'aimais son goût et la brutalité de sa jouissance.

— Arrête, me dit-il, et on aurait dit qu'il souffrait terriblement. Je ne veux pas jouir sans être profondément enfoui au creux de toi.

Je l'ignorai, l'engloutissant entièrement avant de contracter le fond de ma gorge.

Une douleur vive frappa mes fesses, me faisant haleter et inondant mon sexe de mouille.

— J'ai dit stop.

Il tira ma tête en arrière et me hissa sur ses genoux.

Il m'écarta les jambes, plaçant le sommet bulbeux et rageur de son érection contre mon ouverture détrempée.

— Chevauche-moi.

Je coulissai le long de son sexe, puis me mis à monter et descendre, le laissant contrôler le rythme. À chaque glissement vers le bas, lui poussait vers le haut.

Nous nous embrassâmes et nous perdîmes l'un dans l'autre.

C'était brut, rien à voir avec ce qui s'était passé avant.

À mesure de la montée de nos orgasmes, nos mouvements se firent plus instables, ses coups de reins plus durs.

Je le regardai droit dans les yeux et sans réfléchir, je lui dis :

— Je t'aime.

Il posa une main sur ma nuque, puis me caressa la lèvre du bout du pouce, avant de descendre sur ma gorge.

— Je sais. Je l'ai toujours su.

— Je suis ravie que l'un d'entre nous en ait été conscient.

Il me sourit et m'attira contre lui tandis qu'il pénétrait mon intimité frémissante.

— Hagen, je suis proche.

— Je sais. Mais avant que tu ne bascules, je dois clarifier une chose.

— Ce n'est pas le moment de discuter. On est en train de s'envoyer en l'air.

Je m'abaissai sur son membre pendant qu'il remontait.

Il me souleva, et je n'eus plus d'effet de levier.

— Qu'est-ce que tu fais ?

Il m'ignora et poussa son sexe plus en profondeur.

— Tu ne te mettras jamais entre moi et quelqu'un qui menace ta sécurité.

Coup de reins.

— Je protégerai ce qui est à moi.

Coup de reins.

— S'il t'arrive quelque chose, je n'hésiterai pas à devenir ce démon que les gens voient en moi.

Coup de reins.

— Tu es à moi.

Coup de reins, et encore.

— Est-ce que je me fais bien comprendre ?

Coup de reins.

Mon esprit bouillonnait sous le coup de l'émotion contenue dans ses paroles.

Il cessa de bouger, et je criai.

— Je n'ai pas entendu ta réponse.

Je m'agrippai à ses épaules.

— Hagen, je t'en prie. J'y suis presque.

— Non. Pas avant que tu me répondes.

— Oui, je t'entends. Je t'appartiens. Je suis à toi. J'ai toujours été à toi.

Le coup de reins suivant nous fit basculer tous les deux.

Hagen

Vers deux heures du matin, je renonçai à essayer de dormir. Starlight dormait paisiblement contre ma poitrine, et pour la première fois de ma vie, j'avais l'impression d'avoir quelqu'un à moi.

L'entendre me dire qu'elle m'aimait, ç'avait été indescriptible. Et ça me flanquait aussi une trouille de tous les diables. Pendant des années, j'avais su qu'elle avait des sentiments pour moi. Tout comme j'avais su qu'il fallait que je reste à l'écart d'elle.

Elle n'était que bonté et décence. Moi, j'avais été abîmé par une vie difficile, impliqué dans plus d'une situation qui, si quelqu'un en avait vent, pourrait m'envoyer en prison pour le reste de mes jours, ou pire, me faire tuer.

J'avais abandonné cette vie, mais elle me poursuivait malgré moi. Le cas de Kapok n'était qu'un exemple parmi tant d'autres de situations où il m'avait fallu faire appel à mes anciennes compétences pour gérer les choses.

J'avais dû faire appel à toute ma volonté pour ne pas le tuer quand il avait traité Starlight de pute. Cette ordure ne s'en prendrait plus jamais à elle.

Au lieu de l'abattre et de me débarrasser de son corps comme mon instinct me le dictait, j'avais eu une longue discussion avec le patron de Kapok, Josef Petrov. Petrov était la version russe de Draco. Ils étaient amis, dans la mesure où deux monstres pouvaient l'être. Ils éprouvaient du respect l'un pour l'autre, et pour leurs territoires : Vegas était celui de Draco.

Petrov connaissait la force de mes liens avec Draco, et m'insulter moi revenait à l'insulter lui. L'injure de Kapok envers Starlight constituait un affront inqualifiable, surtout qu'elle était dans les petits papiers de mon mentor. Petrov m'avait assuré qu'il se chargerait de Kapok, ce qui signifiait qu'il allait l'expédier en Sibérie, ou dans l'au-delà.

J'aurais dû ressentir du remords à l'idée d'avoir signé la condamnation à mort de cet homme. Mais cette ordure avait déployé les grands moyens pour blesser Starlight.

Et personne n'avait le droit de lui faire du mal.

La suivante sur ma liste était Dara, mais j'avais besoin de la coopération d'Adrian pour mettre mon plan à exécution.

Je jetai un œil au corps alangui et rassasié de Starlight, drapé sur le mien, et je sentis mon érection se redresser d'un coup.

Cette femme m'appartenait.

Merde.

Quand avais-je commencé à croire qu'elle pouvait vraiment être à moi ? Sa façon d'être me tenait en haleine. Elle n'était pas du tout comme je l'avais imaginée. Elle était bien plus courageuse et audacieuse que je ne l'aurais jamais imaginé. Elle était tout ce que je pouvais désirer chez une femme.

Je savais que j'avais dit qu'elle était la seule à pouvoir nous faire rompre, ça ne signifiait pas que je n'allais pas la kidnapper pour la convaincre de ne pas le faire.

Elle possédait une partie de mon âme, ç'avait toujours été le cas. Je l'avais désirée avant qu'elle ne comprenne vraiment ce qu'un homme comme moi désirait.

Elle me donnait envie d'être un homme meilleur, quelqu'un qui la mériterait, et sans que je m'explique pourquoi, elle ne voyait pas mes défauts.

Starlight remua, et je retins un gémissement quand sa cuisse nue effleura mon membre tendu. Tout ce que j'avais à faire, c'était la déplacer et m'enfouir profondément au creux de son intimité délicieuse.

Non. Je l'avais prise fort. Elle avait besoin de repos.

Je la déplaçai doucement sur l'oreiller à côté de moi et roulai hors du lit. Après avoir drapé les couvertures sur son corps magnifique, j'entrai dans le salon.

Je pris mon téléphone et parcourus les messages arrivés au cours des dernières heures. La plupart étaient des informations sur les différents clubs, mais mon regard se posa sur l'un d'entre eux, et je marquai un temps d'arrêt.

Collin Lykaios.

Qu'est-ce que cet homme voulait, bon sang ?

Cela faisait des années que je ne lui avais pas parlé, et maintenant il me contactait ?

Je tapai sur son nom et n'en crus pas mes yeux.

Collin : Fils, il faut qu'on parle. Il y a des choses dont nous devons discuter. J'ai fait trop d'erreurs pour que tu puisses me pardonner. J'espère seulement que tu m'écouteras et que tu me laisseras faire quelque chose pour protéger la personne à laquelle tu tiens le plus.

Starlight.

Je composai le numéro de Collin, sans me soucier qu'il soit deux heures du matin.

Il répondit à la première sonnerie.

— Fils.

Je contractai la mâchoire. Jamais il ne m'avait appelé comme ça. « Crétin », « décevant » et « bon à rien » étaient ses qualificatifs habituels à mon égard.

— Qu'est-ce que tu as à me dire ?

Il y eut un soupir à l'autre bout de la ligne.

— Dara m'a contacté pour me proposer d'acheter Kipos.

— Ce n'est pas une nouvelle. Elle nous a aussi contactés.

— N'achète pas, quoi qu'il arrive. Et pour l'amour du ciel, ne laisse pas Persephone signer quoi que ce soit pour cette vente.

— Pourquoi pas ?

De frustration, je me passai une main sur le visage et contemplai la nuit.

— Dara fait l'objet d'une enquête. Elle est soupçonnée d'avoir utilisé la société comme un moyen de transporter des produits végétaux illégaux en Europe et aux États-Unis. Autrement dit, de la drogue.

— Merde. Elle essaie de piéger Starlight pour qu'elle endosse la responsabilité de la chute de l'entreprise. C'est pour ça qu'elle l'a virée.

— Oui. Tu n'étais qu'un prétexte.

— Comment tu sais tout ça ?

— Je ne peux pas révéler mes sources.

— Évidemment que tu ne peux pas.

Sa voix se fit solennelle.

— Fils. Je…

— Arrête de m'appeler comme ça, lançai-je d'un ton sec. Ça fait quinze ans que je ne le suis plus. Maintenant, va droit au but et dis-moi pourquoi tu ressens le besoin de me protéger ainsi que ce qui m'appartient.

— J'ai fait des erreurs avec vous trois, mais surtout avec toi. Ma seule excuse, c'est que j'ai laissé les circonstances de ma vie influer sur mes réactions vis-à-vis de vous, mes garçons. J'ai honte de la façon dont j'ai géré les choses avec toi.

— Oui, jeter un jeune rebelle de dix-sept ans à la rue, c'était la meilleure réaction à avoir face à sa consommation d'alcool avec des amis mineurs.

— Je t'ai cherché chaque jour pendant des mois, mais tu avais disparu. J'ai eu beau contacter des gens, personne ne pouvait m'aider. J'ai failli devenir fou d'inquiétude. Je te jure que j'ai aussitôt regretté ce qui s'était passé.

— Conneries. J'ai vécu dans des refuges pendant trois mois avant que Draco me trouve.

— Draco t'a caché jusqu'à ce que tu sois assez désespéré pour travailler pour lui. Quand je l'ai découvert, j'ai fait tout ce qui était en mon pouvoir pour te récupérer. Mais à ce moment-là, tu étais dans son monde, et il te voyait comme le paiement d'une dette que j'avais envers lui. Je t'ai laissé partir parce que je n'avais pas le choix. C'était le seul moyen de vous protéger, toi et tes frères.

— Laisse-moi répéter. Ce sont des conneries. Draco a été plus un père pour moi que tu l'as jamais été.

— Pose-lui la question, dit-il alors que résonnait sur la ligne le bruit d'un glaçon dans un verre. Draco avouera ce qu'il a fait.

— Si c'est vrai, alors qu'avait-il contre toi pour se venger en me prenant ?

— Ça n'a plus d'importance. Je vais te laisser. Je veux juste que tu saches que la vieillesse m'a appris que la famille est ce qu'il y a de plus important dans la vie d'un homme.

Collin raccrocha.

Merde, qu'est-ce qui venait de se passer ?

Il fallait que je creuse cette histoire.

\#

Hagen

Quelques heures plus tard, je pénétrai dans l'un des clubs privés de Draco et me dirigeai directement vers l'endroit où il tenait sa cour ce soir. Un groupe d'hommes étaient en train de discuter avec des femmes légèrement vêtues, assises sur leurs genoux.

Draco me vit approcher.

— Hagen, c'est une surprise.

— *Oyabun*, nous devons parler.

Il leva un sourcil au ton de ma voix, mais au lieu de dire quoi que ce soit, il hocha la tête et se leva sans un mot à l'attention du groupe qui l'entourait.

Après m'avoir amené dans son bureau privé, il se tourna pour m'étudier.

— Dis-moi que ce n'est pas vrai.

— D'abord, tu dois me dire de quoi nous sommes en train de parler.

— Est-ce que Collin a essayé de me trouver ? Est-ce que tu lui as rendu la tâche impossible ? Est-ce que tu avais prévu de me prendre à la seconde où tu as entendu parler de ma dispute avec lui ? Est-ce que tu lui as forcé la main dans sa manière de traiter mes frères ?

Draco prit place sur un grand canapé contre un mur en acajou sombre.

— Oui. Tu étais le paiement d'une dette que ton père refusait de me payer.

— Et mes frères ? Est-ce que tu t'es débrouillé pour que Collin détruise l'enfance de Pierce et Zack aussi ?

— Je ne parlerais pas de détruire, je dirais plutôt que je l'ai influencé pour qu'il coupe les liens avec ses précieux fils, pour protéger l'aîné et annuler sa dette envers moi.

Sa réponse me fit l'effet d'une gifle, et je dus rassembler toutes mes forces pour ne pas vaciller sous le choc.

— C'était quoi, cette dette ?

— Un de ses associés, Victor Anthony, m'a escroqué de près de cinquante millions. J'ai exigé le paiement de sa dette, et ton père s'y est opposé.

J'eus le sentiment que je savais ce qu'il allait me dire.

— Tu avais l'intention de prendre les filles d'Anthony en guise de paiement. Pour la prostitution ?

La pensée de ce qui serait arrivé à Henna et Anaya me retourna l'estomac. Il aurait détruit les femmes belles et intelligentes qu'elles étaient aujourd'hui en les exposant au monde de la prostitution.

Je n'ai jamais voulu me pencher sur le côté sombre des affaires de Draco, dont la prostitution constituait une grande partie. J'avais travaillé pour lui pendant des années et eu un tas d'emmerdes pour avoir évité cet aspect de ses affaires. Aujourd'hui, j'étais ravi de mon choix.

— Non, je n'en demandais qu'une. Et encore une fois, non, la fille aurait été une compagne pour ma petite-fille. Elle se sentait seule, c'était l'unique fille parmi tous ces garçons. Un jour, la fille d'Anthony aurait fini par épouser l'un de mes petits-fils, et la dette aurait été remboursée. La fille n'aurait pas eu une existence difficile. En plus, je n'étais pas le seul à en avoir après la famille d'Anthony en guise de paiement pour sa trahison. Si d'autres que moi avaient mis la main sur l'une des filles, il est plus que probable qu'elles seraient mortes. J'étais la meilleure option de toutes.

— Je ne comprends toujours pas. Comment Collin a-t-il pu se mettre en travers de ton chemin ?

— Il a caché les filles et leur mère. Elles avaient disparu jusqu'à il y a quelques années. Est-ce que tu te rends compte à quel point ta vie aurait été différente si Collin avait pu faire son choix entre la fille la plus âgée et celle à qui ta mère avait donné naissance ?

Il dut lire la confusion sur mon visage, car il enchaîna.

— Ne me dis pas que tu ne savais pas que ta mère avait

eu une liaison avec Anthony ? Zacharias n'est pas le plus jeune enfant de Rhea. C'est Anaya Anthony.

\#

Hagen

Je vécus les jours suivants dans un état de sidération. J'évitai tout contact avec Starlight ou mes frères. À la place, je me plongeai dans la logistique de dernière minute de l'inauguration de l'Ida.

L'équipe de Starlight était arrivée, ce qui me facilitait la tâche et lui procurait de la compagnie la plupart du temps. Les rapports que j'avais reçus indiquaient qu'elle faisait travailler toutes les femmes au noir comme assistantes de laboratoire.

Les seules fois où je voyais Starlight, c'était quand j'enfouissais mon sexe au fond d'elle après avoir terminé le boulot dans les clubs de nuit. Elle était au lit en train de dormir, toujours nue, toujours prête pour moi.

Éviter Zack et Pierce était plus compliqué. Nous dirigions plusieurs entreprises ensemble. Par conséquent, je recourais aux mails et textos, et j'envoyais mes managers assister aux réunions.

Je savais que je me comportais comme un lâche, mais comment dire à mes frères que cette mère que nous avions idolâtrée avait entretenu une longue liaison avec le meilleur ami de notre père ? Et comment leur dire aussi qu'elle avait donné naissance à notre sœur alors qu'elle nous avait laissés avec *Yia Yia* pendant cinq mois pour voyager dans le monde avec ses amis ?

Dans mon esprit, il ne faisait aucun doute que Draco m'avait dit la vérité. Il n'avait pas besoin de mentir. Il disait toujours que la réalité était plus mortelle que les inventions.

L'aveu de Draco avait abîmé quelque chose entre nous. Collin ne m'avait pas abandonné comme je l'avais toujours cru. Pour Draco, je n'avais été qu'un pion. Ce n'était qu'un coup de chance qu'il se soit attaché à moi et qu'il ait décidé de m'élever comme il le faisait avec ses enfants et ses petits-enfants.

Ensuite, comme si ma vie de famille merdique ne pesait pas assez lourd sur mes épaules, il fallait que je dise à Penny qu'elle ne pouvait pas vendre Kipos, quoi qu'il arrive.

Bon sang, j'espérais qu'Adrian avait un vrai plan. Il devait savoir ce qui se passait sous la direction de sa mère. Le plus fou, c'est qu'il n'avait pas semblé le moins du monde perturbé quand je lui avais raconté la découverte de Collin. On aurait plutôt dit que ça l'avait ennuyé.

— En voilà un autre, M. Lykaios.

Le barman poussa un verre dans ma direction alors que j'étais assis à un bar caché dans la boîte de nuit Nyx.

Je sirotai mon verre et observai les danseurs du club se mettre en position pour le DJ invité qui animait les festivités de ce soir au club. L'endroit était bondé de célébrités et de flambeurs.

Un message arriva sur mon téléphone.

Starlight : Si tu ne montes pas me dire ce qui t'arrive, je te jure que je vais partir. Dans une relation, il faut être deux pour que ça marche, et de mon point de vue, tu n'as aucune envie d'en avoir une.

Aussitôt, un second message me parvint.

Starlight : Je comprends que tu aies peur parce que je t'ai dit que je t'aimais, mais m'ignorer pendant cinq putains de jours n'est pas la bonne manière de gérer ça. Alors soit tu montes tout de suite, soit je fais mes valises et je vais chez Henna. Elle a emménagé dans son nouvel appart, et elle a plein de place pour moi.

Je grimaçai. J'étais mal barré.

Attendez une seconde… Est-ce qu'elle venait de dire qu'elle me quittait ?

Oh que oui.

C'était la seule femme qui me défiait, me surprenait, et me faisait ressentir plus de choses que je ne m'en serais cru capable.

Je m'écartai du bar et tentai de me frayer un chemin au milieu de clients enthousiastes.

Une femme me sourit pendant que ses amies commandaient le cocktail signature de la soirée, le Nuit Ardente.

— Hé, vous ne seriez pas Hagen Lykaios ?

Sans confirmer, je lui dis :

— Passez une bonne soirée, mesdames.

Une autre femme me bloqua le passage, posant une main sur ma poitrine.

— Tu te souviens de moi, étranger ? Ça fait longtemps.

Intérieurement, je gémis. J'étais sorti avec Pamala Green environ cinq ans plus tôt. Enfin, je l'avais sautée. C'était un mannequin célèbre qui avait fait les gros titres pour toutes ses relations très médiatisées avec des hommes riches. J'étais l'un d'entre eux.

Elle était l'une des rares ex que j'évitais à tout prix. Elle était collante et terriblement pénible. En dehors du fait qu'elle était agréable à regarder, c'était une vraie pétasse.

La dernière chose dont j'avais besoin, c'était que Starlight voit Pamala s'accrocher à moi. Ça rendrait le merdier dans lequel je nageais dix fois pire.

— Allez, beau gosse. Tu te souviens qu'on était bien ensemble. Je peux te faire passer un très bon moment.

En temps normal, je me serais montré un peu plus doux, mais j'avais des priorités, et elle n'en faisait pas partie.

Je retirai la main de Pamala de mon corps.

— Merci pour l'offre, mais j'ai une petite amie.

— J'ai vu vos photos dans le journal. Elle est jolie, mais c'est pas ton type. Elle est plutôt du genre casanier, ce n'est pas une femme extravertie comme il te faut.

Je lui jetai un regard noir, mais je n'avais pas envie de céder à l'impulsion de la jeter hors de mon club.

— Bonne nuit, Pamala. Je suis certain que tu pourras trouver quelqu'un d'autre pour te tenir compagnie.

— Elle n'est pas obligée de le savoir.

Pamala battit des cils, s'avançant devant moi.

Qu'est-ce que j'avais pu trouver à cette femme ?

— Moi, je le saurais, dis-je d'une voix glaciale. Et je ne suis pas du genre à tromper. À présent, je te suggère de profiter du club avec tes amies, pendant que je gère d'autres problèmes.

Je contournai Pamala et ses amies, mais m'arrêtai brusquement.

Starlight se tenait à quelques mètres de moi. Elle ne me regardait pas, mais ses yeux lançaient des couteaux sur Pamala derrière moi.

— Starlight, dis-je en me plaçant dans son champ de vision, avant de lui passer une main autour de la taille et de déposer un baiser sur son front.

— J'allais monter.

— C'est ce que je vois.

Je pris son poing serré et embrassai ses jointures.

— Rentrons à la maison, bébé.

Elle garda le silence quand nous quittâmes le club, et jusque chez nous.

Alors que nous entrions dans le penthouse, je sus sans le moindre doute que l'incident du club n'avait pas aidé à atténuer sa colère.

Je m'approchai du bar et me versai deux doigts de Firewater Reserve que j'avalai d'un trait, laissant le liquide onctueux réchauffer mon corps.

Je posai le verre et me tournai.

— Starlight. J'ai encore merdé.

Elle me fixa sans un mot et vint vers moi, me repoussant contre le mur avec une main plaquée sur ma gorge, avant de plaquer sa bouche sur la mienne.

Je réagis sans réfléchir et répondis à chacune de ses exigences par les miennes. Je poussai ma langue au-delà de ses lèvres, me noyant dans son goût sucré.

— Tu es à moi. Est-ce que je me fais bien comprendre ? Je ne partage pas, grogna-t-elle en laissant traîner sa joue le long de ma mâchoire couverte de barbe, comme un chat qui laisse son odeur.

— Ah oui ?

Elle recula, ses yeux d'un vert perçant presque noirs.

— Est-ce que je me suis mal fait comprendre ?

Si c'était comme ça qu'elle voulait jouer, alors soit. Avant qu'elle ne puisse bouger, j'inversai nos positions et la plaquai contre la paroi de verre, avec le ciel de Vegas derrière nous.

Je vis la surprise et le désir débridé dans son regard.

— Laisse-moi être clair avec toi aussi. Personne ne te touche non plus. Tu m'appartiens.

Son regard s'enflamma, et elle répondit en mordant ma lèvre inférieure, faisant couler le sang.

— Alors il vaudrait mieux que je sois la seule à m'envoyer en l'air avec toi, ou à t'emmener chez moi, pour un bon moment.

— C'est un ultimatum ?

Ma copine était jalouse. Si seulement elle savait que je ne voyais qu'elle.

— Oui, lâcha-t-elle. Tu n'es pas le seul à être possessif.

Je ne pus m'empêcher de sourire.

Je me préparais à ramper, et maintenant nous en étions là. Comment était-ce possible ? Je savais qu'il ne fallait jamais remettre la chance en question quand elle se présentait.

— Ne te moque pas de moi. Je suis sérieuse, grogna-t-elle en essayant de me mordre à nouveau la lèvre.

Je fus trop rapide pour elle et empoignai ses cheveux.

Je tirai sa tête en arrière.

— Tu veux la jouer dur, Starlight. On peut la jouer dur.

— Donne le meilleur de toi-même, lança-t-elle tandis que le désir rosissait sa peau dorée.

— Avec plaisir.

Je la soulevai contre mon corps sans relâcher ma prise dans ses cheveux.

Nous nous embrassâmes comme deux personnes affamées l'une de l'autre.

Bon sang, cette femme était tout ce que je pouvais désirer.

Je la portai jusqu'à notre chambre, la faisant glisser vers le bas en approchant du lit.

Elle me retira ma chemise, qu'elle fit passer par-dessus ma tête. Il fallait que je pose les mains sur elle. Alors au lieu d'attendre de toucher sa peau, je déchirai sa robe en plein milieu. Les morceaux retombèrent au sol, dévoilant un corps pulpeux dont je ne pouvais pas me lasser.

J'avançai, la fit reculer, et juste au moment où l'arrière de ses genoux allait heurter le lit, je la fis se retourner et trébucher en avant.

Je tirai ses hanches vers le haut et en arrière, jusqu'à la mettre à quatre pattes.

Oh bon sang, ces fesses ! Bientôt, je la prendrais par là.

Je déchirai son string et grimpai sur le lit derrière elle en repoussant mon pantalon sur mes genoux.

Aussitôt, je glissai mon membre dans la chaleur veloutée de ses lèvres trempées.

Un gémissement bas et guttural m'échappa, et ça me tuait de ne pas m'enfoncer jusqu'à la garde.

— Starlight. C'est un véritable paradis.

Je frottai le bout de mon sexe hargneux de l'entrée de

son intimité juteuse jusqu'à son clitoris sensible et gonflé, et inversement.

— Hagen, je t'en prie. Saute-moi. Je veux que ce soit dur. Je veux te sentir à chaque pas demain.

Ses mots allumèrent un besoin primitif et incontrôlable en moi.

Je tendis la main vers le chevet et pris la cravate que j'avais laissée là hier soir.

— Tu veux que ce soit brutal ? lui demandai-je en tirant ses mains dans son dos pour les attacher avec la soie.

— Tu veux que ce soit dur ? continuai-je en attrapant ses cheveux, lui tirant la tête en arrière tout en positionnant mon sexe sur son intimité. — Tu veux me sentir à chaque pas que tu feras ?

— Oui. Merde. Oui. Je veux tout. Ne te retiens pas. Je ne vais pas casser.

J'agrippai sa hanche et la pénétrai d'un coup féroce qui nous projeta tous deux vers l'avant.

— Haagggen, gémit-elle tandis que j'imposais un rythme implacable.

Je la sautai plus fort que je n'avais jamais sauté quiconque.

Je savais que ma prise était douloureuse, mais elle semblait aimer ça, et ça m'incitait à maintenir ce rythme dur et exigeant.

Je sentis ses parois internes frémir autour de mon sexe.

Je l'attirai contre moi tout en continuant de la pilonner. Ses bras étaient coincés entre nos corps. L'avoir sans défense et entièrement sous mon contrôle était une sensation grisante, et le fait qu'elle ait une confiance totale en moi augmentait le désir que j'avais pour elle.

— À qui appartiens-tu, Starlight ?

— À toi. Rien qu'à toi, répondit-elle sans hésiter.

Je sus alors que je venais de sceller mon destin avec cette femme.

— Maintenant, fais-moi jouir, m'ordonna-t-elle.

Je ne pus m'empêcher de rire et de lui donner ce qu'elle voulait.

Penny

— Je crois que tu m'as tué, murmura Hagen dans mes cheveux.

Le poids de son corps m'enfonçait dans le matelas, et sa main agrippait toujours mes cheveux.

J'aimais cette sensation de lui sur moi, mais mes bras liés commençaient à s'engourdir.

— Ce n'est pas toi qui as un homme de quatre-vingt-dix kilos sur le dos.

Il se déplaça et son sexe sortit de mon corps. Presque aussitôt, un jet de sperme brûlant recouvrit mes cuisses. Hagen prit un mouchoir en papier sur le chevet et m'essuya. Une fois propre, il me détacha les bras et les frotta avant de m'attirer contre son torse ferme.

À présent que j'avais évacué ma jalousie, il était temps d'aller au fond des choses et de comprendre son humeur des derniers jours.

— Tu veux me dire ce qui s'est passé ?

Il soupira et posa une main sur sa tête.

— J'ai appris des nouvelles qui vont tous nous affecter. Disons que je ne l'ai pas bien géré.

Je roulai sur le côté et me penchai vers lui.

— C'est un euphémisme. Tu nous as tous ignorés. Et ne me dis pas que me sauter sans répit quand tu te couchais, c'était pour alimenter la flamme.

— Je suis désolé, dit-il avant de marquer une pause. C'est une nouvelle assez choquante.

— Tant que nous n'avons aucun lien de parenté, je pense que ça va.

Cette idée me fit frémir. Certes, j'étais à moitié grecque, mais personne n'avait envie de jouer un rôle dans une tragédie issue du même pays.

— Tu n'as pas idée à quel point tu es proche.

— Quoi ? À mon avis, tu devrais commencer par le début.

— Alors ça commencerait par le texto de Collin la nuit où Kapok a décidé de semer le chaos.

Hagen me rapporta sa conversation avec Collin, et je ne pouvais pas laisser la colère de la situation m'atteindre.

— Elle m'a piégée pour que je porte le chapeau et qu'elle puisse disparaître avec l'argent de Papa ? Je la déteste pour beaucoup de choses, mais ça, c'est la cerise sur le gâteau.

Bon sang, je m'étais résignée à vendre et même à donner sa part à Dara, mais ça… Quoi que je fasse, j'étais foutue.

Hagen frotta mon dos nu.

— Ça va s'arranger.

— Il faut que je le dise à Adrian.

Je jetai un œil au chevet.

— Merde, mon téléphone est dans le salon.

Je voulus glisser hors du lit, mais Hagen m'attrapa par la taille et me ramena vers lui.

— Il le sait déjà.

Je croisai les bras sur ma poitrine.

— Évidemment. Tu lui parles à lui, mais pas à moi ni à tes frères.

— Adrian viendra plus tard pour t'expliquer. Écoute-le.

— Le timing est intéressant.

— Ce qui veut dire ?

— L'avocat de Dara m'a envoyé un dossier à examiner. Elle a un acheteur pour Kipos. Ils veulent que j'y aille lundi pour signer les papiers.

— Elle est désespérée parce que l'anniversaire d'Adrian est à la fin de la semaine prochaine et qu'il va récupérer ses parts de la société.

— Mon instinct me disait de ne pas signer, même si c'était de toute façon pour le bien de l'entreprise, mais maintenant, après ce que tu m'as appris, je suis déterminée à éviter la réunion.

— Je pense que tu devrais y aller.

Hagen me caressa le dos de haut en bas.

Je lui jetai un regard noir.

— Pourquoi ?

— Adrian va tout t'expliquer.

Je détestais attendre. Merde. Je détestais ne pas avoir le contrôle.

Prenant une profonde inspiration, je lui dis :

— Je te jure qu'un jour je vous botterai le cul, à toi et Adrian, pour m'avoir caché des choses.

Il haussa un sourcil.

— Tu as plus de secrets que la plupart des gens que je connais, ma jolie.

— Peu importe, tiens-moi au courant à partir de maintenant, marmonnai-je. Maintenant, je veux que tu me dises la vraie raison pour laquelle tu m'as ghostée cette semaine.

— Je ne t'ai pas ghostée. Si ç'avait été le cas, je n'aurais pas dormi dans notre lit toutes les nuits. Je serais resté dans l'appartement au-dessus du club.

— Alors qu'est-ce que c'est ?

— J'ai une sœur.

Sa voix prit un ton sinistre, et je lus la tristesse dans son regard.

— Une quoi ? répétai-je avant de m'asseoir. D'accord, je pense qu'il faut qu'on reprenne depuis le début.

— Collin a dit autre chose, qui m'a fait remettre mon passé en question.

Je restai silencieuse, le laissant réfléchir.

— Collin a dit qu'il m'avait cherché pendant des mois. Et que Draco m'avait caché pour se venger de lui. Il m'a conseillé d'aller lui demander la vérité.

— Où est-ce qu'il est question d'une sœur ?

— J'ai confronté Draco, et il a admis m'avoir éloigné de ma famille. Il m'a caché, parce que Collin avait fait la même chose avec Henna et Anaya. Victor Anthony avait escroqué des millions à Draco, et l'une des filles devait servir de paiement pour ce qu'avait fait ton oncle.

La bile me monta à la gorge.

— Collin leur a sauvé la vie en leur donnant de nouvelles identités et en les faisant déménager au Colorado. Il a refusé de choisir entre sa filleule et la fille de sa femme.

Il me fallut une seconde pour comprendre ce qu'il venait de dire. Anaya était la fille de Rhea. Ce qui signifiait que l'oncle Victor avait eu une liaison avec elle il y avait vingt ans de ça.

Quand je regardai les yeux de Hagen, je compris que j'avais tiré la bonne conclusion.

— Combien de temps a duré cette liaison ?

— Pas sûr, mais d'après Draco, ça a duré des années.

Il prononça le nom de son ancien mentor avec dégoût. Je ne pouvais qu'imaginer ce qu'il ressentait : l'homme qu'il avait toujours vu comme l'ennemi avait fait des erreurs avec lui, mais il ne l'avait pas trahi comme il le pensait. Et l'homme qu'il avait aimé comme un père de substitution était l'ennemi, ou presque.

— Draco a orchestré tout ce que j'ai vécu dans la rue, de sorte que je sois assez désespéré pour supplier qu'on me donne un os à ronger. Je ne pourrais pas te décrire les merdes qui me sont arrivées.

Il ferma les yeux et s'agrippa les cheveux, lâchant un soupir douloureux.

Je pris son visage entre mes mains.

— Tu n'es pas obligé d'en parler. Je comprends.

— Tu crois que Henna ou Anaya le savent ?

Je secouai la tête.

— Elles m'en auraient parlé. Nous ne nous sommes jamais rien caché. Elles portent toutes les deux la honte de ce qu'a fait l'oncle Victor, comme une lourde chaîne autour de leurs cous. S'il n'y avait pas eu ma tante, elles auraient gardé leurs noms d'emprunt au lieu de reprendre les vrais en rentrant au Nevada.

— C'est logique.

Une idée me traversa l'esprit tandis que je scrutai le visage de Hagen, me rappelant celui d'Anaya.

— Pourquoi tu me regardes comme ça ?

Je fis passer mon pouce sur l'arête de son nez, puis sur ses lèvres.

— Je viens de réaliser à quel point toi et Ana vous vous ressemblez. J'ai toujours pensé que sa peau super claire venait du côté indien du nord de la famille de l'oncle Victor, mais maintenant ça paraît plus logique.

— Starlight, tu ne dois le dire à personne. Henna et Anaya se sont construit une vie et n'ont pas besoin de ce scandale. Et mes frères, continua-t-il avec un soupir. Pierce encaissera et ira de l'avant, mais Zack... Je ne sais pas comment il va gérer ça. Ça le tuerait de savoir que Maman n'était pas l'ange qu'il croyait.

Je laissai tomber ma tête sur sa poitrine.

— Qu'est-ce qu'on va faire ?

— On ?

— Oui, on.

Il poussa un profond soupir, et pour la première fois depuis que nous avions commencé cette discussion, le stress retomba.

— J'aime comme ça sonne.

— Maintenant, réponds à la question.

— D'abord, il faut qu'on s'occupe de la situation avec Dara. Ensuite, nous nous attaquerons à l'autre problème.

— Et comment on s'occupe du problème avec Dara sans que je finisse en prison ? lui demandai-je en le scrutant.

— C'est là que ton frère entre en piste. Il travaille à l'Aegis jusqu'à minuit, alors il passera après son service.

Je jetai un œil à l'horloge.

— C'est dans deux heures. Je ne suis pas sûre d'être capable de patienter aussi longtemps pour entendre ton plan.

— Tu as déjà entendu l'expression « la patience est une vertu » ?

— Ce n'est pas déjà évident ? Je n'en ai aucune. Qu'est-ce que je vais bien pouvoir faire pendant ces deux heures ? Je n'aime pas regarder la télé, et j'ai laissé ma liseuse au labo.

Il me repoussa sur le dos et tira mes jambes autour de sa taille.

— Je suis sûr que je peux te trouver quelques trucs pour occuper ton temps. J'ai encore un peu de pelotage en tête.

#

Penny

— C'en est fini de faire tapisserie, Persephone. Tu ne la

laisseras plus te bousculer, dis-je à mon reflet dans le miroir de l'entrée de chez Hagen… euh, de chez *moi*.

Je n'arrivais pas à réaliser tous les changements qui s'étaient opérés depuis quelques semaines. Je n'étais plus l'héritière des Kipos mais le magnat de Firewater. Ce soir, le monde apprendrait que j'étais la créatrice de ce whisky tant convoité.

Tout cela faisait partie du plan d'Adrian.

Après sa venue au penthouse quelques jours plus tôt, nous avions convenu qu'il était temps pour moi de me révéler en tant que propriétaire de PSK Distilleries. Dara se servait d'un contrat potentiel avec PSK comme argument de vente pour Kipos. Il fallait qu'elle se rende compte que si elle n'était pas gentille avec moi, elle ne pourrait pas vendre Kipos International.

Pour l'instant, je la laissais croire qu'elle avait le dessus. Adrian et moi savions tous deux que sa fierté et son ego allaient de pair, et qu'elle considérait que me faire plonger pour ses activités illégales était une aubaine pour ses plans.

Lundi, je jouerais mon atout et verrais son monde s'effondrer autour d'elle.

Je souffrais quand même de savoir que je ne découvrirais probablement jamais la vérité sur la mort de Papa. Hagen m'avait expliqué qu'aucun des enquêteurs n'avait de piste, et que sa relation avec Draco s'était refroidie ; j'hésitais donc à lui demander de le contacter.

Peut-être que c'était mieux de ne pas savoir. Ça ne ramènerait pas Papa, et Adrian et moi avions des vies loin de Kipos.

Adrian avait accepté de vendre la société dès que nous

aurions nettoyé le chaos créé par Dara, mais il fallait attendre qu'il soit majeur, ce qui n'arriverait pas avant quelques jours.

— Tu fais toujours la tête ? me demanda mon frère en entrant.

Il portait un smoking sur mesure et avait dompté ses cheveux habituellement hirsutes, ce qui lui donnait l'air de sortir tout droit des pages d'un magazine de mode.

— Tu es plutôt beau gosse, petit frère.

— Merci. Tu es magnifique, toi aussi. Même si je n'arrive pas à savoir si c'est censé être une robe ou un maillot de bain avec une jupe transparente.

— Ah ah. Tu te crois drôle. C'est Henna qui l'a fait faire pour moi quand elle était en Italie. C'est de la haute couture.

Quand Henna me l'avait apportée hier soir, j'avais su immédiatement que les hommes de ma vie auraient un regard très critique dessus. Le corps de la robe était de la couleur brun rougeâtre de Firewater, et le tissu transparent qui constituait la jupe avait des reflets pâles d'argent et d'or rose. Elle n'avait rien à voir avec ce que la Persephone Kipos raisonnable aurait porté autrefois, mais cette robe correspondait mieux à mon style que toutes celles que j'avais portées en public jusque-là.

— Ça ne changerait rien si elle était vintage et valait cent mille dollars. Quand Hagen la verra, il va péter les plombs.

— Comme il ne sera pas là ce soir, nous n'avons pas de souci à nous faire.

Environ deux heures plus tôt, Hagen avait appelé pour dire qu'il était retardé par une grave erreur de construction dans un nouveau club. Il lui serait pratiquement impossible de revenir à temps pour ma présentation et l'annonce de l'accord négocié avec Zack pour la distribution exclusive de Firewater Incognito aux frères Lykaios.

Quand Adrian me l'avait suggéré, j'avais hésité. Mais après y avoir réfléchi, je m'étais dit qu'il avait raison. Laisser Zack gérer le marketing et la distribution du nouveau whisky me soulagerait de certaines des tâches que je détestais.

— Je ne compterais pas là-dessus. Hagen finira bien par arriver. Et il y aura forcément des images sur les chaînes d'information et de divertissement. Cet endroit est rempli de célébrités.

Je regardai Adrian dans le miroir.

— Hagen n'a pas son mot à dire sur ce que je porte. En plus, je pense que je suis sexy.

— Je n'ai aucun commentaire à faire sur cette déclaration. On est Grecs et tout ça, mais ce n'est pas comme ça que je veux voir ma sœur.

Adrian prit un shot de Firewater qu'il descendit d'un trait. Il ferma les yeux, savourant la brûlure de l'alcool.

Je me retournai.

— Excuse-moi, mais tu n'as pas encore vingt et un ans. Ne te fais pas surprendre à boire en public. Il y aura des caméras partout, et nous n'avons pas besoin que Dara te cause du tort.

— En parlant de Maman chérie… tu es d'accord avec le plan ?

— Je ne vais pas mentir. Après tout ce que nous avons fait pour préserver l'héritage de Papa, c'est comme si Dara avait gagné. Nous ne savons toujours pas avec certitude de quelle manière elle était impliquée dans sa mort.

— Vois les choses comme ça : d'une manière ou d'une autre, nous l'aurons. Concentre-toi sur le fait qu'à la fin de la journée de lundi, elle sortira de ta vie pour de bon.

Je soupirai et dis :

— C'est ce que je fais, mais à la fin elle sera toujours ta mère.

Adrian secoua la tête.

— Dara Kipos m'a peut-être donné la vie, mais elle n'est pas ma mère. Ma mère, c'est la femme que je regarde en ce moment.

Mes lèvres tremblèrent, et des larmes me brûlèrent les yeux.

— Tu étais toi-même une enfant, mais tu as mis tes rêves de côté pour m'élever. Je connais la vérité, même si personne d'autre n'est au courant.

Adrian m'attira dans ses bras et me serra fort.

Je m'accrochai à lui et m'imprégnai de sa chaleur. C'était lui qui m'avait permis de tenir toutes ces années. S'il n'avait pas eu besoin de moi, j'aurais probablement abandonné. Il avait autant fait pour moi que moi pour lui.

De sa poche arrière, Adrian sortit un mouchoir dont il se servit pour me tamponner le visage.

— On ne pleure plus, et on ne pense plus au passé. Il est temps de te concentrer sur toi, et sur l'avenir que tu es en train de te créer. En plus, tu vas gâcher ton maquillage, et tu sais comment est Camellia quand on abîme ses créations.

Je reniflai.

— Je t'aime, petit mec.

— Mec ? répéta-t-il avec un froncement de sourcils forcé. Je ne suis pas un mec. Je suis un homme.

En riant, je l'étreignis une dernière fois avant de retourner au miroir pour m'assurer que mon maquillage n'avait pas coulé.

— Oh, au fait, j'ai un cadeau pour toi, de la part d'un homme qui espérait te le donner lui-même.

Mon cœur manqua un battement.

Adrian fouilla dans la poche intérieure de sa veste de smoking et en sortit une longue boîte rectangulaire. Il l'ouvrit sur un fin collier en diamant blanc avec un pendentif en diamant rose en forme de fleur de sureau.

— Oh, mon Dieu.

Je touchai avec précaution les pierres précieuses.

— Je suis heureux que tu aies enfin trouvé un homme aussi amoureux de toi que tu l'es de lui.

— Il n'est pas amoureux de moi. Il me veut et se soucie de moi, mais ce n'est pas de l'amour.

J'avais envie de croire que Hagen m'aimait, mais j'avais trop peur pour l'espérer. Le fait qu'il dise que je le tenais, et que j'étais la seule à pouvoir mettre un terme à notre relation, me faisait penser qu'il pouvait m'aimer. Mais j'avais besoin d'entendre ces mots que personne ne m'avait jamais dits.

Adrian ouvrit le fermoir et plaça le collier contre ma clavicule avant de l'attacher.

— Tu ne le vois peut-être pas, mais moi si. Il est amoureux de toi. Ce n'est pas le genre d'homme à faire de grandes déclarations pour le dire, mais il t'aime.

— Je suppose.

Le collier pesait beaucoup plus lourd que ce à quoi je m'étais attendue.

Il y avait un mot dans la boîte.

Starlight,

Je l'ai fait faire pour toi. Il est rare et unique comme toi.

Ne te cache plus dans l'ombre.

Hagen

— Comme je le disais, ce type est dingue de toi.

À cet instant, les portes de l'ascenseur s'ouvrirent, et Zack en sortit avec Pierce sur les talons.

— Allons-y, ma belle.

Zack fit un signe de tête à Adrian et passa mon bras au creux de son coude.

— Il est temps d'enivrer tout le monde avec ton expérience de chimie à mille dollars la dose.

— Ah ah, tu devrais envisager de te reconvertir en comique si cette histoire d'immobilier tombe à l'eau.

#

Penny

Deux heures environ après l'ouverture officielle de l'hôtel, et ma présentation en tant que propriétaire de Firewater, j'arrivai sur le balcon privé de Hagen, qui surplombait l'opulente salle de bal de l'Ida. Je trouvai un endroit dans l'ombre, loin des lumières de l'hôtel, et pris une inspiration pour me calmer.

Je me sentais un peu dépassée, et j'espérais avoir quelques instants de répit sans que personne ne vienne me flatter au sujet de Firewater ou me donner des conseils sur mon entreprise. Je savais que tout le monde voulait bien faire, mais en dépit de ce qu'ils croyaient, je n'étais pas la fille naïve qu'ils connaissaient.

La réaction des participants à la fête et des médias était un mélange de curiosité et de spéculation. D'après les bribes de conversation que j'avais entendues au fil de la soirée, la plupart des gens pensaient que j'avais été évincée de Kipos pour des histoires de conflit d'intérêts. Mais d'autres s'étaient permis des commentaires pas vraiment subtils au sujet de la jalousie qu'éprouvait Dara envers moi, et son besoin de m'éloigner de l'héritage de son fils. J'avais été surprise de constater combien les gens n'aimaient pas cette femme, même si elle « déjeunait » régulièrement avec beaucoup d'entre eux.

Dans l'ensemble, la soirée s'était mieux déroulée que ce que j'avais espéré, à l'exception d'une source d'irritation.

Dara.

En dépit du fait qu'Adrian avait insisté sur le fait qu'il fallait qu'elle vienne à l'inauguration, au fond de moi, j'avais espéré qu'elle déclinerait l'invitation. Elle avait pour règle absolue de ne jamais assister à un événement organisé par les frères Lykaios. Mais bien évidemment, elle avait décidé de faire exception aujourd'hui et de se montrer. Et je savais que c'était à cause de moi.

Plus tôt dans la journée, un magazine à scandales avait publié des photos de Hagen et moi datant de la soirée poker avec l'apparition brutale de Kapok. On y voyait Hagen me serrer contre lui dans le casino, et il y en avait d'autres de nous mangeant des douceurs à la pâtisserie de l'hôtel.

Le titre de l'article disait : « Le Maître du péché et de la gourmandise a trouvé son ange. »

À mon avis, Dara n'était pas heureuse de l'attention portée à ma relation avec Hagen.

Il ne lui avait pas fallu dix minutes après mon entrée dans la salle de bal avec Zack pour s'approcher de nous.

C'était comme si elle avait attendu notre arrivée pour foncer droit sur nous. Je m'étais attendue à une confrontation, mais pas avant l'annonce.

Ses mots étaient pleins de venin quand elle s'était adressée à moi.

— *Je vois à quel point tu es tombée bas. Non seulement tu es la pute de Hagen, mais tu es aussi avec Zacharias. Ton père aurait honte de toi. Si tes frasques ruinent la vente, je ferai en sorte que tu le regrettes pour le restant de tes jours.*

C'était la gifle ultime qu'elle se soit servie de Papa contre moi. Cette femme me détestait vraiment. Si Adrian avait été dans les parages, jamais elle ne m'aurait insultée de la sorte. J'avais dû enfoncer mes doigts dans le bras de Zack pour l'empêcher de répliquer. Elle voulait que l'un de nous s'emporte et fasse une scène dont la presse pourrait s'emparer pour les gros titres du matin. Mais au lieu de cela, je m'étais contentée de hausser un sourcil et de lui lancer :

— *Je te suggère de ne pas faire de moi une ennemie. Sans ma signature, tu ne pourras rien faire avec Kipos, sauf détruire l'entreprise.*

J'étais repartie la tête haute. Puis, lorsque Zack m'avait

présentée comme la propriétaire de PSK Distilleries et Fire-water, j'avais ressenti un élan de triomphe en voyant le visage mortellement pâle de Dara.

Je posai ma coupe de champagne sur le rebord du balcon et fermai les yeux alors que la brise se levait, rafraî-chissant ma peau échauffée.

— Jamais je n'ai été aussi jaloux du vent. Je devrais être le seul autorisé à mettre une telle expression sur ton visage.

Hagen

Starlight se retourna, et je faillis m'étouffer.

Cette femme était la perfection incarnée. De dos, elle ressemblait à une petite ballerine avec sa robe vaporeuse et son chignon bien coiffé. De face, c'était un rêve moite ambulant.

Bon sang, mais qu'est-ce qu'elle portait ? Ça ressemblait à un justaucorps bien trop décolleté avec une jupe transparente.

J'étais le seul homme autorisé à voir ce corps.

Je vis la chaleur dans ses yeux quand elle me regarda. Mon sexe enfla, et j'eus des visions de moi la plaquant contre la balustrade pour la sauter.

Elle agrippa la rambarde dans son dos et s'y appuya.

— La brise, c'est tout ce que j'ai. Tu as été un peu préoccupé ces deux derniers jours. Il fallait bien que je prenne mon pied d'une manière ou d'une autre.

Je haussai un sourcil en m'avançant vers elle.

— C'est vrai ?

Un léger parfum floral mélangé à sa propre odeur unique atteignit mon nez, faisant grimper mon désir d'elle.

— Je ne m'attendais pas à ce que tu sois là avant bien plus tard.

— Tu devrais savoir depuis le temps que rien ne me séparera de toi.

Je vis que mes mots lui faisaient plaisir, car sa peau rougit.

— Comment s'est passé ton voyage ? Tu as résolu la crise ?

— En grande partie. Je suis juste heureux que mon vol n'ait pas été retardé en quittant l'Arizona.

J'avais failli ne pas pouvoir venir ce soir. Une tempête avait commencé à traverser la région de Tucson, et nous avions à peine réussi à passer que l'aéroport clouait tous les avions au sol.

Je n'aurais même pas quitté Vegas si un autre de nos directeurs de construction n'avait pas démissionné. Mais cette fois, il n'avait pas été surpris en train de voler. Je devais le départ précipité de mon manager à l'intervention de Draco. Il voulait attirer mon attention, et faire stopper un projet à cinquante millions de dollars était sa manière de l'obtenir.

En toute honnêteté, je n'étais pas certain que j'aurais voulu lui parler s'il ne m'avait pas obligé à le rencontrer. Quand il s'agissait de Draco, j'avais toujours pris les choses à bras le corps, mais cette fois, la trahison était pire que ce que Collin nous avait fait à moi et à mes frères.

Il était arrivé sur le chantier avec cinq de ses petits-fils, tous des hommes avec qui j'avais grandi. Et tous savaient ce que Draco avait fait, alors que moi je n'en avais pas conscience. Il semblait fragile en avançant dans la propriété, ce qui me fit réaliser que même s'il paraissait beaucoup plus jeune que ses soixante-quinze ans, en fait, il était très vieux.

Le rencontrer, c'était mieux que d'avoir de nouveaux problèmes à gérer avec HPZ. Et je savais sans l'ombre d'un doute qu'il orchestrerait un blocage de chacun de nos projets pour parvenir à ses fins. La conversation avait été étonnamment facile, et à la fin, je m'étais rendu compte que Draco me considérait en fait comme un autre de ses petits-fils. Ce n'était sûrement pas ce qu'il avait prévu au départ, mais j'avais l'impression qu'il regrettait le passé. On ne pouvait rien y changer, mais Draco avait accepté de me dire tout ce qu'il savait en ce qui concernait ma famille ou Starlight.

Loin de moi l'idée de dire que tout était pardonné, mais nous étions parvenus à un accord, et nous pouvions avancer.

À présent, il fallait que je fasse le premier pas pour aller parler à Collin. Je lui devais bien ça. Quoi qu'il ait fait à ses fils, il avait protégé deux filles innocentes, l'une d'entre elles étant le fruit de la liaison de sa femme avec son meilleur ami.

Mais ce serait pour un autre jour.

Pour l'instant, toute mon attention était concentrée sur cette déesse de la nature vêtue de morceaux de tissu prétendant être une robe.

— Juste pour info, je déteste cette robe. Elle expose bien trop ce qui m'appartient.

Je posai les mains sur sa taille fine.

— Rappelle-moi de dire à Henna qu'elle n'a pas l'autorisation de choisir d'autres robes pour toi.

— C'est de la haute couture. Elle me plaît.

Elle tenta de me jeter un regard sévère, mais sa respiration hachée trahissait l'excitation qu'elle ressentait en ma présence.

— C'est un justaucorps à peine visible avec une jupe totalement transparente.

— Tu sais ce que c'est aussi ?

Mes lèvres frôlèrent son oreille, la faisant presque ronronner.

— Quoi ?

Elle déplaça son visage jusqu'à ce que nos nez se touchent presque.

— Un accès facile.

Je souris.

— N'importe qui pourrait venir ici et nous voir.

— J'ai déjà été totalement corrompue. Ça ne ferait qu'ajouter aux rumeurs disant que je suis sous la coupe du Maître du péché.

— Pour la première fois, ce titre stupide ne me dérange pas.

Je me mis lentement à genoux.

— Accroche-toi bien. Je suis sur le point de me régaler de ta magnifique intimité, et une fois que j'aurai fini, on rentrera à la maison pour que je puisse te sauter si fort que tu garderas l'empreinte de ma queue.

Elle haleta, et je vis se dresser ses mamelons, tendant la soie fine de sa robe.

Je me concentrai sur le petit morceau de tissu qui recouvrait son entrejambe. Me léchant les lèvres, je glissai la main dans la fente de la jupe qui courait du bas d'une jambe jusqu'à son intimité couverte d'un body.

Je poussai le tissu ivoire transparent sur le côté.

— Maintenant je vois ce que tu voulais dire par « accès facile ».

Je fis sauter les boutons qui maintenaient l'entrejambe fermé, exposant ses belles lèvres scintillantes.

— Bon sang, tu es tellement mouillée.

Je glissai les doigts entre ses lèvres trempées, les écartant jusqu'à exposer son clitoris gonflé. Je soufflai sur la chair sensibilisée une seconde avant que ma bouche ne descende, aspirant le bourgeon de nerfs dans ma bouche.

Merde, j'étais au paradis. Rien au monde n'était aussi bon que sa mouille. C'était comme une ambroisie addictive.

Son corps se cambra lorsque ma langue s'enfonça dans son intimité trempée.

— Hagen, gémit-elle alors que ses mains s'agrippaient plus fermement à la balustrade. Oh mon Dieu, Hagen.

J'avais envie de l'entendre exprimer son plaisir encore et encore. Attrapant l'arrière de ses cuisses, je lui écartai les jambes et me régalai de son intimité délicieuse. Ma langue encercla, lécha et joua avec son noyau dégoulinant.

— J'aime te goûter, grognai-je en continuant à la dévorer. Jamais je ne cesserai de te désirer sur mes lèvres.

J'enfonçai un doigt dans sa chaleur moite, et son orgasme explosa.

— Oh, bon sang. Oui !

Elle gémit, se mordant la lèvre pour ne pas crier son plaisir.

Elle ferma les yeux et se tordit sous le coup de cette torture agréable. Ses tissus gonflés se mirent à pulser et se refermèrent sur mes doigts. Sa mouille inonda ma bouche, me donnant envie de prolonger l'extase qui la traversait. Mais je savais que nous devions nous arrêter.

À contrecœur, je m'écartai de son corps, léchant mes doigts avant d'essuyer ma bouche trempée contre sa cuisse. Je refermai ensuite les boutons-pression entre ses jambes. Je me relevai lentement et l'attirai contre moi.

Sa tête bascula sur mon épaule, affaiblie par son plaisir rassasié.

— Je n'arrive pas à croire qu'on vient de faire ça.

— Nous sommes sur un balcon auquel le public n'a pas accès, et qu'il ne peut pas voir, dis-je en contemplant son visage hébété. Nous aurions pu aller beaucoup plus loin et personne ne l'aurait jamais su.

Bon sang, elle était magnifique.

— Dans ce cas, conclut-elle avec un sourire diabolique, refaisons-le bientôt.

\#

Penny

— Continue à penser à ton sexe autour de ma queue, me dit Hagen avec un sourire en coin alors que je franchissais avec lui les portes de Kipos International lundi matin.

Je lui donnai un coup de coude à l'estomac.

— Tu es tellement grossier. La plupart des femmes sont offensées par ce mot.

— Heureusement que tu n'es pas l'une d'entre elles.

Mes joues s'empourprèrent. Il était bien conscient que plus il me parlait grossièrement, plus j'étais excitée.

— C'est toi qui voulais que je te corrompe.

Il passa un pouce sur mes lèvres, déclenchant un frisson le long de ma colonne vertébrale.

— Je prévois de profiter de chaque moment que nous aurons ensemble.

Un regard passa dans ses yeux, qui me pinça le cœur. C'était comme s'il pensait que j'allais le quitter.

— Hagen, y a-t-il quelque chose que tu ne me dis pas ?

— Je… commença-t-il, puis il hésita. Oublie ça. Nous en parlerons après la réunion.

Avant que je puisse protester, Jeffrey, l'un des chefs de la sécurité de Kipos depuis de nombreuses années, vint vers nous.

— Penny. C'est bon de te voir.

Il m'embrassa sur la joue.

— Tu vas vraiment la laisser vendre la société ?

Je m'attendais à cette question. Je vendrais la société aujourd'hui, mais pas à l'enchérisseur que Dara avait prévu.

— C'est mieux ainsi, lui dis-je, puis je soupirai en voyant le portrait géant de Papa sur l'un des murs du hall.

Je suis désolée, Papa. Mais Kipos est ton rêve, pas celui de tes enfants. J'espère que tu pourras comprendre.

— Au moins, je pourrai dire que je suis resté dans l'entreprise pendant toute son histoire. Jeffrey m'adressa un sourire mélancolique et appuya sur le bouton de l'ascenseur.

— Montez. Ils sont dans la grande salle de conférence.

À la seconde où les portes s'ouvrirent à l'étage de la direction, Adrian apparut et se mit à parler.

— Quand on entrera, assure-toi de respecter le scénario.

— Eh bien, bonjour à toi aussi, dis-je en passant devant lui. Je ne suis pas une idiote.

— Je n'ai jamais dit ça.

Son ton défensif et provocateur me donna envie de rire.

Même s'il me dépassait en taille, il était toujours le petit frère qui se rebellait contre toute critique.

— Elle sait que Hagen m'accompagne, ou elle s'attend à ce que je sois seule ?

Mes yeux étaient rivés sur Hagen, mais je m'adressais à Adrian.

— Elle sait qu'un des frères Lykaios est toujours avec toi.

J'avais dit à Adrian qu'il valait mieux que Dara continue de croire que j'étais avec les trois frères. À en juger par le regard furieux que Hagen m'adressait en ce moment, il était toujours énervé à ce sujet. Mais il savait que c'était nécessaire dans le cadre du plan élaboré par mon frère.

En approchant de la salle de conférence aux parois de verre, j'aperçus Dara avec son avocat, Trey Ritchman, et l'entourage habituel de ses larbins assis d'un côté de la table. À l'autre bout se trouvait Carter Jones, mon propre avocat. Il n'était pas ravi que je vende, mais il acceptait ma décision. Pour Carter, le dernier testament scellerait mes droits et ceux d'Adrian sur la société sans l'aide de Dara. Il était allé jusqu'à nous conseiller de contacter le conseil d'administration et d'évincer Dara de son rôle de PDG.

Ce que je ne pouvais pas lui dire, c'est que si nous nous débarrassions de Dara, je serais tenue pour responsable du gâchis que Dara avait fait de la société.

Juste avant que nous entrions dans la salle, Hagen se tourna vers moi et me dit :

— Je suis là pour te soutenir, mais c'est ton combat. Rappelle-toi, peu importe ce que dira Dara, garde ton calme. Son but, c'est de te faire du mal. Il est temps que tu prennes en main les rênes de ta vie, Starlight.

Je hochai la tête et retins les larmes qui me brûlaient les yeux. Il m'acceptait vraiment. Il savait que c'était quelque chose que je devais gérer moi-même.

Je me penchai et déposai un baiser sur sa joue.

— Je t'aime, Hagen Lykaios. Merci de me soutenir.

— Je t'en prie.

Il m'adressa un sourire timide.

Il ne m'avait toujours pas dit qu'il m'aimait, mais je savais que c'était juste là. Pour un homme à la réputation d'être un dur à cuire froid comme la glace, il me montrait rarement cette facette de lui. En dehors d'être un amant dominateur, il était prévenant, drôle et romantique, même s'il ne voulait pas l'admettre.

— Allons-y, bébé. Il est temps d'affronter le dragon.

Hagen poussa la porte.

— Elle est enfin là. J'ai cru que vous alliez nous faire attendre toute la matinée. Prenez un siège et commençons.

Le mépris dans la voix de Dara me fit presque tressaillir.

Presque.

— Désolée, dis-je en regardant Dara, puis Hagen. C'était sa faute.

Hagen sourit et haussa un sourcil alors que nous allions nous asseoir.

— Que fait-il ici ?

Hagen lui répondit :

— Je suis sûr que vous êtes au courant, où elle va, je vais.

— Si vous songez à la faire changer d'avis, j'y réfléchirais à deux fois. Je ne laisserai personne gâcher l'avenir de mon fils.

Je manquai de m'étouffer devant cette fausse attitude de parent inquiet. Elle ne l'avait jamais été quand Adrian était enfant.

— Je ne suis là que comme soutien moral. C'est une honte de voir ce qu'est devenue l'entreprise de l'oncle Jacob. Je suppose que le monde des clubs de strip-tease n'apprend pas à diriger une organisation multinationale.

Hagen se cala sur son siège.

Quand il m'avait raconté tout ce qu'il avait découvert au sujet du passé de Dara, j'avais failli tomber de ma chaise. Elle avait pratiqué la danse topless pendant des années avant d'épouser son premier mari, un propriétaire de concession automobile qui avait été l'un de ses meilleurs clients. Après ça, elle s'était mise dans la peau d'une femme super puritaine et propre sur elle. C'était sûrement ce qui avait attiré Papa vers elle.

La surprise se lut sur le visage de Dara, et elle jeta un œil dans ma direction.

Oui, pétasse. Nous connaissons tous tes secrets.

— Commençons, lança Trey qui se mit à détailler toute la logistique de la vente, y compris la division des actifs et les parties impliquées dans l'affaire.

À plusieurs reprises pendant son exposé, j'eus envie de poser une question pour mettre cet enfoiré suffisant en difficulté, mais je me retins.

C'était à Adrian de s'en occuper. Il fallait que je lui fasse confiance. J'avais un rôle à jouer, et lui aussi. À cet instant, c'était moi sur la scène.

J'avais mal au cœur pour lui. Il était sur le point de faire tomber sa propre mère.

De qui me moquais-je ? Adrian était à moi. C'était le frère que j'avais élevé.

La voix de Trey s'insinua dans mes pensées.

— Comme vous pouvez le constater, une fois que vous aurez signé, vous serez plus riche que vous ne pouvez l'imaginer.

Il déposa une pile de documents devant moi. Ce type était-il réel ? Il pensait vraiment que j'allais signer un contrat d'une centaine de pages sans le faire relire ?

Je feuilletai les papiers et fronçai les sourcils.

— Ça ne ressemble en rien aux papiers que vous avez envoyés à Carter.

Je repoussai les documents vers Trey.

Carter eut la même réaction que moi.

— Je suis désolé, Mme Kipos. Je ne peux pas conseiller à ma cliente de signer quoi que ce soit sans diligence raisonnable.

Du coin de l'œil, je vis Dara triturer son bracelet. C'était le signe avant-coureur indiquant qu'elle était sur le point d'exploser. J'en avais fait les frais à d'innombrables reprises au cours des années.

— Il y a quelques révisions de dernière minute. Je suis certain qu'une rapide relecture vous satisfera, expliqua Trey d'un ton doucereux et condescendant jusqu'à la nausée, comme si Carter n'avait aucune connaissance en droit.

Bon sang, mais où Papa avait-il déniché un type pareil ? J'avais du mal à croire qu'il lui ait accordé sa confiance pendant tant d'années. Certes, au final, pas tant que ça, puisqu'il avait engagé le père de Carter pour prendre en charge les procédures légales avant sa mort.

— J'aimerais l'examiner en détail. Je ne conseillerai pas à Mlle Kipos de signer quoi que ce soit sans être parfaitement au fait de tous les changements et clauses.

D'un coup, Dara se mit à crier dans ma direction :

— Je te jure que si tu ne signes pas ces papiers, je ferai de ta vie un enfer, Persephone Kipos. Je ferai en sorte que plus personne ne travaille avec toi ou n'achète ton alcool bon marché.

Merde ! Je n'allais pas la laisser me parler comme ça, plus jamais.

J'adressai à Adrian un haussement d'épaules en guise d'excuses et me levai.

— Tu me menaces ? Je ne signerai rien avant de prendre connaissance de tous les changements que vous avez faits. Je ne te fais pas confiance.

— Qu'ai-je fait pour être si indigne de confiance ? Ce n'est pas moi qui joue les putes pour trois hommes.

Je vis Hagen remuer et je secouai la tête. C'était mon

combat, comme il l'avait dit. Il me fit un signe de tête et s'adossa à sa chaise, mais la position de ses épaules m'indiquait qu'il était prêt à intervenir à tout moment s'il pensait que j'étais en danger.

— Laisse-moi être bien claire. Tu as bien plus besoin de moi, que moi de toi. Sans mon approbation, ton accord tombe à l'eau.

— La seule chose dont j'ai besoin, c'est de ta signature, rétorqua Dara en se levant.

— Maman, que fais-tu ?

Adrian bondit en avant, mais s'arrêta quand Trey attrapa le bras de Dara pour la faire rasseoir.

— Reste en dehors de ça, Adrian. Ne crois pas que j'ignore que ta loyauté lui est acquise. J'ai des rapports qui m'ont informée que tu passes tout ton temps libre avec elle et dans sa propriété à lui, ajouta-t-elle en jetant un regard assassin à Hagen, que cela ne sembla pas perturber. Je suis ta mère. Tu es censé être loyal envers moi.

La colère brilla dans les yeux d'Adrian et, en serrant les dents, il lança :

— Je suis loyal envers ma mère. Sauf qu'elle ne m'a pas donné la vie et qu'il se trouve que c'est ma sœur.

— Tu n'es qu'un ingrat. Attends juste que l'argent vienne à manquer. Ne viens pas pleurer chez moi.

— Calmez-vous, Dara, demanda Trey, accroché au bras de la femme comme s'il pensait qu'elle allait de nouveau bondir. À la demande du conseil, cette réunion est enregistrée.

Elle libéra sa main d'un coup sec.

— Je m'en tape ! J'ai supporté ces morveux pendant trop

longtemps. Signe ces papiers, et nous pourrons être débarrassées l'une de l'autre.

— Ta vente n'est-elle pas subordonnée au nouveau contrat lucratif avec PSK Distilleries ? lui demandai-je.

Elle blêmit subitement et regarda Trey. Elle avait dû oublier que j'étais propriétaire de PSK et qu'il fallait qu'elle soit gentille pour obtenir ce qu'elle voulait.

— Les détails de l'accord sont des informations privilégiées. Tu te bases sur des rumeurs. Tu ne sais rien.

— Je sais beaucoup de choses, dis-je avec un sourire, sortant ma propre pile de documents de mon sac. Tu vois ça ? lui demandai-je en poussant les papiers vers Dara. Ce sont les dernières volontés de Papa, son testament. Celui que tu as bien commodément oublié de rendre public. Celui que Papa a fait juste avant sa mort. Laisser ses enfants dans l'ignorance de leur héritage n'est certainement pas digne d'une femme à la moralité élevée. Vous n'êtes pas d'accord, M. Ritchman ?

Dara garda le silence, tâchant de dissimuler son choc.

— C'est un faux. Jacob Kipos n'a pas révisé son testament. J'ai été son conseiller juridique pendant plus de quinze ans.

Trey parlait d'une voix furieuse, comme s'il avait envie de m'étrangler.

Oui, blaireau. Tu as été démasqué.

— Je ne suis pas d'accord, M. Ritchman, lança Carter. Mon père était l'avocat attitré de Jacob Kipos au moment de sa mort. En fait, ce testament est tout à fait valide et déposé auprès des instances appropriées.

— Cela ne veut rien dire. Je me battrai au tribunal.

— Avec l'argent de qui ? intervint Hagen. Adrian, tu n'aurais pas quelque chose à montrer à ta génitrice ?

Je fronçai les sourcils. D'accord, ça ne faisait pas partie du plan. Qu'est-ce qu'Adrian allait montrer à tout le monde, et pourquoi Hagen était-il dans la confidence, et pas moi ?

Je jetai un regard furieux aux deux hommes qui m'ignorèrent, concentrés sur Dara.

— Maman… commença Adrian en s'adressant à elle avec du venin dans la voix, j'ai une vidéo à te montrer. Notre ami Josef Petrov l'a donnée aux Lykaios en contrepartie du désagrément causé par ton pote Erin Kapok à leur hôtel. Je pense que tu trouveras ça très intéressant. Apparemment, Erin aimait enregistrer le temps que vous passiez ensemble.

Adrian lança la vidéo.

Mes mains se mirent à trembler. On y voyait Kapok et Dara élaborer un plan détaillé sur les différentes manières de se débarrasser de Papa.

J'avais raison depuis le début.

Oh, Papa. Je fus prise de nausée, et l'instant d'après Hagen me tenait dans ses bras, m'emmenait hors de la salle et me conduisait dans un bureau vide.

— Il faut que je voie la vidéo. Je dois la voir, criai-je en le frappant à la poitrine.

— Non, bébé, pas la peine. Les autorités seront bientôt là pour arrêter Dara.

— Comment as-tu pu me cacher ça ? Je te faisais confiance.

— C'était pour te protéger.

Je ne pouvais pas l'écouter me dire ça. Me protéger, ce n'était pas me laisser plonger dans une telle situation.

— Non, bon sang. C'est avec moi que tu as passé un marché, pas avec Adrian. Tu étais censé être la seule chose dans ma vie qui m'appartenait vraiment. Mais je me trompais.

— Starlight. Écoute-moi.

— Non ! m'exclamai-je en me libérant de son emprise, avant de me précipiter vers la porte. Je ne veux pas être près de l'un de vous en ce moment.

Penny

— Viens ici, ma belle.

Amelia Nephus Thanos m'entoura de ses bras quelques instants après mon atterrissage sur la piste de son île privée, à une heure des côtes de la Grèce continentale.

Immédiatement après avoir quitté le siège de Kipos, j'avais appelé Amelia pour lui raconter en détail ce qui s'était passé dans ma vie au cours des dernières semaines. Elle avait envoyé l'un de ses pilotes pour moi, et un jour plus tard, j'étais en Grèce. Je me sentais lâche d'être partie, mais je ne pouvais plus regarder Hagen ni Adrian dans les yeux. Ils avaient conspiré pour que je ne sache rien au sujet de la mort de Papa. En toute logique, je savais qu'ils l'avaient fait pour me protéger, mais je n'avais pas besoin qu'on le fasse en permanence.

Adrian m'avait demandé de lui faire confiance, de le laisser mener la danse, mais j'avais l'impression que la confiance n'avait pas été réciproque. Et Hagen. C'était une autre histoire. Il savait forcément que je serais contrariée. Je me trompais peut-être en me disant qu'il pouvait y avoir plus que du sexe dans notre relation. Je savais qu'il me désirait, mais il ne m'avait jamais dit qu'il m'aimait. Est-ce que je me trompais en espérant qu'il y ait plus ?

Je refusais d'être dans une relation où je n'étais pas son égale.

— Arrête. Je ne pense pas que tu aies pris la fuite de ta propre vie pour broyer du noir pendant ton séjour.

Amelia me relâcha, passa son bras sous le mien, et m'entraîna vers une voiture qui nous attendait.

— Non, j'ai envie d'oublier pendant un moment. PSK est couverte sur le plan commercial, et Ana gère le labo. Alors je suppose qu'on peut dire que je suis libre de faire ce qui me plaît.

Un sourire s'afficha sur le visage d'Amelia.

— Au cours des jours qui viennent, je vais te montrer comment la veuve Thanos occupe ses journées. Peut-être qu'après t'avoir remise en forme, on pourrait donner du grain à moudre aux journaux à scandales.

— Je me préoccupe plus de l'entraînement que d'aller faire la fête. Tu devrais me mettre dans une cage avec l'un de tes combattants.

— C'est aussi une possibilité. En plus, c'est bon pour ta santé, et tu dois donner le bon exemple à ton filleul.

— En parlant de ça. Comment va-t-il ? Est-ce qu'il a apprécié son cadeau d'anniversaire de la part de sa *theia* Penny ?

Elle me jeta un regard en coin.

— Était-ce vraiment nécessaire d'envoyer à un gamin de dix ans une batterie haut de gamme ? Il passe son temps à taper dessus.

— Hé, tu devrais te réjouir que j'aie aussi engagé un prof. Sinon, ça pourrait être pire.

— C'est pas faux.

\#

Penny

— Je n'arrive pas à croire que tu aies fait ça. J'aurais très bien pu rester chez toi à boire du vin et manger jusqu'à faire un coma, dis-je tandis qu'Amelia et moi descendions de sa Mercedes dans la chaleur des côtes d'Ibiza, en Espagne.

— Calme-toi. Ce n'est pas comme si c'était le tour du monde. C'était un vol court depuis l'île avec un trajet de dix minutes en voiture après l'atterrissage. Et ce n'est pas comme si nous n'avions jamais fait ça avant. En plus, j'en ai autant besoin que toi.

J'avais mal au cœur pour Amelia. En dépit de ce qu'elle disait sur les journaux à scandales, c'était quelqu'un de classique. Et la seule personne avec qui elle s'était jamais lâchée, c'était feu son mari, Stavros. Durant de nombreuses années, j'avais envié leur relation. C'était le milliardaire grec qui avait fait succomber la fille du monde des coups durs après sa rupture dévastatrice avec Pierce.

Ce n'était que des années plus tard que j'avais appris que leur mariage avait été un accord. Ils avaient été les meilleurs amis du monde et s'aimaient tendrement, mais ils n'étaient *pas* amoureux. Puis après la mort inattendue de Stavros dans un accident de bateau presque deux ans plus tôt, Amelia s'était effondrée. Stavros la stabilisait, et son ancre avait disparu.

Elle s'était cachée, se concentrant uniquement sur son fils et l'entreprise qu'elle avait héritée de son mari.

Cela ne faisait que quelques mois qu'elle était revenue à la vie. J'avais l'impression que ce soir, elle avait besoin de se lâcher autant que moi.

Nous marchâmes jusqu'au club de plage qui selon Amelia était *le* spot où il fallait aller à Ibiza.

— Tu te moques de moi.

Je lâchai un soupir en lisant l'enseigne du club. Est-ce que tout devait me faire penser à lui ?

Il avait tout orchestré pour empêcher Dara de gagner, mais il n'avait aucune idée que tout ce que je désirais, c'était lui, et me sentir son égale.

— Quoi ? me demanda Amelia.

— Le *Luz de las Estrellas* est le meilleur club de l'île. Ça veut dire…

— Starlight, l'interrompis-je.

— Hé, ce n'est pas ton deuxième prénom ? me demanda-t-elle avec une étincelle dans les yeux.

Elle savait très bien que c'était mon nom.

— Oui.

Amelia éclata de rire.

— Ce n'est pas si mal. Au moins, tu n'as pas eu droit à *Moonbeam* ou un truc plus hippie encore.

— Allez, montre-moi cette vie nocturne qui rend Ibiza si célèbre.

Elle me prit la main et me conduisit vers une section fermée par des cordes. Nous nous approchâmes d'un groupe de videurs qui sourirent à Amelia.

— Bonjour, Carlos, dit-elle à un homme costaud qui ressemblait à un lutteur sumo.

Il se pencha et l'embrassa sur les deux joues.

— *Buenas noches, Amelia.*

— *Nous sommes ici pour une nuit de plaisir, pour oublier tous nos malheurs. Ma table est prête ?* s'enquit-elle en espagnol.

— *Bien sûr. Je m'en suis occupé personnellement quand j'ai su que mon manager venait me voir.*

Il lui adressa un clin d'œil.

— *Ne crois pas pour autant que je vais demander à Gustav d'y aller mollo avec toi cette semaine.*

— *Je n'oserais pas,* dit-il avec un sourire, avant de se tourner vers moi. *Qui vous accompagne… ?*

Il ne termina pas sa phrase et me regarda comme si j'avais deux têtes.

— *Quoi ? Qu'est-ce qui ne va pas chez moi ?* demandai-je à Carlos.

— Vous parlez espagnol ? Je croyais que vous étiez indienne.

Je haussai un sourcil, comme si c'était une question stupide puisque mes réponses étaient en espagnol.

— *Oui, je parle espagnol. Et anglais, grec, hindi et néerlandais. Je suis une* migas, *comme Amelia aime m'appeler en grec.*

Ses joues rougirent, révélant qu'il était gêné de sa propre réaction face à moi.

Après quelques instants, il secoua la tête comme pour

s'éclaircir les idées, jeta un coup d'œil aux autres videurs derrière lui qui semblaient tout aussi stupéfaits, puis demanda :

— *Vous êtes seule ?*

Les yeux fixés derrière moi, il balaya les lieux du regard.

— *Il y a un problème ?*

Je sentais l'agacement monter.

— *Non. Ce n'est rien. Je vous en prie, entrez.*

Carlos fit un geste en direction de la porte.

— *Entrez.*

Je haussai un sourcil en direction d'Amelia et mimait les mots « c'est quoi ce bordel ? ».

Elle sourit et haussa les épaules.

— Je n'en ai absolument aucune idée.

Pourquoi avais-je l'impression qu'elle savait exactement ce qui se passait ?

— Allez.

Elle m'entraîna au milieu de la foule des corps qui s'agitaient, et des hanches en mouvement.

Nous dansâmes à travers la horde de personnes enivrées par l'énergie entêtante de la musique et du sexe. C'était l'image même de ce pour quoi Ibiza était célèbre. Une serveuse se mit sur notre chemin lorsque nous atteignîmes le salon, nous offrant des flûtes de champagne, et une fois que nous les eûmes prises en main, elle y ajouta une goutte de Firewater.

— Ma fille, ce genre d'endroits vont te rendre si riche que tu vas donner du fil à retordre aux frères Lykaios.

Immédiatement, Amelia réalisa ce qu'elle venait de dire et me toucha le bras.

— Je suis désolée, bébé. J'essayais de t'empêcher de penser à lui, et voilà que je mentionne les frères.

— C'est bon, dis-je en respirant un bon coup avant de me diriger vers un groupe de tables. Ce qui est triste, c'est que sans Hagen, je n'aurais pas la moitié de ce que je possède actuellement.

À présent, on aurait dit que tous les clubs suivaient son exemple et se servaient de Firewater pour attirer une clientèle haut de gamme.

— Le monde entier sait que vous étiez ensemble. Surtout après que les tabloïds ont publié ces photos récentes de toi et lui entrant dans la salle de bal lors de l'inauguration de l'Ida. Les photos semblaient assez innocentes, avec son bras autour de ta taille, mais j'ai le sentiment que tes joues roses avaient une raison d'être.

L'image de la bouche de Hagen sur moi alors que je m'accrochais à la balustrade du balcon me donna un pincement au cœur. Dieu merci, ils n'avaient pris la photo qu'après, pas pendant.

— Qui sait si ça se reproduira. Je ne suis pas sûre que nous ayons un avenir. Peu importe à quel point j'en ai envie.

— Est-ce qu'il le sait ? D'après ce que j'en ai vu, il m'a tout l'air d'un homme déterminé à te garder.

Amelia s'assit sur un long canapé duveteux rouge sang. C'était un contraste frappant avec le blanc éclatant de l'intérieur du club.

— Il me faut plus que du sexe intense. Pas une seule fois il ne m'a dit qu'il m'aimait. Il n'a jamais dit ce qu'il ressent pour moi, et je n'ai ni le temps ni l'envie d'attendre qu'il assume ses sentiments.

— Menteuse. Tu l'attendrais jusqu'en enfer. Ce que tu ne supportes pas, c'est de ne pas avoir le contrôle de la situation.

— Je ne suis pas une maniaque du contrôle. Il a bien fallu que j'apprenne à faire sans quand je travaillais sous les ordres de Dara chez Kipos.

— En parlant de Kipos, que vas-tu faire de la société ?

— On va vendre. La plupart des formalités administratives sont déjà remplies et exécutées. L'étape suivante, c'est de planifier les transitions. En attendant, une équipe dirige l'entreprise pour nous. Ils sont probablement la seule raison pour laquelle la société a un fonds de roulement.

— Laisse-moi deviner. Hagen a trouvé les acheteurs.

— En fait, c'était Zack.

— Intéressant.

— Qu'est-ce que ça veut dire ?

Amelia me tendit un autre verre.

— Réfléchis. Ça ne serait probablement pas arrivé si Hagen n'avait pas été là. Cet homme crie ce qu'il ressent pour toi sans te le dire.

Ignorant la vérité contenue dans ses paroles, je vidai la moitié du verre et jetai un regard noir à mon amie.

— Il me faut des mots.

— Pourquoi, alors qu'il le crie sur les toits avec ses actes ? Comme tu es l'une de mes amies les plus proches, je vais te dire une chose. Tu n'es qu'une imbécile têtue. Tous les hommes ne sont pas capables de prononcer ces mots. Ils le montrent par leurs actes. Bon sang, les mots ne veulent rien dire s'il n'y a pas d'actes derrière.

Je fermai les yeux.

— Penny, il s'est plié en quatre pour découvrir la vérité sur ton père. Certes, il t'a laissée dans l'ignorance et a largué une bombe sur toi, mais c'est un crétin. Il croyait te protéger. C'est un homme typique, et il n'existe pas de remède à ça, et il merdera sûrement encore. Pardonne-lui. Il a empêché ta méchante belle-mère de détruire l'héritage de ton père. Il garde un œil sur ton frère pour que tu n'aies pas à le faire. Il a conçu des clubs autour d'un produit que tu as créé. Et surtout, il ne t'a pas vraiment demandé quoi que ce soit en échange. D'après ce que tu m'as dit, je crois même qu'il pense ne pas te mériter. Cet homme t'aime.

J'essuyai mon visage quand une larme roula sur ma joue.

Bon sang. Il *avait dit* qu'il m'aimait. Ses paroles possessives, c'était sa manière à lui de se protéger, parce qu'il croyait à tort ne pas être digne de moi.

Je levai les yeux vers Amelia et lui dis :

— Il faut que je rentre à la maison.

— Passe la soirée avec moi, et je fais préparer le jet pour toi demain matin à huit heures.

— Christopher sait-il que sa mère est une romantique désespérée ?

Son sourire vacilla.

— Au moins l'une d'entre nous aura droit à une fin heureuse avec un frère Lykaios.

— Est-ce que tu vas dire à Pierce que Christopher est son fils ?

Son expression surprise m'indiqua qu'elle n'avait jamais réalisé que j'avais compris.

— Pas si je peux l'éviter. Je ne veux pas salir la mémoire de Stavros.

Je hochai la tête.

— Depuis combien de temps tu le sais ?

— Depuis les trois ans de Christopher. Tu te rappelles forcément que j'ai grandi avec les trois frères. C'est la copie conforme de Pierce. Enfin, en dehors des lèvres pulpeuses. Ça, il les tient de toi.

Amélia me dévisagea.

— Pourquoi n'as-tu rien dit ?

— Parce que Stavros était un père formidable et que tu l'aimais.

— Merci, me dit-elle, les lèvres tremblantes. Tu vas le dire à Hagen ?

— Non. Je sais que tu as tes raisons. Rien n'est jamais simple quand il s'agit des frères Lykaios. En plus, toi et moi, c'est à la vie, à la mort, et nous avons toujours gardé les secrets l'une de l'autre.

— N'est-ce pas ?

Elle prit son verre qu'elle avala en quelques gorgées.

Je décidai qu'il était temps de changer de sujet et me levai, tendant la main à Amelia.

— Allons-y. Il est temps de nous remuer !

Amelia posa son verre sur la table et se leva. Avant que nous puissions sortir du salon, un magnifique Adonis s'avança vers Amelia et lui proposa de danser. Elle lui adressa un sourire éclatant et hocha la tête. En quelques secondes, elle disparut dans la foule.

J'avançai jusqu'à la piste. J'aperçus Amelia. Elle rit à quelque chose que le type lui avait dit, et la mélancolie que j'avais éprouvée quelques minutes auparavant disparut.

J'avais le sentiment qu'elle aurait à faire face au chaos quand Pierce apprendrait pour Christopher, mais au moins elle pouvait se lâcher à cet instant.

Prenant exemple sur elle, je me plongeai dans la musique et me mis à danser. Il y avait trop de monde pour me sentir seule. Le problème, c'était que partout où je posais les yeux, quelque chose me rappelait Hagen. Des motifs de serpent autour des colonnes du club qui ressemblaient à celui tatoué sur le bras de Hagen au décor blanc éclaboussé de rouge, donnant l'illusion du feu.

Hagen était tout ce que ce club représentait, le haut de gamme, la gourmandise, et un mélange capiteux de sexe.

Mon cœur s'emplit de tristesse. Je voyais encore la résignation dans son regard quand j'étais partie. Il avait fait tout ça pour moi, et je n'avais pas voulu voir au-delà du choc de ce qui venait de se passer.

Amelia avait raison. Il m'avait dit encore et encore ce qu'il ressentait, et je l'avais ignoré. D'ici quelques heures, je partirais d'ici, et je tenterais de réparer ça. Je ne pouvais qu'imaginer à quel point il avait dû être blessé de découvrir que j'avais disparu. Il avait sûrement essayé de retourner tout Vegas, surtout que je n'avais pas prévenu mes drôles de dames que je m'en allais.

Bon, je ne pouvais rien y faire pour l'instant.

Je balayai le club du regard, observant toutes les belles personnes d'Ibiza profiter de la vie nocturne. C'était un mélange éclectique de gens qui dansaient, riaient et appréciaient les mixes des DJ célèbres.

Un beau blond au physique digne d'un des combattants d'Amelia s'approcha de moi et se mit à danser. Je jetai un œil vers mon amie. Elle m'adressa un grand sourire, et je sus que c'était elle qui avait envoyé ce bel homme dans ma direction.

J'hésitai une seconde, puis décidai de m'amuser. Ce n'était pas comme si j'avais l'intention de rentrer avec lui. Ce n'était qu'une danse. Hagen ne pourrait pas être jaloux d'une danse.

Mais de qui je me moquais ? Hagen deviendrait probablement fou s'il découvrait tout ça, mais d'un autre côté, qui le lui dirait ?

Je fis un pas vers le type et lui tendis la main.

— Je m'appelle Penny.

— Je m'appelle David. Amelia m'a dit que tu aimerais avoir de la compagnie.

Notre discussion s'arrêta net alors que la musique se transformait en un mélange unique de trance, de hip-hop et d'EDM.

Il me tira vers lui. Je faillis hésiter, mais décidai que je pouvais me laisser aller pendant quelques minutes. Nous nous mîmes à danser, et je me laissai aller au rythme entraînant.

Au bout de deux sets, j'étais en sueur à cause de la chaleur de l'été et de l'effort de la danse. Je décidai de faire une pause. Je ne pouvais plus prétendre plus longtemps que c'était Hagen qui me serrait contre lui et bougeait contre mon corps. Mais l'énergie autour de moi me donnait l'impression qu'il était là.

Je m'écartai de David, me tournai et heurtai une large poitrine que je connaissais intimement.

Ce qui expliquait mon ressenti. Dès que cet homme était dans les parages, j'étais plus excitée qu'une adolescente.

À en juger par son regard, j'étais dans la merde.

Il glissa une main dans mes cheveux trempés de sueur, les serrant d'une poigne ferme, et passa l'autre autour de ma taille, me tirant contre lui.

— Qu'est-ce que tu fais là ? lui demandai-je, le souffle un peu trop court.

Il ignora ma question et commença à nous faire bouger au rythme du set suivant mixé par le DJ. J'agrippai ses épaules, répondant à la demande de ses hanches en faisant rouler mon bassin à l'unisson.

Je commençai à ressentir de l'excitation, et mes mamelons s'érigèrent en pics durs et sensibles. Bon sang, le moindre frôlement de son corps me donnait envie de le supplier de me sauter.

Après avoir dansé quelques minutes, il me mordit le lobe de l'oreille et murmura :

— Tu as laissé un autre homme toucher ce qui est à moi.

— Ce n'était qu'une danse.

Mes doigts glissèrent sur sa nuque, et je me laissai aller contre lui, respirant son odeur fraîche et propre.

Bon sang, il sentait tellement bon.

Il tira ma tête en arrière et me regarda fixement.

— Non, il y en a eu deux.

— Est-ce que tu m'espionnes ?

— Oui, dit-il en resserrant sa prise sur mes cheveux. Tu

m'as quitté. Tu ne m'as même pas dit que tu quittais le pays. J'ai complètement perdu la tête.

Le fait qu'il soit venu me chercher ne m'avait pas échappé.

— Tu m'as énervé. Je peux te laisser contrôler le spectacle dans la chambre, mais ça s'arrête là.

— Ah oui ?

Il frotta son érection dure et épaisse contre mon clitoris pendant que nous dansions, envoyant une vague de désir fou dans mon ventre douloureux.

Un gémissement m'échappa, sans que je puisse le retenir.

Un sourire diabolique étira les coins de sa bouche, et j'eus envie de le frapper. Il savait l'effet qu'il avait sur moi et n'avait aucun scrupule à s'en servir à son avantage. Je tentai de me dégager de sa prise, mais il ne bougeait pas.

— Tu as accepté de jouer avec le diable, Starlight. Maintenant, tu lui appartiens.

— Et moi ? Est-ce que je te possède ?

Il soutint mon regard, et une guerre d'émotions passa dans les profondeurs de ses yeux bleus.

— Il n'y a pas eu un moment où je ne t'ai pas appartenu.

Mon cœur manqua un battement. J'avais tellement envie qu'il me dise ce qu'il ressentait pour moi, et c'était là.

Je touchai sa joue et me hissai sur la pointe des pieds, l'embrassant au milieu de la piste de danse, sans me préoccuper du fait que des appareils photo et n'importe qui avec un téléphone portable pouvaient immortaliser ce moment et l'afficher sur tous les journaux à sensation.

— Que m'as-tu fait ? murmura-t-il contre mes lèvres.

— Rien que tu ne m'aies fait.

Il s'écarta et me scruta de haut en bas.

— Cette jupe est indécente.

Je haussai les épaules et me retournai, frottant mon derrière contre son érection.

Une de ses mains glissa autour de ma taille nue, et l'autre remonta sur mon ventre, sur la vallée entre mes seins, autour de ma gorge. Je relevai la tête, plongeai les yeux dans son regard bleu, puis retrouvai sa bouche qui s'abaissa sur la mienne.

— Je t'aime, murmurai-je contre ses lèvres.

Il ferma les yeux pendant un bref instant.

— Juste pour que ce soit clair. Je me fiche que tu sois furieuse après moi. Je ne te laisserai jamais partir. Tu es à moi pour toujours.

— Et si je te disais que je ne veux pas que tu me laisses partir ?

— Ça me paraît acceptable, dit-il tout contre mes cheveux. Mais il y a une chose que je dois faire tout de suite.

— Qu'est-ce que c'est ?

— Il faut que je te saute.

CHAPITRE

Vingt-Et-Un

Hagen

— *Et si je te disais que je ne veux pas que tu me laisses partir ?*

Les mots de Starlight résonnaient dans ma tête alors que je lui tenais la main et que je me faufilais dans la foule compacte. Ce besoin que j'avais d'elle était un mélange de désir et de colère. Si elle ne voulait pas que je la laisse s'en aller, alors pourquoi était-elle partie ?

J'avais failli perdre la tête quand j'avais découvert qu'elle n'avait même pas dit à Adrian où elle allait. Si Collin ne m'avait pas appelé pour me dire qu'un de ses hommes avait vu l'avion affrété dans lequel elle était montée, je n'aurais pas eu la moindre idée de l'endroit où elle se trouvait.

Cet homme était déterminé à arranger notre relation, et une partie de moi en avait envie. Il faudrait du temps pour réparer les dégâts qu'il avait causés, mais la porte restait ouverte.

Mais nous n'en étions pas là. À cet instant, j'avais envie de sauter Starlight jusqu'à ce qu'elle me sente à chaque pas qu'elle ferait et me désire autant que moi je la désirais.

Alors que je m'approchais d'une série de portes menant aux zones VIP du club, le groupe de videurs qui gardait la zone se redressa et nous regarda fixement, Starlight et moi.

— Elle est réelle ? dit l'un d'entre eux avec étonnement, et un peu trop d'excitation.

Il me fallut toute ma volonté pour ne pas frapper cet idiot. À la place, je le regardai fixement.

Il tressaillit, puis s'excusa :

— Désolé, patron. Je veux dire, M. Lykaios.

Le videur se poussa sur le côté.

— Qu'est-ce que c'était ? Patron ? Ne me dis pas que tu possèdes aussi cet endroit. Je suppose que les frères Lykaios sont impliqués dans les loisirs à l'étranger, en plus de la domination qu'ils exercent sur Vegas. J'aurais dû deviner avec le nom du club.

Je gardai le silence, la guidant vers les bureaux du club. Elle découvrirait bien assez tôt mon obsession pour la femme que je ne m'attendais pas à avoir.

— Tu m'ignores, patron ?

Je lui jetai un regard noir par-dessus mon épaule.

— Plus tard les explications. Pour l'instant, la seule chose à laquelle j'ai envie de penser, c'est à mon membre enfoui loin dans ton intimité.

— Ça ne me pose aucun problème.

Elle rougit et je vis s'intensifier le durcissement de ses tétons.

À la seconde où nous entrâmes dans le salon VIP, Starlight s'arrêta brusquement.

Son regard était fixé sur un collage d'images représentant des top models, des célébrités, une clientèle haut de gamme, et au centre se trouvait une photo d'elle.

Elle regardait au loin en remuant un verre, une bouteille de Firewater devant elle. Elle était assise à un bar avec une de ses distilleries indiennes en arrière-plan. Elle portait une chemise ample et un chapeau pour se protéger du soleil brûlant de l'Inde. Son visage époustouflant ne portait pas le moindre maquillage, révélant sa beauté naturelle.

C'était ma photo préférée de tous les temps. Elle ressemblait à un mannequin dans une campagne publicitaire pour son whisky, mais c'était une photo naturelle, non posée.

Elle m'aurait pris pour un dingue si elle avait su combien de fois je m'étais masturbé en l'imaginant se lever de l'image, s'approcher de moi, puis se mettre à genoux pour me sucer.

Elle se tourna vers moi, et je ne pus retenir une certaine appréhension.

— Maintenant je suppose que je sais comment tu as découvert mon secret.

Je gardai le silence, ne sachant pas trop quoi dire.

— Tu m'as fait suivre ?

Je secouai la tête tandis que d'instinct, mes mains s'enroulaient autour de sa taille, l'attirant vers moi.

Je posai mon front contre le sien et décidai de lui donner les détails.

— Je l'ai découvert par accident. Je ne t'ai pas fait suivre. Un de mes chercheurs était en vacances en Inde et a décidé de visiter un pub local. Il a remarqué une belle femme des environs qu'il ne pouvait pas quitter des yeux et il a pris quelques photos. Ce n'est que plus tard, en les regardant, qu'il a compris que c'était toi. Alors il m'en a envoyé une.

Je fis un geste vers celle qui était au mur.

— Je lui ai confirmé que c'était toi, et j'ai remarqué la bouteille sur la table.

— Cette photo date d'il y a trois ans.

— Oui.

— Quel âge a ce club ?

— Un peu plus de deux ans.

— Donc tu as donné mon nom au club.

Ce n'était pas une question, mais je répondis malgré tout.

— Oui.

Un air diabolique passa dans son regard, et elle se hissa sur la pointe des pieds, agrippant ma nuque pour me scruter.

— Depuis combien de temps es-tu amoureux de moi ?

— Starlight.

Son nom sortit plus brutalement que je ne l'avais voulu. Comment lui dire que ce que je ressentais pour elle allait bien au-delà de l'amour ? Elle voulait savoir ce qu'elle représentait pour moi, mais il n'existait pas de mots pour le décrire.

Le vol jusqu'ici avait achevé de me convaincre que je serais incapable de vivre sans elle. Je prononcerais ces mots pour qu'elle reste, mais plus je me rapprochais de l'Espagne, plus je savais que je ne saurais pas la retenir, quoi que je dise. La seule chose que je pouvais faire, c'était lui dire ce qu'elle représentait pour moi, et espérer qu'elle l'accepte. Puis je l'avais vue danser avec cet enfoiré, et j'avais vu rouge.

Elle attendait une réponse, et j'étais muet comme une carpe.

— Je ne crois pas qu'à un seul moment de ma vie, je ne t'ai pas aimée, dis-je rapidement, un peu étourdi.

Je vis ses yeux verts s'emplir de larmes.

— C'était si dur que ça ?

Elle enfouit son visage contre ma poitrine, et ses mains passèrent autour de ma taille.

— Tu n'as pas idée.

Je la berçai contre moi.

— Eh bien, il y a une première fois à tout.

Je lui soulevai le menton pour l'obliger à me regarder.

— À qui le dis-tu ? Jamais je n'ai poursuivi une femme auparavant. Tu fais ressortir un côté de moi dont j'ignorais l'existence.

— Zack dit que je te rends fou parce que tu ne peux pas me ranger dans une case. J'aime ça.

— Zack parle trop, marmonnai-je sans pouvoir être en colère contre lui alors que ma Starlight me souriait. Je ne sais pas où on va, à partir de maintenant.

— Je suggère de rentrer à la maison.

— C'est quoi, la maison ? Ta maison de famille ? Elle vous appartient à Adrian et toi, c'est réglé.

— Non, c'est un penthouse dans les nuages qui surplombe le Strip. Il y a un Maître du péché dont je ne me lasse pas qui y vit.

Je fléchis les doigts.

— Tu es sûre de vouloir y aller ? Tu ne pourras peut-être

jamais en repartir. En plus, il y a de grandes chances que ce maître corrompe ton innocence.

— Trop tard. Je lui appartiens déjà. Il me possède. Et tu sais quoi ?

— Quoi ?

— Je le possède.

Je me penchai pour l'embrasser.

— C'est vrai. C'est vrai.

Lisez le prochain livre de la série — Les Dieux de Vegas: Le Maître des Jeux

Le Maître des Jeux

Il était mon obsession. Il hantait mes rêves, me rappelait le passé.

Je lui avais brisé le cœur.

Pierce Lykaios était tout ce que je pouvais désirer : captivant, rusé, et maître de lui-même. Il comprenait mes désirs les plus sombres et prenait plaisir à satisfaire toutes mes envies.

Et quand je suis revenue dans son univers, j'ai fait l'erreur de laisser un premier contact mener à un deuxième. Puis un troisième. Je n'aurais pas dû le laisser réveiller mes désirs.

À présent, je suis captive de son emprise, sans espoir d'en réchapper, incapable d'oublier, incapable d'arrêter.

Il dit que cette fois, je ne le quitterai pas. Que je ne l'oublierai pas. ***Et j'ai peur qu'il ait raison.***

Puisant l'inspiration dans ses années passées à travailler dans le monde de l'entreprise aux États-Unis, Sienna aime raconter des histoires de femmes accomplies et sûres d'elles, qui savent ce qu'elles veulent et comment l'obtenir… Que ce soit dans la chambre à coucher, ou en dehors.

Ses héroïnes pleines de vie et bien éduquées trouvent souvent l'amour et la romance dans des conditions atypiques. Sienna offre à ses lectrices et lecteurs des tranches alléchantes de romance torride, empreintes de liberté et de plaisirs gourmands.

La vie de Sienna est pleine de voyages et d'aventures. Elle prévoit de visiter même les coins les plus reculés du monde et se réjouit de découvrir la diversité des cultures en route. Quand elle n'écrit pas ou ne voyage pas, Sienna s'occupe de son conte de fées personnel aux côtés de son mari et de ses enfants.

Inscrivez-vous à sa newsletter pour être informé des sorties, promotions, des événements et de bien d'autres choses encore.

www.SiennaSnow.com

facebook.com / authorsiennasnow

tiktok.com / @authorsiennasnow

instagram.com / bysiennasnow

twitter.com / sienna_snow